以妻為貴

5

完

風 文創

573

淺淺藍 著

目錄

第一百一十六章

晉王府。

此時，世子夫人吳氏正心急如焚，看到丫鬟思濃進來，猛地抬起頭。「太醫呢？怎麼沒請來？」

思濃咬著唇，一副很為難的樣子。

吳氏頓時厲聲喝道：「快說！到底是怎麼回事？」

思濃才滿臉委屈地道：「三夫人動了胎氣，王太醫走不開。」

「又動了胎氣？不是有兩個太醫嗎？她全霸著了？」吳氏咬牙切齒，望著思濃欲言又止的樣子，還有什麼不明白的？「就她這一胎金貴怎麼的？我的大姊兒還是府裡的嫡長女呢！」

「娘，難受……」吳氏所出的長女懋姊兒細小的聲音響起。

吳氏回頭看了一眼奶娘懷裡抱著的女兒，只見她小手掙扎著要往臉上抓，臉上密密麻麻起了一層紅色的斑點，頓時又心疼又氣憤，忙奔過去按住女兒的手，哄道：「懋姊兒乖，不能抓，抓破了就不好看了。」

懋姊兒卻一副難受不已的樣子。「娘，娘……難受，癢。」小臉全皺成了一團，臉上的紅點更加恐怖了，讓吳氏這個做娘的心都快揪起來了。「懋姊兒等一等，一會兒太醫就來了，咱們用了藥就不難受了。」轉頭對著思濃斥道：「再去請，一定要給我請一個回來，快去！若是懋姊兒有個好歹，本夫人就把妳們全都賣到煙花巷子去！」

在屋裡伺候的丫鬟全都頭皮發麻，尤其是思濃，因為世子爺多瞧了她兩眼，夫人現在正看她不順眼呢，若是藉這個機會把她——她打了個寒噤，加快腳步不敢想下去，已經做好就是下跪磕頭也得把太醫請回來的準備。

抱著懋姊兒的奶娘卻滿臉擔憂地道：「夫人，王妃和王爺對三夫人肚子裡的這一胎看得可緊了。」

吳氏的火氣騰地就燒了起來。「她這一胎還不知道擱哪兒了，不過一團血肉，還能比我的懋姊兒金貴？她一個人霸著兩位太醫，今兒動了胎氣，明兒又動了胎氣，比宮裡的娘娘排場還大，以她這番折騰能生下來才怪呢！」她恨恨地說道。

之前吳氏還只是有些不滿，現在牽扯到自己的懋姊兒，她對胡氏的不滿立刻到了極點，連對婆婆也怨恨起來。若不是她縱著，胡氏會這般張狂？

「夫人，您小聲點。」奶娘慌忙地左右看了看。「若是傳到王妃的耳朵裡——」想想王妃那手段，她都不寒而慄。

吳氏正在氣頭上。「就是知道了又怎麼樣？難道懋姊兒就不是她親孫女？」

她哼了一聲，眉頭又蹙得緊緊的，不住朝門口張望。「怎麼還沒回來呢？這個思濃真是沒用，思雨，妳再去瞧瞧。」
奶娘瞧見懋姊兒臉上的紅點越來越密集了，忙掀開她的衣裳，連身上都起了紅點，頓時慌了。「夫人，咱們不能只等著三夫人那邊，趕緊使人去外頭再請個大夫吧，懋姊兒可耽誤不得。」
懋姊兒是奶娘奶大的，自是極有感情，見這小小的孩子滿臉紅點，小身子不安分地扭來扭去，她的心疼一點也不比吳氏少。
「對了，大夫人那裡也有大夫，奴婢聽下人們說醫術頗為不錯。」奶娘忽然想起了這事，殷切地望著吳氏。
吳氏只猶豫了一下便吩咐道：「去，快去大夫人那裡把大夫請來。」她知道婆婆跟大哥大嫂不對盤，為了討婆婆歡心，她自然跟那邊也少有接觸，但現在為了女兒，她是什麼都顧不上了。
在吳氏的焦急等待中，大夫終於來了，不是太醫，卻是沈薇和柳大夫。吳氏派的人把情況一說，沈薇沒有耽擱，就打發柳大夫過來了，自己不放心，也跟著一起過來。
「大嫂怎麼也來了？真是麻煩妳了。」吳氏看到沈薇的時候有一瞬的詫異，隨即便恢復自然。
沈薇擺擺手。「別的話等會兒再說，先讓柳大夫給懋姊兒瞧瞧。唉唷，咱們懋姊兒可受了大委屈。」她看到懋姊兒臉上手上的紅斑點也是吃了一驚，這麼小的孩子可不是受罪了嗎？「柳大夫快看看懋姊兒這是怎麼了。」

柳大夫快步上前，先是查看懋姊兒臉上身上的紅色斑點，又翻了翻她的眼皮口鼻，然後低聲詢問奶娘幾個問題，最後才伸出兩指搭在懋姊兒細細的手腕上。

在這個過程中，吳氏焦急得都快要把帕子撕爛了。沈薇見狀，安慰她道：「二弟妹放心吧，柳大夫的醫術好著呢，不比太醫差，懋姊兒肯定沒事的。」

吳氏感激地看著沈薇，不知道說什麼好，懸著的心卻慢慢放下來一些。

在吳氏和沈薇殷切注視下，柳大夫終於收回了手。「如何？可是很嚴重？」吳氏第一時間出聲。

柳大夫的面色卻帶著輕鬆。「世子夫人莫要擔心，不是什麼大問題。」頓了一下才又解釋道：「大小姐的體質有些特殊，這紅點是吃了或是碰了什麼不合的東西才引起的，待老朽開個方子給大小姐用了，一個時辰後這些紅點就能消了。」

吳氏一聽沒什麼大礙，整個人都鬆懈下來，又聽到懋姊兒這紅點是吃了或碰了不合的東西才導致，看向奶娘的目光頓時不善起來。

奶娘慌忙喊冤。「夫人啊，奴婢沒有給大小姐吃用什麼不合的東西，都是跟以前一樣的。」一把鼻涕一把淚的，就差沒指天發誓了。

吳氏哪裡肯信，沈薇卻心中明白，聽柳大夫的言詞，懋姊兒八成是過敏體質，許多對別人來說是正常的東西，對她卻是致命的，這奶娘是真的冤枉。就不知懋姊兒對什麼東西或是哪幾樣東西過敏，若是不找出來，懋姊兒以後還會遇到這種情況。

於是沈薇攔住吳氏，問柳大夫。「懋姊兒可是跟旁人不大一樣？是不是一些對別人來說正常的東西，對懋姊兒有妨礙？」

柳大夫一邊開方子，一邊點頭道：「郡主說得沒錯，大小姐的體質有些異於常人，又是小孩子，抵抗力不比大人，有些東西咱們碰了沒事，但對大小姐來說卻是致命的。」

吳氏一聽到「致命」兩個字，整個人都慌了，也顧不得追究奶娘的責任，忙問道：「哪些東西我的懋姊兒不能碰？」

柳大夫把方子遞過去，卻搖搖頭。「這得需要慢慢查找，看今兒大小姐都用了什麼或是碰了什麼東西。」

吳氏隨手就把方子遞給邊上候著的丫鬟。「快去煎藥。」然後望向奶娘道：「沒聽到柳大夫的話嗎？今兒懋姊兒都吃了什麼？妳又帶她去哪兒玩了？碰了什麼東西？」

「午時大小姐鬧著不願意吃飯，奴婢好說歹說地勸哄，才用了半碗牛乳，這牛乳也都是平日用著的呀！」奶娘急急說道，生怕世子夫人怪罪到她頭上。

「妳確定懋姊兒只用了牛乳沒用其他東西？」吳氏冷冷盯著她。

奶娘不住點頭，慌忙解釋。「沒有了，求夫人相信，奴婢真的沒有說謊啊！大小姐用罷牛乳，非吵著要來看夫人，奴婢就抱著她來了，真沒到其他地方去呀！對了，還有小福，小福一直跟奴婢一起，她可以替奴婢作證的。」

被奶娘點名的小福膽怯地站出來。「回夫人，奴婢是跟奶娘在一起的。大小姐午時是用了半碗牛乳，之後就來了夫人這裡，沒去別的地方。」

「那懋姊兒身上這紅點是怎麼來的？我看妳們是不見棺材不掉淚，不用刑是不說實話了？」吳氏沈聲喝道：「來人，把這兩個給我拉出去打，什麼時候說實話什麼時候停。」事關自己的女兒，吳氏是一點也不敢掉以輕心。

「慢著。」沈薇趕忙阻攔，對上吳氏不滿的眼神，道：「二弟妹別慌，我再問問她們。」

這個面子吳氏不能不給。「大夫人問妳們話了，給我老實回答。」

沈薇問道：「妳們帶懋姊兒在來世子夫人的路上，有沒有碰什麼東西？」

「路上？」奶娘和小福立刻回想起來。「薔薇花。」兩人眼睛一亮，齊齊說道：「回大夫人，在來的路上，大小姐瞧見小花園裡開著薔薇花，非吵著要，奴婢就給她摘了幾朵。」

「對對對，懋姊兒來時手裡是攥著幾朵薔薇花的，還讓我找個花瓶插起來，喏，就在那兒！」吳氏也趕忙說道。

「再沒有其他的事了？」沈薇繼續問。

兩人齊齊搖頭。「再沒有了，奴婢若是說謊，就天打雷劈不得好死。」

古人相信鬼神報應，這詛咒不可謂不毒了。沈薇瞧她們臉色雖驚慌，眼神卻是不閃爍的，判定她們沒有說謊，不由看向柳大夫。「柳大夫怎麼說？」

柳大夫想了想，道：「十有八九便是出在薔薇花上了。」

沈薇見多識廣，知道懋姊兒應該是對花粉過敏。

「阿彌陀佛，原來是這樣啊！趕緊把那花扔了。」吳氏看著窗臺上的薔薇花如臨大敵。「還有那花園裡的，都拔了。」

柳大夫沈吟了一會兒，又道：「只要不碰薔薇花就沒事，就算無意中碰了，只要及時用藥也不會出現危險。回頭老朽把這湯藥改成藥丸，給大小姐身邊時常備著。」

吳氏這下總算是放心了。「真是多謝柳大夫了。」又拉著沈薇的手不住道謝。「大嫂，這回真是太謝謝妳了，妳這是救了我的懋姊兒一條命啊！」

沈薇忙擺手。「二弟妹太客氣了，懋姊兒不也是我姪女嗎？一家人還用說兩家話？」

有三弟妹胡氏在那兒比襯著，吳氏對沈薇的印象頓時好了起來。

吳氏把沈薇和柳大夫送走了，思濃和思雨才領著太醫匆匆而來。「世子夫人。」

這個太醫姓韓，本是聖上體恤徐佑而派到晉王府的，就這麼一待十多年，都成了晉王府的專屬太醫了。哪怕後來徐佑的身體好了，聖上也睜一隻眼閉一隻眼，沒把韓太醫召回去。這一回三夫人胡氏有孕，懷相特別不好，隔三差五就動胎氣，晉王爺不僅從宮裡求了個精通婦科的王太醫，晉王妃還是不放心，就把這位韓太醫也派了過來。

吳氏的目光頓時一冷。「韓太醫可算是來了。」待瞧見兩個大丫鬟額頭上的紅痕，她的目光就更冷了。

韓太醫心中暗暗叫苦。「都是卑職的不是。」

世子夫人身邊的丫鬟去請時，他是想過來的，奈何三夫人死活不放人，還把王妃搬了出來。就這麼一拖二拖，直到三夫人的情況穩定下來，他才得以脫身過來，面對著世子夫人的怒火，也只能硬著頭皮承受。

好在吳氏還沒有失去理智，也知道自己這是遷怒，深吸了一口氣道：「之前已經請了大嫂身邊的柳大夫給瞧了，韓太醫過來再複診一遍吧。」

韓太醫聞言如蒙大赦，道：「柳大夫的醫術不在卑職之下，有他出手定是藥到病除的。」心中也大大鬆了一口氣，若是大小姐真有個什麼不妥，雖不關自己的事，恐怕自己也是脫不了罪責的。

三夫人胡氏靠在床頭，臉色蒼白，一下一下地撫摸著自己的肚子，丫鬟翡翠端來一碗雞湯。「夫人，您用一些吧。」

胡氏眼底露出嫌惡，臉一扭。「快端走，我沒胃口。」

翡翠很無奈，勸道：「夫人，您就忍一忍用一些吧，就當是為了肚子裡的小公子了。」

鶯歌也勸。「是呀夫人，這雞湯裡擱了好幾種珍貴藥材，王太醫說都是對您和小公子有益處的，您就喝幾口吧。」

勸了半天，胡氏才捏著鼻子喝了小半碗。她嘴裡含著蜜餞，閉著眼睛靠在那裡，胃裡翻江倒海似的難受極了，讓她的眉頭蹙得更緊了。

翡翠和鶯歌對視一眼，也不敢再勸，若是惹得夫人發火，遭殃的也是她們。

「這般折騰何時是個頭？」胡氏睜開眼睛看著自己還沒隆起的肚子，很是發愁。別人懷胎都安安穩穩的，唯獨她，小心又小心，還是時不時地就見紅動胎氣，自個兒受罪也就罷了，她真擔心熬不過這十個月。

翡翠和鶯歌對視一眼。夫人擔憂，她們做奴婢的更是跟著擔憂，自從夫人有了身子，她倆就時刻注意著，生怕疏忽了哪一點。

「夫人放心，您沒聽王太醫說嗎？也有不少婦人懷胎是這樣的，頭三個月總要折騰一些的，過了頭三個月慢慢就好了。」翡翠輕聲安慰著。

鶯歌也道：「翡翠姊姊說得對，就拿奴婢的老子娘來說吧，懷奴婢那小兄弟時頭三個月也是各種折騰，吃什麼吐什麼，連喝口水都能吐出來。可三個月一過，就跟變了個人似的，啥都能吃了，胃口還非常好，一天都得吃上五、六頓，奴婢那小兄弟生下來白白胖胖的，可惹人喜愛了。」

她抿了抿唇，又接著道：「而且奴婢聽老一輩人說了，越是在娘胎裡折騰的孩子生下來就越聰明，越有出息。咱們的小公子呀，將來肯定是個有能耐的。」她小小地拍了胡氏一記馬屁。

被兩個丫鬟這麼一奉承，胡氏的臉色好了許多，摸著肚子道：「我也不指望他有多大能耐，能平平安安就行了。」心底卻十分得意。

「王太醫和韓太醫呢？這兩位妳們可得好生伺候著，我這一胎都指望著他們呢。」胡氏忽然說道。

翡翠和鶯歌都不住點頭。「夫人就放心吧。」翡翠像想起什麼似的，有些忐忑地道：「夫人，世子夫人那裡會不會怪罪？」

胡氏的臉色一下子就沈下來，哼了一聲道：「也不是我想動胎氣的，這不是趕巧了嗎？王太醫和韓太醫也是王妃親自派來幫我安胎的，怪誰反正怪不到我頭上來。」

「畢竟是大小姐病了，世子夫人難免著急，奴婢就怕世子夫人會遷怒到咱們身上。」翡翠還是非常憂心。思濃過來請的時候，她就想著有王太醫在就行了，讓韓太醫過去瞧瞧吧，可夫人就是不許，非要兩位太醫都在跟前候著，她一個做奴婢的能有什麼法子？

「奴婢也是擔心思濃和思雨回去說嘴，世子夫人惱了咱們，繼而世子爺和咱們公子再起了嫌隙就不好了。」翡翠說出自己的擔憂。那思濃和思雨可是世子夫人跟前最體面的大丫鬟，兩個人跪在夫人跟前直磕頭，夫人都沒許韓太醫過去，這不是打世子夫人的臉嗎？眼下夫人有孕，王妃偏著夫人三分，可這王府說到底還是世子爺和世子夫人的，世子夫人現在忍了這口氣，以後呢？翡翠都不敢想下去了。

唯獨胡氏不當一回事。「是本夫人讓她們跪的嗎？還不是她們自個兒跪的？想著以此來要脅本夫人？休想！懋姊兒小小的人兒身邊就七、八個奴婢伺候著，能有什麼急症？哪裡就不能等等了？不過是個丫頭片子，金貴什麼？」

世子夫人算什麼？還不是生不出嫡子，八成是沒生兒子的命，只要她能成功生下嫡子，這晉王府以後還指不定是誰的呢！

翡翠和鶯歌又對看了一眼，眼底的憂色更重了。夫人這是鑽進死胡同裡出不來了，就算世子爺沒兒子，不是還能過繼嗎？府裡可是有五位公子爺的，跟世子爺一母同胞的除了她們三公子，還有個四公子，而且王妃最疼的也是四公子呀……

可瞧了瞧夫人的臉色，翡翠和鶯歌就不敢再勸了。

第一百一十七章

吳氏氣了一回胡氏，忍不住對婆婆也怨恨起來。她嫁過來也好幾年了，婆婆雖說給了她一部分管家權，誰知道一上手才明白，這晉王府早被婆婆把持得跟鐵桶一般，到處都是她的人，自己壓根兒就什麼也做不了，也就白擔個管家的名而已。

她不信這麼大的動靜婆婆會不知道？這是根本沒把懋姊兒這個孫女當一回事。一想到這裡，她就恨得抓心抓肺，替懋姊兒委屈，也替自己委屈。

就如吳氏想的那般，晉王妃也知道兩個兒媳院子鬧的這番動靜，甚至連吳氏從沈氏院子請了大夫也知道，臉色便有些不好看。

「這個吳氏，往日見她行事也是穩重的，怎麼就這樣急躁了？」晉王妃不滿地道。

施嬤嬤忙勸道：「世子夫人也是擔心大小姐，一時失了分寸也是有的。」

晉王妃卻仍板著臉。「明知道弟妹動了胎氣，她不過去幫襯一把，反倒還跟著添亂。懋姊兒能有什麼事？怎麼就不能等一會兒？這麼點事就慌了手腳，讓我怎麼放心把王府交到她手上？」

施嬤嬤知道王妃對世子夫人沒能生下嫡孫一直耿耿於懷，連帶對兩個孫女也不喜，平日極少見她們，就是見了也淡淡的。

她雖覺得王妃這樣冷著世子夫人不大好，但也只能委婉地相勸，畢竟她再有體面也只是個奴才，王妃總有老去的一天，最終晉王府還是世子夫人當家作主，她提前賣個好，以後世子夫人念在她識趣的分上也能善待她。

想到這裡，施嬤嬤又勸。「世子夫人還年輕，王妃您多教上兩年不就是了，不看僧面還得看佛面不是？就是看在世子爺的面子上，您也得多給她幾分體面吧，懋姊兒到底是世子爺的嫡長女，您這裡若是沒有表示，世子爺豈不是要傷心了？」

晉王妃眼皮子一翻。「行了行了，妳個老貨就是心軟，她若是能給我生個嫡孫出來，我會不處處捧著她嗎？」

晉王妃嘴上雖這般嘀咕著，到底還是使人去瞧了懋姊兒，還送了些補品和幾樣精緻的小玩意兒。

東西送到的時候，吳氏正和吳嬤嬤說話。吳嬤嬤是吳氏從娘家帶過來的，原是在吳氏母親身邊服侍的，吳氏嫁入晉王府，吳母不放心，便把自己身邊最倚重的嬤嬤派過來幫襯女兒。這兩天，吳嬤嬤的小孫子不大好，吳嬤嬤便告假回家去看孫子，誰知道她一走，院子裡就出了事。

吳氏把事情經過一說，吳嬤嬤也挺氣憤。「欺人太甚！夫人是何打算？」

吳氏眼底一閃，手裡的帕子緊了緊，道：「嬤嬤，我就是不甘心。我的懋姊兒、昕姊兒多討人喜歡，怎麼就入不了她的眼？世子爺都沒說什麼，她倒嫌棄上了。胡氏肚子裡那團肉還不知道是個什麼東西呢，怎麼就比我的懋姊兒金貴了？嬤嬤是沒瞧見，今兒懋姊兒是多危險，差點就喘不過氣來了，若不是從大嫂那兒請來柳大夫，我的懋姊兒就耽誤了……」

說著，吳氏的淚就落了下來。孩子都是娘的心頭肉，若是懋姊兒有個好歹，這不是生生摘了她的心肝嗎？「既然她這般張狂，那還是別生的好。」吳氏眼底好似淬了毒。

吳嬤嬤立刻明白吳氏的意思，剛要說什麼，晉王妃派來瞧懋姊兒的華煙就到了。兩人對看一眼，吳氏便揚聲讓人進來了。

華煙說了幾句王妃擔心大小姐之類的場面話，放下東西就告退了。

吳氏望著婆婆使人送過來的東西，更加來氣，恨不得把這些東西全都扔出去。「嬤嬤，妳瞧見沒有？就用這麼點東西來打發我呢，我這個世子夫人還當得有什麼意思？」

吳嬤嬤怕她氣出個好歹，忙給她順氣。「夫人快消消氣，不值得氣壞自個兒的身體。」停了停，又道：「夫人的意思老奴懂，只是夫人聽老奴一句，再等等。」

吳氏臉上若有所思。「嬤嬤的意思是……」

吳嬤嬤點點頭，小聲道：「老奴瞧三夫人懷的這一胎不大對勁呢，雖說也有人頭三個月折騰的，可也沒像她這個折騰法，三不五時就動胎氣，這不正常。老奴覺得她這一胎十有八九是保不住的，夫人您就坐等著瞧吧，何必髒了自個兒的手？」

「真的保不住？」吳氏再次確認。

吳嬤嬤鄭重點頭。「老奴活了大半輩子，啥樣的孕婦沒見過？三夫人這樣肯定是不正常的。」

「那就好。」吳氏長吁了一口氣。「這我就放心了。就讓她張狂吧，我就看她有什麼好下場。」

吳嬤嬤眼睛一閃，又道：「夫人，當務之急還是得及早生下嫡子才行呀，眼瞅著連四公子都要娶親了。」

吳氏面色一苦，抱怨道：「嬤嬤，我何嘗不想替世子爺生個嫡子？那苦藥汁也不知喝了凡幾，可我這肚子就是不爭氣哪。」

吳嬤嬤何嘗不明白？世子夫人所受的委屈，她都瞧在眼裡。她想了想，道：「老奴找人打聽了，說是城外北邊三十里有個尼姑庵，兩年前來了一位老尼姑，頗有些道行，尤其在婦人生子上十分靈驗，待過些日子，老奴替夫人去求一求。」

「能行嗎？」吳氏先是一喜，隨後又面露疑色。這兩年，她不僅用了不少偏方，求神拜佛的事也沒少做，可還不是都落空了？

「夫人放心，這一回準沒錯。這事老奴是找一個相交多年的老姊妹打聽的，她還帶老奴親眼去瞧了那懷上身子的婦人，真真的呢。」吳嬤嬤信誓旦旦地道，讓吳氏心底也生出希望。「那就有勞嬤嬤了，若是我能成功懷上身孕，嬤嬤是第一大功臣。」

吳嬤嬤擺手。「什麼功臣不功臣的，夫人您是老奴看著長大的，老奴就盼著您好。」頓了一下，又道：「世子爺身邊您也該再放一個人，老奴覺得思濃就不錯，她是陪嫁丫鬟，一家子的身契都捏在您手裡，出不了什麼么蛾子。咱們雙管齊下，您若是成功生下嫡子便罷，若是不能，不是還有思濃嗎？到時您把孩子抱到跟前養著，跟嫡子有何差別？」吳嬤嬤順勢勸道。

這一回吳氏沒像以前那般牴觸，實在是今兒受了刺激，讓她明白，若是沒有個兒子，自己世子夫人的地位都是不穩的，連帶兩個閨女都跟著受委屈。

「行，就按嬤嬤說的辦吧！」吳氏咬牙點了頭。

晚上，吳氏又在夫君徐燁跟前上了一回眼藥。「世子爺，不是妾身氣量小，實在是……」她哽咽著說不出話來，擦了擦眼角才道：「爺是沒有看到咱懋姊兒那個樣子，妾身都嚇得腦子懵了，若不是大嫂院子裡有個醫術高明的柳大夫，爺您可能就見不到懋姊兒了……」說著就嚶嚶哭了起來。

徐燁身側的手緊了緊，最終拍了拍吳氏的後背，安慰道：「妳受委屈了。」然後又加了一句。「回頭要好生謝謝大哥大嫂。」

這讓吳氏心中十分不滿，卻只能把頭靠在夫君的肩上，無聲地流著淚。

但在吳氏看不到的地方，徐燁緊抿著唇，眼底全是陰霾。懋姊兒是他的長女，又生得玉雪可愛，初為人父自然是十分疼愛。

可母妃對他的兩個女兒卻不大喜歡，這他也知道，身為兒子也不能說什麼，就想著母妃不喜就不喜吧，反正有他這個父親疼著。卻沒有想到母妃會忽略懋姊兒至此，他活生生的閨女連塊是啥都不知道的血肉也比不上，這讓他怎能不氣憤心寒？

兒子，他一定要有兒子！徐燁握緊拳頭，眼底是前所未有的堅定。

還有兩天就能搬去郡王府了，沈薇站在廊下，抬頭看著高高的天空，只覺得天寬地闊，一切都美好極了。

就在她心心念念盼望著搬出晉王府時，京中卻出了一件大事。

有人把秦相爺家的小公子秦牧然給告了，告他強搶民女，而且大理寺還接了狀紙。

這下京中譁然，紛紛打聽是哪家那麼不畏強權，居然連秦相爺的小兒子都敢告。秦牧然是沒啥了不起，但他爹是當朝宰相，姊姊是宮中的淑妃娘娘，外甥是二皇子殿下。有這麼些有分量的大人物在背後，明知道他是個欺男霸女的貨色，所到之處大家還得點頭哈腰陪笑奉承，可現在偏有人不怕死地把他給告了，怎不令人側目？

沈薇聽到這個消息的時候，嘴巴都張大了。這貨又出來為禍人間了？不是說被她嚇破了膽子嗎？這才幾天就好了傷疤忘了疼？

「被搶的姑娘是誰家的？」沈薇問小迪。這段時間，外頭關於晉王府的各種流言，全都是小迪操作的。

小迪道：「是城東張秀才家的小閨女，叫張媛娘，今年剛十六，上頭有兩個哥哥，她是最小的，在家裡頗為受寵。」

這張媛娘個性剛烈，不堪受辱，在大庭廣眾下撞樹自戕了，還好巧不巧地被路過的大理寺卿趙承煦瞧個正著。趙承煦是鐵面無私的，當場就把他鎖回大理寺，等秦相爺接到消息，趙承煦已經審完、拿到供詞了。

這回任秦相爺有通天的本領也不好使了，他是又氣憤又心疼。氣憤的是趙承煦油鹽不進，一點面子都不給，心疼的是小兒子再不成器那也是他的種，真要流放嶺南三千里，他就得白髮人送黑髮人。

還有秦老太君和董氏，一聽說然哥兒被流放嶺南，先把大理寺卿趙承煦罵個狗血淋頭，然後哭著喊著、尋死覓活地讓秦相爺想辦法。

秦相爺能有什麼辦法？一來那姑娘是在眾目睽睽之下撞死的，無法抵賴；二則他的政敵還在一旁虎視眈眈，他什麼都還沒做，參他的奏摺都堆滿雍宣帝的龍案了。

秦相爺不痛快，沈薇自然高興了，加上明天就要搬去郡王府，她更高興了，親自指揮小廝和夥計們往外搬嫁妝，浩浩蕩蕩的隊伍讓王府的奴才紛紛側目豔羨。

這麼大的動靜，晉王爺夫妻自然得到了消息。

晉王爺皺了皺眉頭，張了張嘴想說什麼，最終卻擺擺手沒說什麼。

晉王妃是滿臉的嫌惡。「就這麼迫不及待？嫁妝擱在王府裡，誰還能偷了她的？小家子氣，上不得檯面的東西。」

就在嫁妝抬得差不多時，晉王妃身邊的華煙又過來，說王妃有請。沈薇可詫異了。這個時候，晉王妃找她做什麼？

罷了、罷了，反正明兒就搬出去了，此刻她心情好，就賞臉過去瞧瞧吧。

來到晉王妃的院子，華煙在前頭親自掀起簾子。沈薇進去一瞧，嘿，吳氏和胡氏也都在呢！

沈薇行禮。「給王妃請安，二弟妹跟三弟妹也在呀。」

世子夫人趕忙站起來回禮。「大嫂來啦！」

三夫人胡氏卻只是欠欠身做個樣子，屁股壓根兒就沒抬起來，還假惺惺地道歉。「我身子重，大嫂不會跟我計較吧？」

沈薇差點沒笑出來。據她所知，胡氏懷胎還不滿三個月吧，身子就重得起不來了？但她面上卻帶著關切。「妳是有身子的人，安心坐著吧，大嫂還能挑妳這個理？聽說妳前兩日又動胎氣了？怎麼不在院子裡歇著？這一路可大老遠呢，若是磕著碰著了，教王妃如何能心安？」

胡氏臉上的笑容頓時僵住了。這人到底會不會說話？這不是詛咒她嗎？

晉王妃的臉色也不大好看，不喜地斜了沈薇一眼，道：「女子以嫻靜為美，哪來那麼多的話？」

「我這不是關心三弟妹嗎？王妃若是不喜，那我就不說了唄。」沈薇無所謂地在繡墩上坐下來。

晉王妃更覺得堵心了，又道：「既然你們非要搬出王府，只要你們高興，我們這些做長輩的也不好攔你們。沈氏妳畢竟沒管過家，我從王府調幾個能幹的嬤嬤過去給妳幫忙。」

這是朝她身邊塞人了？她可不敢要。

沈薇笑道：「這倒是不用麻煩王妃了。大公子說了，有莫嬤嬤一個就足夠了，人一多，嘴雜的也就多，麻煩。郡王府也就我跟大公子兩個主子，也用不了那麼多奴才，王妃身邊的嬤嬤都是使順手的，還是讓她們留在王妃身邊吧。」

晉王妃打的如意算盤沒成，心中頓時就不樂意起來，沈著臉，沒有一絲笑意，狀似傷心地道：「行吧，都按你們的意思吧。兒大不由爺嘍！老話說得是一點都沒錯。」

沈薇眼皮子撩了撩，只當沒有聽見。

吳氏旁觀著大嫂跟婆婆妳來我往，心中可羨慕了。大伯不是婆婆的親子，婆婆還會顧忌一些，換作是她，直接就把人指到她院子裡了，哪像大嫂，不樂意了直接拒絕，婆婆也不敢過於勉強。

這時，胡氏說話了。「大嫂，弟妹跟妳求件事。」

「喔，有事妳直說，怎麼還用求了？咱們是一家人，說求就生分了。」沈薇一本正經地道，心中卻腹誹：這貨又想出什麼么蛾子？

第一百一十八章

胡氏得意地摸了摸小腹，道：「我這不是有了身子嗎？口味也跟往常不大一樣，往日愛吃的東西現在聞著味兒就想吐。大嫂是不知道，這段時間我是吃啥吐啥。」

沈薇面露同情。「真是苦了三弟妹，瞧妳這小臉都瘦了。」

「這也是沒辦法的事，都是為了肚子裡的孩子。丫鬟們為了讓我多吃幾口東西，可謂是絞盡了腦汁，可我還是吃啥吐啥，倒是大廚房陳嫂子做的涼麵我還能吃上一些。弟妹知道這陳嫂子是大嫂的人，所以我就來跟大嫂商量，看能不能割愛把人給我？」她一副府裡有什麼好的就該先緊著她的樣子。

沈薇直接拒絕。「這可不行，陳嫂子是我的陪房，我還指望她到郡王府幫我管廚房呢。弟妹不是愛吃她做的涼麵嗎？這樣吧，弟妹找個巧手的丫鬟跟陳嫂子學學。要麼若是弟妹何時想吃就讓陳嫂子做，妳使個丫鬟過來取就是了。」

雖然拒絕了，但她還是提供兩個法子給胡氏選擇。

胡氏一聽她拒絕，立刻就委屈起來了。「大嫂連這點小忙也不願意幫嗎？好歹我肚子裡的這個也是妳的姪子呀，要不我拿人跟妳換？」若說之前胡氏對於能不能把陳嫂子要過去還可有可無，現下沈薇一拒絕，反倒激起她的好勝心，一定要把陳嫂子弄回自己院子裡了。

妃。

「母妃，真不是兒媳不講道理，實在是肚子裡您孫子鬧著呢。」她很委屈地看向晉王妃。

沈薇立刻想笑了。就那麼一團還沒發育完全的血肉，也知道是兒子了？在自己院子裡說說也就罷了，到了外頭還一口一個姪子、孫子的，倘若生下來不是的話豈不打臉？

晉王妃蹙了蹙眉頭，不贊同地看著沈薇。「沈氏，妳弟妹這不是懷了身子嗎？不過一個下人，妳給了她就是。」

沈薇搖頭。「我剛才不是說了嗎？可以讓弟妹院子裡的丫鬟來學做涼麵的手藝，也可以陳嫂子做好送過去，反正弟妹只要能吃到涼麵即可，為什麼還非得要人呢？」

「別人做的哪有陳嫂子做的味道正？而且晉王府到郡王府還有段距離，來回跑豈不麻煩？我能等，可肚子裡的這個能等嗎？」胡氏一副好似受了大委屈的模樣。

晉王妃看向沈薇的目光頓時凜冽起來，硬邦邦地下了命令。「沈氏，把人給妳弟妹，妳若是缺人使喚，我給妳添上幾個。」

胡氏聞言，立刻笑盈盈地看向沈薇，眼底卻滿是挑釁和得意。

一旁坐著的吳氏垂下眸子，斂去其中的嘲諷。太不要臉了！就沒見過胡氏這麼不要臉的。不過她可不以為胡氏能從大嫂手裡要到人。

沈薇笑了，意味深長地看了看晉王妃，又看了看胡氏，懶洋洋地開口道：「原來三弟妹是看上我的人了。妳是懷了身孕不假，合該全府的人都得圍著妳轉嗎？當心過了頭招來報應。心情好，妳叫我一聲大嫂我應妳，心情不好，妳得叫我一聲郡主娘娘；胡氏，妳多大的臉敢妄想本郡主的人？妳不過是懷個孕，還想上天了？

「今兒我把話放在這裡，人，我不會給妳，涼麵也沒有了。我偏就不信缺了這口涼麵妳還會死不成？妳仗著肚子裡那塊肉想幹什麼我管不著，但別招惹我。妳就找死吧，什麼時候把胎兒弄沒，妳就安分了。」

這話說得所有人心驚肉跳，胡氏的眼睛頓時紅了，站起身就要向沈薇撲來，被她身邊的大丫鬟眼疾手快地抱住了。「夫人、夫人，您還懷著小公子呢！」

晉王妃被胡氏的舉動嚇得魂飛魄散，尖叫道：「胡氏，給我老實坐好！」抬手指著沈薇，哆嗦著嘴唇怒斥。「沈氏妳是何居心？妳、妳！」

沈薇冷冷地回望著她，出口的話異常冷漠。「妳好，我好，大家好，多好？妳們偏不願意，非逼著我發脾氣撕破臉才好受。本來我今天心情挺好的，也不想跟妳們計較，可妳們就是有本事把我的心情弄糟糕。咦，王妃瞪我幹麼？怎麼，嫌我說的話難聽？可這是事實呀，以胡氏這般做法，王妃還想抱孫子？等著吧！

「行了，今兒就到這兒吧，我提前跟王妃告個別，明兒一早我跟大公子就搬去郡王府了，你們也都不用送了。以後，初一、十五，我若心情好就來給王妃請安；若是心情不好，王妃也就別等了，還是多關心關心二公子、三公子和四公子吧。」沈薇撂下這番話，便施施然轉身離開了。

當晚，晉王爺把徐佑叫過去。

他望著比他還要高上一些的長子，想到明日他就要搬離王府，此時才深刻地意識到這個自己向來忽略的長子，在自己看不到的地方已然長大了，沒靠著他這個老子一分一毫助力，自個兒掙出了前程，心中可不是滋味了。

本想說幾句勉勵的話，可出口卻變成了——「你也管管你媳婦。」

徐佑面色平靜地回了一句。「父王，兒子懼內。」

晉王爺差點沒被噎死，指著徐佑，說不出一句話來。

他居然理直氣壯地說他懼內，簡直是天大的笑話。「你還能有點出息嗎?!」

徐佑黑亮的星眸一翻。「兒子怎麼沒出息了?兒子懼內礙著誰了?兒子都二十好幾才娶上媳婦，又是個貌美如花嫁妝豐厚的，可不得捧在手裡好生疼著寵著?哪個又在父王跟前告刁狀了，就這麼見不得兒子好?這不是挑撥咱們父子之間的感情嗎?」

接著又道：「何況兒子這也是跟父王您學的，您待王妃不也如珠如玉、此情不渝嗎?」

嗆得晉王爺滿腹的話也不知從何說起，只得擺手道：「走吧，趕緊走吧，別擱這兒氣我了。」他算是明白了，這個兒子就是生來氣自己的。

徐佑可瀟灑了，二話不說轉身就走。一個個都欺負他媳婦，他還沒找她們算帳呢，她們倒惡人先告狀了。

「快快快，來了、來了，站好，都站好！一會兒聲音要洪亮，知道嗎？」提前過來郡王府的蔣伯，挺著那胖胖的大肚子大聲吆喝著。

徐佑把沈薇從車裡扶出來，兩人抬頭看向寬闊高大的府門，上頭四個銀鈎鐵畫的大字在陽光下熠熠生輝。這就是她未來的家，是她今後要生活的地方……沈薇心中隱隱激動起來。

「這牌匾是聖上親賜的？字不錯。」沈薇輕聲問道，眼底滿是欣賞。

「夫人，請隨為夫入府吧。」徐佑做了個請的動作。

沈薇微微一笑，和徐佑肩並著肩，手攜著手朝平郡王府走去。

「恭迎郡主、郡王回府！」隨著蔣伯的手勢，震耳的吼聲齊齊響起。

大門兩側整齊地列著兩列隊伍，沿著中間的主道一路朝府內延伸，打頭的是蘇遠之幾人，接著是歐陽奈領著護院和沈家莊的後生們，然後是府裡伺候的奴才下人。

「郡主、郡王爺，請。」蘇遠之穿著一身繡著暗紋的青色衣裳，臉上帶著和煦的笑容，超凡脫俗。

沈薇瞧著這陣仗，真是心花怒放，不由抬手揮了一下。「大家辛苦了。」

「不辛苦，恭迎郡主、郡王回府！」吼聲再次整齊地響起。

徐佑和被梨花、荷花、桃花擠到一邊去的江家兄弟，心情就複雜多了。聽見沒？人家喊的是「恭迎郡主、郡王回府」，郡主在前，他這個郡王爺排在後頭，若不是大門上頭掛著「平郡王府」的牌匾，還以為走錯了地方呢。

再瞧瞧列隊相迎的人，絕大部分都是他媳婦的人，寥寥幾個屬於自己的人參雜其中，這是夫綱不振啊！

徐佑不由朝江黑、江白投去嫌棄的目光。瞧瞧人家蘇遠之和歐陽奈，多會辦事，好歹你倆也多找幾個人來給爺撐臉面呀！

江黑和江白也很委屈。這事都是蔣伯張羅的，關他兄弟倆什麼事？蔣伯也真是的，都一把年紀了，這麼上趕著去抱郡主的大腿，無恥不無恥？

蔣伯更委屈，他也想給郡王爺長臉，可平郡王府裡住著的全都是郡主的人，郡王爺手底下哪有什麼人？他可是把晉王府院子裡的小廝和婆子全都弄來了，喏，不是都在後頭站著嗎？

徐佑順著蔣伯的目光看去，就那麼十來個小廝，外加七、八個粗使婆子……

沈薇把徐佑主僕的目光盡收眼底，可得意了，捏了捏徐佑的手，輕聲笑語道：「以後，你就負責貌美如花，我呢，就負責打怪養家。」

徐佑嘴角抽了抽，卻也沒有反對，回了她一句。「以後為夫就靠夫人了。」

「好了，都辛苦了，這個月每人多發兩月月錢。今兒中午咱從外頭酒樓訂席面，好酒好菜吃飽。」沈薇豪爽地宣佈。

眾人立刻歡呼起來。「多謝郡主娘娘恩典，多謝郡王爺！」整個平郡王府像過年一樣。

「走，去瞧瞧主院，為夫親自選的，薇薇瞧瞧喜不喜歡，若是不喜歡，咱們再換。」徐佑對沈薇道。

沈薇點點頭，也很期待徐佑的這個驚喜。

侍真的站在主院外頭的時候，沈薇臉上的驚訝和驚喜一齊閃過。風華居，跟她在忠武侯府住的院子只一字之差，而且只從敞開的院門就能看出，這座院子跟她住過的院子是何其相似了。

這便是徐佑給她的驚喜嗎？她真是又驚又喜。沈薇覺得心裡有個什麼東西在左竄右竄，像是要跑出來似的，平靜無波的心湖也吹起了波浪。

她把頭靠在徐佑肩上，唇角含笑。「徐佑，我有沒有跟你說過，君若無情我便休？」

「說過。」徐佑擁著沈薇也往前望去。

「那今兒我再加上一句，你若不離，我便不棄。」她的聲音響起。「徐佑，你若不先背叛我，那這一生我便陪你走下去，可好？」

「好。」他收緊胳膊，把沈薇圈在懷裡，回答得堅定而愉悅。這小丫頭終於肯向他又邁一步了，不枉他費了那麼多心思。

雖然搬進了郡王府，但千頭萬緒的瑣事還等著沈薇拿主意。她的辦法很簡單，提拔幾個管事，把事情全扔給他們，日常事務他們自個兒作主就行，拿不了主意的再報到她這裡。

郡王府的大管家依舊是蔣伯，內院則由莫嬤嬤統管，府裡的侍衛交給歐陽奈帶著，暗衛則由沈薇親自掌著。本來出嫁前夕，她想把暗衛還給祖父，老侯爺卻沒要，說當是給她添的嫁妝。

沈薇忍不住咋舌。這支暗衛的價值可比祖父給的私房還重呢！但本著有便宜不占是王八蛋的原則，她很謙虛地笑納了。

至於蘇遠之，他算是沈薇的半師，又是她的幕僚，以前在沈家莊時還兼職做了一段時間的管家，沈薇便給了他超然的待遇和地位，看似啥也不用管，但只要其他人有不決的事情，都能問計蘇遠之。

第一百一十九章

皇宮西端是冷宮的位置，關著一些犯了事的宮妃，平日少有人涉足這裡。

徐佑一個人都沒帶，一身月白錦袍，在這頹敗的景致中顯得格格不入。

他在冷宮最邊邊的一座宮殿前停住腳步，抬頭看了看有些斑駁的宮門。

守門的侍衛過來行禮。「見過平郡王。」

徐佑沒有說話，直接亮了亮手中的權杖，抬腳就朝裡面走去。那侍衛退至原來的位置，不敢阻攔。

與其說這是一座宮殿，不如說這是一座破破爛爛的院子。花木瘋長著，無人打理，地上落滿了樹葉，好似許久沒清掃，整座宮殿到處都透著頹敗。

老遠便聽到正殿裡傳來劇烈的咳嗽聲，徐佑心中一緊，不由加快了腳步。走近了，就聽見裡面的說話聲。

「殿下，您都咳了半個月，再這樣下去可不行，妾身去求求門口的侍衛通融一二吧。」一個女子憂心的聲音。

「無、無事，不要去求他們。妳離我遠一些，小心過了病氣。」這是一個年輕男子的聲音，許是生病，聽著便底氣不足。

「太子哥哥。」徐佑在殿門口輕喚。

殿內，一對夫妻模樣的男女一齊轉頭。男子約莫二十多歲的樣子，清瘦蒼白，整個人都靠在軟榻上，顯得神情懨懨的，唯獨一雙眼睛清澈透亮。

那個婦人模樣的女子身上穿了一件半舊的醬色衣裳，頭上綰著一個簡單的髮髻，除了一根銀簪，頭上一件像樣的首飾都沒有。

「太子妃娘娘。」徐佑對著她拱拱手，那婦人趕忙還禮，眸中閃過喜色。「是大公子呀！」

「都淪落到這種地步了，阿佑也該改口了。不過是個廢太子，沒得給你招來麻煩。」軟榻上的男子嘴角勾出一抹嘲諷的笑，神情非常平和，像是在說別人的事情。「我這裡等閒也沒有人來，也只有阿佑還能想起來看看我。以後你也別來了，這裡晦氣，誰沾染了誰倒楣。」說著又咳嗽起來。

徐佑快步上前，坐到他身邊，抬手就搭上他的手腕。那手腕纖細而蒼白，皮膚下的血管都看得一清二楚。

「別白費力氣了，我這個破爛身子也不過是熬日子……哪天真的熬不下去也就解脫了。」男子掩著唇，喘著氣說道。

徐佑不為所動，只專心地診脈。男子見狀，也只好無奈地由他去了。婦人一直滿臉擔憂地站在一旁看著，看向榻上男子的時候，眼裡是明顯的心疼和傾慕。

「太子哥哥這是受了風寒，喝上幾日藥就好了。」徐佑收了手，淡淡地道。

立在角落裡的老太監便撲通一聲跪下來，含淚哀求。「大公子，求您想想法子吧，好歹給殿下弄點藥過來。殿下都咳嗽了半個月，不能再拖下去了！」

「他們居然敢斷了您的藥！」徐佑一聽太監所言，加上之前聽到的對話，還有什麼不明白的？「聖上都沒有定您的罪，他們倒作踐起您來！不行，這事我要稟報聖上。」他氣憤地攥緊拳頭。

便是再落魄，再是被聖上幽禁，那也是龍子鳳孫，是聖上的親子，卻被底下的奴才作踐至此！

青年男子卻拉住徐佑。「你呀，不是都封郡王了嗎？怎麼還像小時候那般衝動？沒有用的，不過是有人見不得我好罷了。我已經這樣了，何必為了我觸怒父皇呢？」他的臉上一片清冷。

這讓徐佑更難過。外頭誰不說他沈穩，唯獨這個仁愛的兄長還當他是那個孤立無援的孩童。「好，我不去，回頭我悄悄地想法子弄點藥給您送進來。」

一旁的婦人大鬆一口氣，對著徐佑鄭重地行禮。「妾身多謝大公子了。」這些日子，每每聽到自家夫君的咳嗽聲，她的心就緊揪起來。身邊的嬤嬤想了無數的法子也沒能弄到藥來，她都要絕望了，還好大公子來了。

徐佑慌忙避開，四下看了看，又道：「回頭我再尋些東西送過來，您這裡太簡陋了。您也別擔心，我來您這裡，聖上是知道，也是允了的。」

望著堂弟執拗的眼神，男子嘆了一口氣，沒有拒絕。他看向婦人，溫柔地道：「照顧了我一夜，妳也累了，回房歇會兒吧，我跟阿佑說說話。」

那婦人明白兄弟倆是有話要說，便恭順地退了出去。

「阿佑，我聽說你娶了妻，是哪家的閨秀呀？」青年男子目光柔和地望向徐佑，眸中滿是欣慰。

徐佑想起沈薇，心情也愉悅起來。「是老忠武侯的孫女，三房的嫡長女。」

青年男子看到他唇邊的笑，心中無比感慨。一晃眼這麼多年過去了，那個曾經滿身戾氣的堂弟都娶了媳婦。「那便是阮大將軍的外孫女了，弟妹一定長得傾國傾城吧？」他打趣了一句。

徐佑摸了摸鼻子，認真說道：「是挺好看的，重要的是弟弟心悅於她。」

青年男子便笑了。「那真的恭喜你了，一定要好生過日子啊！」像江氏，待自己也是情深意重，陪自己在這裡過了十年的苦日子，是自己對不起她。

徐佑點頭，想了想又道：「太子哥哥，您也別洩氣，我瞧聖上這兩年的態度鬆了一些，我想想法子幫您求求情，看能不能讓聖上把您放出來。」

青年男子擺擺手。「你別費那個力氣了，即便是父皇那裡鬆口，那些人也不會輕易妥協的。何況母后都不在了，我出不出去又有什麼區別？這幽明殿也挺好的，清靜，我都住習慣了。」

頓了一下又道：「不過有件事還真得請你幫忙呢。江氏有了，也許為兄我這輩子就這一次做父親的機會了……江氏陪著我吃了十年的苦，哪怕我不在了，我也希望她身邊能有個孩子陪著她。阿佑，為兄求你一定要幫著保住這個孩子。」他的聲音很輕很輕，臉上滿是祈求。

徐佑微微驚訝，握住青年男子的手，鄭重地道：「太子哥哥放心吧，我一定會保住您的孩子。您再好好想想吧，就是為了孩子，您也該振作起來呀。」他的聲音也很輕。太子妃這十年都未有身孕，少不得是外頭那些人的手段，他們是看不得太子哥哥有子嗣的，若是此時被他們得知太子妃有了身孕，那後果他也不敢想。

青年男子的眼睛閃了閃，若有所思。徐佑也不催他，只耐心地等待著。許久才聽到他苦笑一聲，道：「阿佑，我盡力吧。」

能得這麼一句話，徐佑已經很滿足了。只要太子哥哥自己不放棄，他再在聖上那裡敲敲邊鼓，讓龍衛悄悄照看著，情況總會越來越好的。他如今長大了，手裡有了勢力，不再是那個被關在晉王府院子裡飽受病痛折磨的孩童，不再是那個被太子哥哥護在身後的孱弱孩子，到了他為太子哥哥做些事情的時候了。

像想起什麼似的，徐佑道：「太子哥哥別擔心，回去後我想法子弄個大夫來給您和太子妃瞧瞧。」

青年男子卻擺手拒絕了。「你能想法子送些藥進來就行了，大夫太打眼了。」

徐佑的臉上便帶出幾分羞赧。「沒事，您弟妹鬼主意最多了，她準能想出辦法的。」頓了頓，他眼神亮晶晶的，像身懷異寶、想要向人炫耀似的。「太子哥哥是不知道，我家小四可是個奇女子呢，我能封這個郡王還有她一半的功勞。西疆不是大捷了嗎？西涼被打得無還手之力，老巢都被咱們給掀了，西涼王和一干大臣全都成了俘虜，這都是我家小四的手筆。太子哥哥，我跟您說——」徐佑像個碎嘴婆娘似的顯擺起妻子的豐功偉業來。

青年男子或驚訝、或讚嘆，兩個人不時地發出會心一笑。

殿外，本該在房裡歇息的江氏卻站在這裡，臉上掛著恬淡的笑容，眸中卻充滿淚水。殿下有多久沒這樣高興地笑了？

世態炎涼，自殿下被廢了太子身分，幽禁在這裡，那些曾經奉承他們的人一個都不見了。唯獨大公子最有良心，不怕遭連累，有時會過來看望他們。只要他來，殿下就這般高興；只是大公子自個兒身子骨也不好，大半的時間都在山上養病，一年能過來兩、三回都是多的了。

「娘娘，您昨兒都累了一夜，該歇歇了。」江氏身邊的心腹老嬤嬤滿臉擔憂地勸道。娘娘現在可是雙身子的人，這裡的條件又是這樣，一個疏忽可能就會送命的呀！

江氏擦了擦眼淚，點點頭，在老嬤嬤的攙扶下，一步一回頭地離開了。

「回來了？」聽到外頭丫鬟請安的聲音，沈薇放下手中的書冊。因為天熱，又是在屋內，她穿了一件藕荷色的家常衫子，頭上只用一根碧玉簪子把頭髮綰起，腕上也只戴了一只玉鐲，翠綠的水頭襯得她的玉腕更加瑩白。

徐佑應了聲，便揮手打發屋裡的丫鬟下去，來到沈薇身邊把她摟在懷裡。

沈薇眼睛一閃。這是怎麼了？「不高興？」

「嗯。」徐佑的聲音悶悶的。

沈薇眨巴了下眼睛，玉手捧著徐佑的臉。「哪個惹你不痛快了？來，跟本郡主說說，本郡主替你出氣去，看我不弄死他。」下巴一抬，好囂張。

徐佑陰鬱的心情因此好了幾分，大手點了點沈薇的鼻子，點頭道：「好，就等著薇薇替為夫出氣了。」

「走走走，本郡主倒要瞧瞧是哪個不長眼的。」沈薇作勢就要扯著徐佑找人，卻被他一使勁又按在懷裡。「薇薇。」他的聲音透著無限疲憊，又似乎還夾著愧疚。

沈薇眉梢一挑。莫不是這廝做了什麼對不起自己的事吧？隨即又否定了這種猜測。徐佑待自己真可謂是如珠如玉，而且他大部分時候都在她眼皮子底下晃悠，就是想做壞事也沒那個時間呀！

看來是因為別的事情了。沈薇也不催他，乖乖地窩在他的懷裡，安靜地陪伴他。

許久，徐佑才打破沈靜。「我今天去瞧太子哥哥了。他病了，也沒有藥，狀況很不好。」

「太子哥哥？」沈薇一怔。記得當朝太子是聖上的第四子，比徐佑要小好幾歲的吧？

徐佑一聽便知她誤會了，解釋道：「不是現在這個太子，是前太子，程皇后所出的皇長子。」他實在說不出「廢太子」三個字。

「哦，你說的是十年前被聖上幽禁的那位太子？」沈薇頓時想起，聖上是有一位結髮皇后，這位元后還生下了長子，便是徐佑口中的那位太子。只是十年前，朝中似乎出了一件什麼事，程皇后暴斃，這位太子也被聖上幽禁起來。

「嗯。」徐佑點點頭。「他被聖上幽禁在幽明殿，日子過得不好。」

沈薇眸中閃過瞭然。「你跟這位原太子爺的關係很好？」她比較詫異的是這一點，要知道徐佑自小就是個病歪歪的，極少出院子，大一些就去了山上養病，一年到頭也不在京中待幾天，沒什麼朋友不說，連跟府裡的兄弟也都淡淡的，怎麼偏跟這位太子爺交好了？

沈默了一會兒，徐佑才道：「我小時候身體不好，五歲之前幾乎沒怎麼出院子，成日喝藥。我記得五歲那年冬天，病得快要死了，可皇祖父安排在院子裡的人都被王妃支走了，連茹婆婆都有事不在。我從床上翻了下來，是來府裡玩的太子哥哥因好奇院子，跑進來發現了，我才撿回一條命，也是太子哥哥把這事告訴皇祖父的。」

好似陷入回憶，隔了一會兒，他又道：「太子哥哥比我大三歲，許是瞧我可憐吧，太子哥哥待我很好，每年我從山上回來，他都會跑來看我，給我帶許多好玩的東西。」

沈薇理解地點點頭。原來徐佑小時候還有這般經歷，難怪他對晉王府的人都沒啥感情。

「那十年前到底發生了什麼事？聖上為何要幽禁太子爺呢？」她提出心中的疑惑。按理說，廢掉太子這可是大事，尤其是當時這位太子爺已經十七，都學著當差了，也沒聽說有什麼失德之舉，怎麼說廢就廢？那位程皇后又真的是暴斃嗎？為何大家對這些事都忌諱頗深，避而不談呢？

又是半天的沈默，徐佑才道：「本朝有位並肩王，妳知道吧？」

沈薇點點頭。「是那位跟皇室反目，帶兵出走的並肩王程義嗎？莫不是十年前的事牽扯到這位並肩王？」

並肩王是程義，程皇后亦姓程，難道……沈薇瞪大眼睛朝徐佑望去。

迎上她的目光，徐佑點了下頭。「不錯，程皇后便是並肩王程義的義女。」

沈薇眉頭一蹙。「就因為這個？聖上的心眼也未免太小了點吧？不對，程義跟皇室鬧翻要更早吧，聖上不還是封了程皇后和她所出的太子嗎？怎麼多年後又翻舊帳了？難道當初都是做給人看的？那聖上也太不是東西了！」為了朝局而犧牲結髮妻子和長子，她最瞧不起這種人了。才說晉王爺是渣爹，原來聖上也比他好不到哪兒去，真不愧是一母同胞的親兄弟。

第一百二十章

瞧沈薇臉上不加掩飾的鄙夷，徐佑的嘴角抽了抽。「不是妳想的那樣。」他道：「聖上和程皇后少年結髮，感情特別深厚，即便並肩王跟皇室鬧翻了，聖上登基後，仍是頂住壓力冊封了髮妻、長子為皇后和太子。十年前，朝中發生了一事，東宮詹事府詹事於朝堂上揭露太子哥哥與程義密謀，企圖奪權篡位，並呈上了太子哥哥與程義的來往信件。太子哥哥百口莫辯，聖上震怒，朝臣譁然，太子哥哥和程皇后都被軟禁起來……程皇后是為了求聖上留太子一命才自尋短見的。」

「那個詹事府的詹事呢？」沈薇一下子尋到了關鍵處。

徐佑道：「死了，當場就在金鑾殿觸柱而亡。」

「這手段真是不大高明。」但十分有用。她臉上浮現嘲諷之色。「你的太子哥哥是被冤枉的吧？」

「妳怎麼知道？」徐佑微愣。「事情發生的時候，我才十四，也不在京城，等我從山上回來後，用盡了法子才見到太子哥哥一面。他說他根本就沒有跟並肩王有過聯絡，更沒有寫過那些書信。我也相信太子哥哥是被冤枉的，可我相信有什麼用？大臣們不相信，聖上不相信。」

「誰說聖上不相信？」沈薇眼一翻，道：「他若是不相信，你的太子哥哥就不是幽禁，而是貶為庶民、流放出去了。也許他一開始不相信，但他又不是沒腦子的，事後還能不懷疑嗎？即便不全信，也有四、五分吧。」

「怎麼說？」徐佑問道：「還有，妳怎麼覺得太子哥哥是被冤枉的？」就連太傅都不敢替太子哥哥說一句話，跟太子哥哥素未謀面的小四怎麼就相信他是被冤枉的呢？

「這不是明擺著嗎？你的太子哥哥已經是太子了，只要他耐心等下去，沒有大過失，皇位早晚是他的，用得著謀反篡位嗎？而且你也說了，那位並肩王只是程皇后的義父，又不是親爹，在你太子哥哥極小的時候就已出走，太子是腦子進水了才會和這樣一個沒有血緣關係又沒啥感情的人聯手。」沈薇斜睨著他。

「當時你太子哥哥多大來著？十七吧，才剛剛大婚，若他是三十五、四十五歲，還有可能因為心急而謀反篡位，十七歲正是準備好生表現以求讓聖上看到自己的才幹，會想著謀反嗎？

「還有就是那個詹事，死得多巧，這不就死無對證了嗎？誰知道他的話是真是假？這人恐怕是誰的暗棋吧？畢竟他身為東宮詹事，身家性命皆繫於太子一身，太子登基了，還能少了他的榮華富貴？可他偏站出來揭露什麼太子與人謀逆，這人是腦子傻了吧？就算太子真的與人勾結，他作為東宮屬官，正常要麼是幫忙掩蓋，要麼是慢慢與太子疏遠；他倒好，不僅當著眾臣的面揭發出來，還觸柱身亡，這不是受人指使是什麼？」

「那詹事定是跟在你太子哥哥身邊很久，是很得信任的人吧？不然他說的話誰信？由此可見，這個針對太子的局布了很多年，恐怕從並肩王跟皇室鬧翻就開始了……嘖嘖，這麼長時間的謀劃，你太子哥哥敗得也不冤。」

瞧徐佑的臉色有些不大好看，沈薇又道：「聖上或許是事後察覺到了什麼，所以只是把太子幽禁起來，並沒有定罪，廢了他的太子也不過是為了保護他罷了。」

徐佑的臉色才好看一些，隨即又眼眸發亮地望向沈薇，感嘆道：「薇薇可真聰明。」

沈薇嗤笑一聲。「是旁觀者清好不好？再說，我不信滿朝大臣中就沒有懷疑的？不過是都瞧著聖上的態度罷了。聖上只是礙於證據確鑿，不得不給朝臣們一個交代罷了。看見沒，手段雖然粗糙，但管用就行。事後難道你沒有查過，那詹事要麼沒有家小，要麼家小提前消失不見了。」

徐佑摸了摸鼻子，不好意思地道：「確是如此。那是我第一次動用龍衛的力量，那個詹事的家小半個月前就不知去向了。」

沈薇得意一笑。「那些書信應該都是偽造的，只要拿到太子和並肩王的筆跡，找個人模仿還不簡單嗎？」

徐佑的眼神更加明亮了，瞧沈薇也更加熱切，這讓沈薇忍不住防備起來。「幹麼這麼看著我？」

徐佑討好一笑，貼在她的耳邊輕聲說了幾句什麼，哀求道：「好薇薇，妳這麼聰明能幹，就幫幫為夫吧。」大手殷勤地給她捏起肩來。

「你就會給我找麻煩。」沈薇沒好氣地瞪了徐佑一眼。只看幕後之人能花這麼長時間布這樣一個局，可知此人的勢力手段了，她貿然摻和進去好嗎？

「能者多勞唄，誰讓我有個厲害的夫人呢？可是妳說的，我只要負責貌美如花，妳負責打怪養家的。」

沈薇真想把面前這張臉搧一邊去，這就是個無賴又流氓，虧她之前還被感動得不要不要的。

想了想，她才勉為其難地道：「好吧，我想想法子吧。誰讓我看上了你這張臉呢？」她幽怨地在徐佑臉上捏著。

其實她沒有表現出來的那般不情願。雍宣帝在位，徐佑聖寵正濃，他們的日子會過得舒心；雍宣帝之後，若是現太子繼位，他們應該也還可以逍遙自在。可是她瞅著，現太子不大能幹過二皇子啊，若是二皇子繼位……沈薇無論如何也不想看到。

二皇子本人挺謙遜，但她對他身邊的人十分厭惡，若是讓二皇子上位，秦相府便是皇帝外家，淑妃便成了太后，張長史也跟著水漲船高，光是淑妃一個人就能讓她日子不痛快了。

所以為了以後的日子好過，二皇子還是不要上位的好。但放眼滿朝的成年皇子中，也只有幽明殿那位廢太子跟徐佑的關係最好，若真要站隊，那就是他了。

兩人說完了事，徐佑瞧見之前被沈薇放在桌上的書冊，好奇地拿起來翻了翻。「妳看這個幹麼？」這不是什麼書籍，而是京城各家各府關係介紹。

「你以為我想看？」沈薇嘴一噘。「還是莫嬤嬤提醒我，咱們不是搬過來了嗎？喬遷之喜怎麼也得辦個宴慶祝一下吧？別人來不來我不知道，反正我娘家跟外祖家定是要上門的。」

徐佑才想起這事，不以為然地道：「辦個宴挺累的，要不就別辦了。」反正他跟京中各家也沒多少交往。

沈薇斜了他一眼。這人比她看得還開！可人生在世，太特立獨行也不好。「胡說，咱倆一個是郡王，一個是郡主，還都挺得聖寵，總得給大家一個巴結討好的機會吧？有些規矩還是要守一下的。再說了，你不是想把你的太子哥哥弄出來嗎？不和大臣們聯絡聯絡感情，誰幫著你說話呀？」

徐佑一聽她這樣說，立刻就同意了。「行，咱們就辦個宴吧！妳也別看這玩意兒了，反正來的人大多都得對妳行禮，宗室中來的約莫也都是平輩，不會有人為難妳的。宴席安排也不用擔心，讓莫嬤嬤操持就是了……嗯，把妳家大伯母侯夫人請來幫忙也可。」他家小四文能安邦、武能定國，何必困在內宅小事上呢？

沈薇點點頭，又補充道：「把二弟妹也請過來幫忙。」

「請她幹麼？」徐佑有些不樂意，搬離了晉王府，他恨不得能和那邊撇清關係。

沈薇對他的心思那是摸得一清二楚，知道他不喜那邊的人。「咱們自個兒心裡知道就行，表面上還是得維持一下。咱們辦宴，只請我娘家的人過來幫忙，而沒請你家的人，你讓外頭人怎麼看咱們？你這是上趕著給你繼母送把柄呢！再說了，你爹到底是聖上親弟，有晉王府在那兒，咱們做小輩的也能乘涼一下呀！有便宜不占，傻了是吧？」

徐佑被沈薇訓得臉上訕訕的，道：「一切都聽薇薇的。」

沈薇哼了一聲，十分滿意，又窩進徐佑的懷裡。

平郡王府宴客，來的人自然極多，有宗室、勛貴，還有朝中的大臣，更多的是低品的文武官員。平郡王府所在的這條街道頓時擁擠起來，路都堵得死死的，好多人離得老遠就下車下轎下馬，自個兒步行走過去。

沈薇也沒想到會來這麼多人，可稍一思考便明白了。徐佑是聖上的親姪子，而且頗為受寵，宗室們總得給些面子吧？而她出身忠武侯府，先不說郡主封號，就衝著祖父，勛貴和朝中的大臣也是要來的，也不都指著能得到什麼好處，但總不能別人都來了你不來，那不是得罪人嗎？

至於那些低品文武官員的心思更好猜了，平常就是捧著禮物想巴結平郡王都進不了大門，這是多好的機會？即便到不了平郡王和嘉慧郡主跟前，好歹也能和其他官員搭上話。

男賓和女眷是分開招待的，男賓那裡有蘇遠之和蔣伯操持，女眷這裡因為有大伯母許氏和晉王世子夫人吳氏幫忙，一切也打理得井井有條，沒讓沈薇操心，她也就陪著輩分比自己高的幾位說說話就行了。

忠武侯府的幾位姑奶奶也都來了。其中，沈霜挺著個大肚子，婆婆婁氏不錯眼地盯著，沈薇立刻迎上前去扶住她，蹙著眉不贊同地道：「二姊，妳這都顯懷了，不好生在家裡歇著，到處亂跑什麼？妹妹我還能挑了妳的理去？」

沈霜笑笑。「沒事，已經過了頭三個月，大夫都吩咐要多活動活動才好。四妹府裡的喜事，我這個做姊姊的怎能不親自來道賀呢？」

沈薇瞧了瞧她凸起的肚子，目中含著擔憂。「二姊，這才四個月吧？怎就這麼顯呢？妳可別補過頭了，到時可不好生啊！」

沈霜聞言就抿嘴笑，一旁的婁氏也是眉開眼笑的樣子。「好教郡主娘娘知道，霜姊兒懷的是雙胎。」

「真的？那太好了！」沈薇一喜，隨即看向沈霜的目光更加不贊同了。「都懷了雙胎，就更得小心謹慎。妳若是想見我，使個奴才送個口信，我立刻去尚書府瞧妳去。妳說說妳，大伯母要是知道了一定又得罵妳。」

「可不得罵嗎？」聞訊趕來的許氏黑著一張臉，手指虛點著沈霜的額頭。「我的小祖宗，妳就不能讓我少操點心？妳也就仗著妳婆婆疼妳！大嫂，她若是再這樣不聽話，妳就給我擰她。」眼裡卻是掩飾不住的擔憂。

「那我可捨不得。」婁氏爽快地笑著，眼睛卻不離沈霜的身子。「她願意走動也是好事。太醫說了，雙胎生時本就要艱難一些，她多走動走動，身子骨強健，到時也好生。索性我這老胳膊老腿還能走動，多看著她一些唄。」看得出她對這個甥女兒媳很是喜愛。

「大嫂就慣著她吧！瞧都把她慣成啥樣了？」許氏嘴上抱怨著，眼裡卻滿是高興。

「我的親兒媳，我不慣她慣誰去？」妻氏理直氣壯地回了一句。

沈薇見狀忙道：「都別站著了，趕緊進去吧，我二姊還是雙身子呢。梨花，妳親自領著大舅母和二姊過去，找個安靜點的地方，別吵著我二姊。」

梨花小跑著過來，領著沈霜和妻氏去安置了。許氏看著自個兒閨女的背影，長長地嘆了口氣。沈薇安慰道：「放心吧大伯母，雙胎是艱難一些，但二姊身子骨一向就好，到時再請太醫在府裡坐鎮，肯定能平安生下來的。」

「借薇姊兒的吉言了。」許氏還是憂心，強笑了一下。她這輩子就兩個閨女，瑩姊兒嫁得遠，她就是再擔心也管不了；霜姊兒離得倒是近，可她還是操不完的心，欸，兒女都是債呀！

「薇姊兒快進去陪幾位老夫人說話吧，外頭有大伯母照應著呢。」許氏收起臉上的擔憂，對沈薇道。

「那就煩勞大伯母了。」沈薇面上帶著感激。她不是操持不來，而是確實不大喜歡這樣的瑣事，有大伯母幫忙，自己輕省多了。

「瞧妳這丫頭，跟大伯母還客氣什麼！」許氏嗔了沈薇一句，又腳下生風地忙去了。

女眷聚到一起能說什麼？除了家長裡短就是誇沈薇，從容貌到品性再到有福氣，連她這樣臉皮厚的人都覺得臉上發燙。這說的是她嗎？是寺廟裡的佛爺吧！

在座的還有兩人覺得大家的眼都瞎了，一個是秦穎穎，一個是沈雪。

秦穎穎一點也不想上門來恭賀，但沒拗過她娘。秦母是這樣說的：「妳是要嫁入晉王府的，再怎麼說那也是妳未來的大伯和長嫂，是一家人。他們喬遷之喜，妳登門恭賀，外頭人見了也只有說妳懂事的。」至於女兒跟那位嘉慧郡主的口角，她壓根兒沒當一回事。

秦穎穎冷著臉瞧著眾人奉承沈薇，心裡可鄙夷了。什麼賢良淑德，什麼聰敏柔佳，不過是個鄉下長大的潑婦罷了！

邊上的秦母見狀，忙扯了扯女兒的袖子，狠狠瞪了她一眼。

秦穎穎這才收回視線垂下眸子，到底沒有失態，讓秦母鬆了一口氣。

第一百二十一章

沈雪的心情便複雜多了，經過上次的事情，她明白有個強勢的娘家是多麼重要。夫君親自登門接她回府，回到府裡，婆婆也對她露出笑臉，連向來嚴肅的公爹都和顏悅色地安慰她幾句。

她心裡知道，這都是因為自己是忠武侯府的小姐，她的祖父是聖上看重的太傅。

這一回，平郡王府的喬遷之宴，不用別人催促，她自個兒就積極做起了準備，她跟沈薇不對盤，卻又不得不借沈薇的勢，即便心裡嘔得要死，臉上還得做出歡喜的樣子。

這些道理她都明白，但真正看到眾星捧月般的沈薇時，仍忍不住心裡泛酸。偏偏好友李欣蕊還不停地在她耳邊嘀咕，什麼阿雪妳姊姊可真漂亮呀，妳姊姊的運氣真好，不僅能封郡主，還能嫁個人人羨慕的好夫君——

沈雪是越聽越恨，同是一個爹，憑什麼她攤上那樣的婆婆，日子過得那般艱難，而沈薇卻能享受眾人的拍馬逢迎？

她來得早一些，親眼瞧見那位平郡王是怎樣待沈薇的，他眼睛裡是能溺死人的溫柔和寵愛呀！而她使盡手段才嫁成的瑾瑜哥哥呢？待她卻是一日不如一日，雖然仍是那般溫柔，沈雪卻能感覺到夫君的疏離。

想到這裡，沈雪不由抓緊帕子，忍不住地哼了一聲。

這一聲特別清晰，不僅沈薇聽到，在座的女眷都聽到了，不由看了看主位上的嘉慧郡主，又看了看下頭坐著的沈雪。

姊妹不和？這是要翻臉了？女眷們眸中閃爍，心底隱隱有些興奮。

沈薇連個眼風都沒朝沈雪那兒瞟一下，極其自然地就換了一個話題。在座的女眷沒有一個是笨人，自然順著沈薇的話題說開去，哪怕心中再好奇也不敢打探。

沈薇根本就沒把沈雪放在眼裡，今日是他們的喬遷之宴，她才不會跟沈雪鬧起來，讓眾人看笑話。怎麼說她們也是親姊妹，一榮俱榮，一損俱損，只是沈雪不明白。之前她看到沈雪老早就來了，還以為她長進了，沒想到仍是這副扶不上牆的德行。

男賓那裡，徐佑跟朝中大臣們招呼著，眾人受寵若驚。雖說他們都是三品以上的高官，但以往這位平郡王可高傲著呢，見了他們也不過是點下頭了事。現在看來，誰說這位平郡王高冷來著？雖然面上的表情少了點，不也是長袖善舞的嗎？

今日，二皇子也來了。他一來，眾人紛紛上前拜見。二皇子依舊是那般謙虛和煦的樣子。「眾位快快請起，今兒本殿下和大家一樣，都是登門作客，平郡王才是主角。」

他雖然這般說，但圍著他的朝臣仍是不少，尤其是那些品級低的，平日哪裡得見二皇子，現在好不容易有機會，可不得把握住嗎？

二皇子對徐佑歉意地笑了笑。「恭賀佑堂兄喬遷之喜。」心中卻是得意。

徐佑扯了一下嘴角，面無表情地道：「多謝二皇子殿下。」

太子沒來，賀禮卻送到了，由東宮詹事送來的；三皇子徐誠也是禮到人沒到。忠武侯府來的人挺多，沈弘文哥仨全來了，除此之外，小輩的沈松、沈柏幾兄弟也全都到場。沈玨如小大人似的幫著徐佑招呼客人，讓在場的人都忍不住點頭讚賞。

忠武侯府沒來的男主子，除了遠在西疆的沈謙，就是老侯爺沈平淵了。其實老侯爺可想來了，孫女都說要給他在郡王府留院子了，他很想來瞧瞧乖孫女是胖了還是瘦了，有沒有受人欺負？

可想到自己若是來了，還要面對朝臣諂媚的嘴臉，他立刻興趣缺缺了，只打發親兵給孫女送了禮物，人卻沒來。

正熱鬧著呢，就見蔣伯匆匆過來。「郡王爺，聖旨到了。」

眾人包括二皇子都是一驚。今日平郡王府辦喬遷宴，聖上下旨定是賞賜的了……一時間，望向徐佑的目光充滿了豔羨。這位平郡王真是聖眷濃啊！

徐佑也是一愣，隨即便反應過來。「快開中門。」

平郡王府的中門徐徐拉至最開，雍宣帝身邊最信重的大太監張全樂呵呵地走進來，手裡捧著明黃聖旨，身後還跟著一隊小太監。

沈薇那邊也得了消息，如大伯母許氏、尚書府的婁氏、沈霜、沈櫻等人自然為她高興，其他女眷們則對沈薇更加羨慕嫉妒恨，尤其是那些上了年紀的，心情可複雜了。

女眷們雖不用過去接旨，但也需要跪拜禁言。

一時間，待客的廳堂裡跪了一地，張全展開聖旨，大聲宣讀。眾人猜測得沒錯，聖上下旨正是為了賞賜，聽著張全嘴裡唸出來一連串貴重東西，眾人再次羨慕聖上對平郡王的寵愛。

「平郡王接旨吧！咱家恭喜平郡王喬遷之喜了。」張全對徐佑拱拱手，把聖旨往前一遞，態度放得可低了。別人不知道，他這個聖上跟前的心腹大太監可是最清楚了，聖上對這個姪子的倚重，有時連皇子們都比不上呢。

徐佑恭敬地接過聖旨，對著張全也是一拱手，臉上一抹淡笑。「多謝張公公了，裡面請，喝杯薄酒吧。」

張全卻笑了笑，道：「平郡王的心意咱家心領了，下次吧，咱家還要回宮覆旨呢。」

「也不差這一會兒。江白，給張公公倒酒。」徐佑吩咐道。

張全也沒再推辭，接過江白倒的酒，喝了滿滿一大杯。「再次恭賀平郡王。」

眾人看得眼睛都直了。那可是聖上身邊最得臉的大太監欸，連相爺閣老都得賣幾分面子的張全，居然對平郡王這麼客氣，真是羨慕死人了！

大家看向徐佑的目光更加熱切。

重回到宴席上，眾人三五成群地議論起來，話題自然就是徐佑這個平郡王了。

可有兩個人的心思卻不在這上頭，目光只緊追著蘇遠之的身影，有些魂不守舍。這兩人便是房閣老的兒子房銘和房均。

「二哥，那個人是大哥吧？是他回來了嗎？」房均臉上帶著震驚。

房銘也是一副見鬼的樣子。「瞧著像，應該是吧！」真的是大哥嗎？那個文采斐然，壓得他們喘不過氣來的大哥嗎？他心情可複雜了。

還是房均機靈，叫過一名服侍的小廝，指著不遠處的身影，狀似不在意地道：「那位是誰呀？」

「這位大人是問那位穿青色衣裳的嗎？那是我們府裡的蘇先生。」小廝極有禮貌地答道。

「蘇先生？」房均一聽姓蘇，心就提了起來。大哥的生母可不就是姓蘇的嗎？「這位蘇先生是何方人士，瞧著似乎很有學問的樣子。」

那小廝的臉上頓時浮上驕傲的笑，道：「這位大人可真有眼力，我們蘇先生的學問可好啦，誰有了難事去尋他討主意，保准沒錯。至於說他是哪裡人士，小的還真不知道，只知道他是我們郡主娘娘的先生，一直跟在我們郡主娘娘身邊。」

房銘和房均哥倆對視一眼，在對方眼中都看到了肯定。對，這位蘇先生就是他們的大哥，那個被族中除名的大哥。一轉眼二十多年過去了，雖然大哥的面容變了不少，但他們還是一眼就認出來，實在是大哥跟父親太像了，也是因為這位大哥帶給他們的惡夢太深刻了。

他回來做什麼？報復嗎？房銘和房均的眼裡都帶上深深的恐懼。

雖然事情已經過去二十多年，大哥也被父親趕出家門，但知道真相的房銘和房均卻從未真正放心過。

事情曝出來之後，人人都說驚才絕豔的狀元郎，房家的玉樹公子是個品行惡劣的偽君子，不然能幹出逼姦父妾的事嗎？不然正直鐵面的房閣老會把他趕出家門嗎？

可這一切不過是他們母子的栽贓罷了，品行高潔的大哥怎麼會是那樣齷齪的人呢？房銘對當年之事知道得更清楚，因為母親對大哥出手，都是為了他呀！是他不堪承受來自大哥的壓力，幾欲崩潰，母親不忍眼睜睜看著他毀了，才出手對付大哥的。

他和大哥不過相差兩歲，免不了被人拿來比較。孩童時，他也曾因有個神童般的大哥而驕傲，也曾經那般崇拜過大哥。

可隨著年齡增長，大哥帶給他的不再是榮耀，而是壓力。父親失望的目光讓他慚愧，外頭人的冷言冷語也讓他受不了，所有人都說：「瞧，那個是房瑾的弟弟，雖是親兄弟，資質卻一個天上一個地下。」

他明明已經很努力了，仍是比不上大哥隨口拈來的詩句。大哥是那麼自信而神采飛揚，他無論怎麼努力都追不上，於是他崩潰了，砸了書房撕了書，開始破罐子破摔，花天酒地起來——

母親是為了他才打壓大哥的，都是為了他呀！現在大哥回來了，是不是要找他算帳了？房銘忍不住打了個寒顫。

聖上的賞賜頒下來不過兩刻鐘，皇后娘娘的賞賜也到了，之後是顏貴妃、淑妃等宮中有頭臉有體面的妃子。

面對一波接著一波的賞賜，別人是豔羨，沈薇跟徐佑卻覺得麻煩。不過是辦個喬遷宴，聖上跟皇后賞賜也就罷了，這些妃嬪跟著湊什麼熱鬧？還讓不讓人安生吃飯？

這般大的動靜讓所有人都覺得不虛此行，可以預見京中未來半月的熱門話題，就是平郡王府的喬遷之宴了。

二皇子從平郡王府出來，先去宮中看望母妃。對於母妃賞賜平郡王府的行為，他還是極滿意的。

淑妃見兒子過來看自己，也是十分高興，吩咐左右道：「快去把備著的醒酒湯端過來。」她知道兒子今兒去了平郡王府。

「母妃，不用，兒子沒喝多少酒。」二皇子連忙阻攔。

淑妃瞋了兒子一眼。「沒喝多少酒也得用一些醒酒湯，瞧你那臉紅的，還沒喝多少酒？你呀也是太實誠，酒多傷身，你就不能少喝點？」淑妃可心疼了。

二皇子便不好意思地笑了笑。「還是母妃疼兒子。」

淑妃又是一嗔。「傻話，母妃不疼你疼誰去？」

淑妃看著兒子用了一碗醒酒湯，臉上才有了笑容。聽兒子說起平郡王府宴客的盛況，面上露出若有所思的神情。「你父皇待平郡王可真好。」

二皇子卻不以為然。「這有什麼，不是說父皇跟平郡王的生母有一起長大的情誼嗎？而且父皇最是憐憫弱小，平郡王自幼身子便不好，父皇多照看幾分也是應當。」

淑妃卻不大贊同，提醒道：「聽說前兒平郡王又去了幽明殿，他跟那位廢太子的關係好著呢。」

二皇子眼神閃了一下，道：「這事是在父皇那裡過了明路的，母妃可別跟著摻和，被父皇知道了，還不定怎麼生氣呢。平郡王跟大哥關係好，那是眾所周知的，畢竟有過救命之恩。不過那又如何？大哥都被幽禁十年，人早就廢了。而且有人比咱們更心急，咱們就在一旁坐等著就是了。」

淑妃眼睛一眨便明白兒子的意思，嘴角露出一絲笑意。

二皇子又道：「母妃，既然父皇都對平郡王照顧有加，兒子自然要跟他交好，您閒著沒事也多召召嘉慧郡主說說話。」

淑妃臉上的笑立刻消失不見。「可別，母妃跟她八字犯沖，瞧見她就頭疼。你是不知道那小賤人多囂張，使人打了你的小舅舅不說，對母妃我也是冷嘲熱諷，她——」

「母妃。」二皇子皺著眉頭打斷淑妃的話，無奈地道：「母妃，這都多久遠的事了您還記著，等七姨嫁入晉王府，嘉慧郡主還是她的長嫂呢。小舅舅那事更怨不得人家，誰讓小舅舅調戲人家的表妹呢？換了是我也不能善罷甘休。」上次嘉慧郡主進宮請安，明明是母妃先挑事的。「母妃，您就當為了兒子好吧，又沒多大的仇恨，您為何非跟嘉慧郡主過不去呢？」

「行了、行了，母妃知道了。」淑妃不耐煩地揮手。「為了你，母妃忍忍總行了吧？」

二皇子嘆了一口氣。母妃平時挺大氣、講理的呀，怎麼遇上嘉慧郡主就浮躁了？「兒子沒有讓母妃忍誰，您放心，兒子會爭氣的，以後只有別人忍您的分兒，而沒有您忍別人的。」他望著淑妃，認真地說道。

淑妃十分欣慰，拍著兒子的胳膊道：「就為了你這份心，母妃也不能扯你的後腿，你放心吧。」頓了一下又道：「對了，你小舅舅的事你也上上心，那麼點事就流放三千里，這個趙承煦也太不識抬舉！你外祖跟外曾祖母眼睛都快哭瞎了，你想想法子，去跟姓趙的打聲招呼，趕緊把你小舅舅放了。」

二皇子的眉頭立刻皺起來。「母妃，趙承煦是大理寺卿，兒子雖貴為皇子，可也不能徇私枉法呀！傳到父皇的耳朵裡，父皇會怎樣看兒子？」

二皇子是不大想插手這事。小舅舅是個什麼樣的貨色，自己還不明白嗎？他這個當朝二皇子都不敢強搶民女，他一個身上什麼功名都沒有的白身卻搶得理直氣壯，正經事一點也不做，成日招災惹禍，成不了他的助力不說，還扯他的後腿。

「什麼徇私枉法？你小舅舅是被冤枉的。那姑娘是自個兒撞死的，跟你小舅舅有什麼關係？」淑妃不贊同地道：「不過是個大理寺卿，還敢駁了你的面子不成？御兒，那到底是你的小舅舅，你外祖父的老來子，你想想你外祖父跟外祖母多疼你呀，這事你可不能袖手旁觀。」

二皇子心中撇嘴。冤枉？依他對那位小舅舅的了解，這事十有八九是真的。不過轉念想到外祖父秦相爺和能幹的大舅舅，這事還真不能不管。

「好好好，兒子答應您總成了吧？」二皇子狀似無奈地妥協。「兒子明兒就去找趙大人。但母妃您也得跟外祖母說說，讓她管管小舅舅，別成日遛狗鬥雞的做些荒唐事，連帶著兒子臉上也沒光。」

淑妃這才露出滿意的神情。「行，趕明兒母妃就跟你外祖母說說，讓她好生拘著然哥兒。」

第一百二十二章

又是一個沒有月亮的夜晚，沈薇身穿夜行衣、戴著狐狸面具，閃進秦相府裡。也說不上什麼，她心底總有一種感覺，召喚著自己來這裡，似乎這裡有什麼在等著她。

這種感覺讓人不安而焦灼，已經好多年不曾出現過了，所以趁著徐佑被聖上召進宮中議事，她就來了。

沈薇慢慢靠近秦相爺的院子。離院子還有一段距離的時候，她就不再往前，這裡的戒備比別處要森嚴，她沒有把握不驚動暗衛而靠近秦相爺的書房。

好在她有的是耐心，左右瞧了一下也沒看到有什麼適合藏身的地方，一抬頭，頓時有了主意。她深呼吸，提上一口氣，兩三下就竄上房頂。

她趴下身子，整個人和屋脊融為一體，慢慢地向前移動。

遠遠能望見秦府書房裡透出的光，看樣子秦相爺還沒有睡。她嘴角露出一抹譏誚，也是，兒子還在大理寺大牢中，做老子的怎麼睡得著呢？

沈薇的腦子飛速思考，身體卻仍沒有停下。突然，她感覺自己似乎按上了一個什麼柔軟的東西，像是人的腿——沈薇想都沒想便拔下頭上的簪子扎下去。

那人亦反應迅速，往旁邊一滾，沈薇的簪子就扎空了。她欺身再上，被那人牢牢抓住雙手，這人也戴了面具，同樣一身黑色夜行衣，個子比沈薇高出半頭有餘。

沈薇眸中凜冽，待要使出凌厲手段，就見那人輕笑一聲。「吁，朋友也是聽說相府藏有珍寶嗎？都是同道中人，一起如何？」

到戒備森嚴的秦相府來偷珍寶？這個理由能糊弄得了誰？沈薇冷哼一聲。「沒興趣！」一腳便踢了過去。

兩人在屋脊頂上交起手來，因怕動作太大引來府裡的侍衛，兩人也不敢放開手腳，一時間倒是誰也奈何不了誰。

「朋友，咱們還是別打了吧？不願意一起就算了。我偷我的珍寶，你幹你的活兒，咱們井水不犯河水，一會兒引來府裡的侍衛，咱倆誰都落不得好。」那人邊打邊道。

沈薇不理會他，悶不吭聲地出招。誰知道這人是何來路？有他在旁，她一點都不放心，最穩妥的辦法便是把這人給解決了。

至於驚動府裡的侍衛，她也沒那麼在意，要是驚動就驚動唄，大不了她下次再來，全身而退這點能力她還是有的。

那人被沈薇逼得手忙腳亂，心裡嘔死了。他探了好幾晚，好不容易避開府裡的暗哨摸到這裡，沒想到卻遇到個棒槌，他的命怎麼那麼苦呢？

沈薇才不管他，攻勢愈加凌厲起來。

「住手，快瞧，秦相爺出來了。」那人往後一躍，忽然說道。

沈薇也立刻退一大步，戒備地看了那人一眼。哼，狐狸尾巴露出來了吧，還說來偷珍寶，他怎麼篤定出來的人是秦相爺？怕是早就盯著了吧？

不過這也讓沈薇的心放下一些。雖不知這人打什麼主意，但只要他跟秦相爺是敵非友，她就高興了。

「看，秦相爺出院子了。」那人又出聲提醒道，好似沒瞧見沈薇的戒備似的。

沈薇定睛望去，還真是。秦相爺正從院子裡出來，身邊跟著一個提燈籠的人。看他走的方向也不是往內宅，都這麼晚了，這是要去哪裡？

沈薇眼睛一閃，身子就竄了出去，悄悄地跟在後頭。

那人也不甘示弱，足下一點，也悄悄跟上去了。

沈薇一扭頭，狠狠瞪他一眼，往旁邊讓了讓，離他遠一些。

那人見狀摸摸鼻子，也沒有湊過來，心中卻吐槽：想他長得也一表人才，今晚怎麼就被人嫌棄至此呢？

「欸，你說秦相爺這是要往哪兒去？」那人小聲問道。

沈薇沒理會他，只緊盯著前面那個燈籠，還要分出兩分注意，防備身旁的同行之人。她辨了一下方向，發現秦相爺是朝東南的方向，秦相府的東南方向是哪座院子？

正想著呢，就聽那人又小聲說道：「你說秦相爺會不會是夜會佳人？他在府裡的哪座院子金屋藏嬌？」

一下子就把沈薇的思緒給打斷了。這是哪裡冒出來的嘮叨貨，不說話會死嗎？也不瞧瞧現在是什麼時候，秦相爺腦子進水了會在府裡藏嬌？

「閉嘴！」沈薇恨恨地咬牙切齒，對那人亮了亮手裡的簪子。這人若是再不識趣，就別怪她讓他永遠閉嘴。

那人做了個縮肩的動作，心中暗自撇嘴。好凶。

沈薇輕巧的身子在夜色中時隱時現，不遠不近地跟著前頭的燈光。忽然，前頭的燈火滅了，沈薇心思如電，身體更是搶先一步，斜掠開來，飛快地朝府外遁去。另一人的反應也不慢，幾乎和沈薇同時朝相反的方向遁去，臨去前似乎還扔了一把什麼東西。

就在沈薇和那人遁去的同時，黑暗中閃出幾個人，一擊不中，立刻分頭朝兩人追去。沈薇拿出看家本領，跟追兵玩起了捉迷藏。若真刀實槍地對上，她可能會因為不懂內家功夫而稍遜一籌，但比起逃跑和隱匿，還真沒人比得上她；她不過是把自己的身體橫在屋簷下，追兵從她身前掠過都沒有發現。

「相爺，屬下無能，人追丟了。」追出去的兩批人都無功而返。

燈籠已經重新點亮，秦相爺擺擺手，道：「無事，下去吧。」既然人家都能悄無聲息地潛進府邸，自然是能全身而退的了，侍衛們沒有追到人也不奇怪。本以為府裡的戒備已經夠森嚴了，沒想到還是不行啊！

等追兵走遠了，沈薇才從屋簷下翻上來。

她站在屋脊上靜默著，沒有高興，亦不失望。對秦相爺那樣的老狐狸，她可沒指望一次夜探就能發現什麼。事實上，今晚的收穫讓她挺滿意了，至少知道秦相府的東南方有蹊蹺，不然秦相爺也不會大半夜地往那個方向去。嗯，明兒跟相府的暗樁傳個消息，讓他們注意一下那裡。

一個身影悄無聲息地出現在她身側五步開外的地方。「嘿，你跑得可真快！」是先前那個同道中人。

沈薇回敬了他一句。「彼此、彼此。」轉身就走，一點也不想跟這人待一起，她懷疑秦相爺發現他們就是因為這貨的話太多了。

「欸，朋友——」那人見沈薇要走，忙喊道。

沈薇回頭，冷冷地道：「別喊我，也別跟著我，否則……哼！」

那人抬起的腳步立刻撤回來。算了，這位同道中人不僅凶巴巴的，脾氣似乎還不好，他就別上趕著去碰釘子了，還是回去睡大頭覺吧。

沈薇翻進自個兒屋子的時候，肩膀忽然被拍了一下，她狠狠地驚了下，下一刻便被攬進一個熟悉的懷抱。

「去哪兒溜達了？」徐佑低沈的聲音在她耳邊響起。

沈薇緊繃的身子這才軟下來，不滿地捶了徐佑一下。「你差點嚇死我了。」頓了一下才道：「閒著無事到秦相府轉了一下。」想了想又添了一句。「碰到個笨蛋，被發現了。」

徐佑好看的眉皺了一下，果斷地道：「下次再去，我陪妳一起。」既然薇薇有興趣，他又阻止不了，那就陪她一起冒險吧。

沈薇果然高興，踮起腳尖朝他臉上親了一下。「好，這可是你親口答應的。」有徐佑這位高手同行，就是再遇上奇葩也有信心把他拿下。

「對了，聖上召你幹麼呢？」她隨口問道。

「沒啥大事，就是想讓我入朝幫他。」徐佑避重就輕，遲疑了一下才又道：「聖上想讓我總領五城兵馬司，我答應了。」估計這消息明日早朝便會宣佈，即便他不說，沈薇到時也會知道。

「五城兵馬司？」這個她隱約知道一些，說白了就是管理治安，什麼防盜、巡街之類的，跟現代的警察局差不多吧？「聖上怎麼想著讓你去五城兵馬司呢？」讓他去管些雞零狗碎的瑣事，是不是有些大材小用了？

徐佑抱著沈薇香軟的身子，陶醉地深吸了一口氣，道：「本朝的五城兵馬司裡多是勛貴和宗室子弟，紈袴的紈袴，逞凶鬥狠的逞凶鬥狠，正經做事有出息的不多，別人也管不了他們。聖上早就為此頭疼了，而我的身分剛好適合。」他解釋了一番。

「那影衛呢？」沈薇目光閃了閃，想到了這個問題。

「還是我掌著。」

沈薇點點頭，放心不少。手中掌著影衛，辦起私活還是方便多了。

第二日早朝，眾位大臣十分驚訝地看見平郡王出現在金鑾殿上，心中不由犯起了嘀咕，跟相鄰的同僚交頭接耳地議論起來。

至於議論的中心則充耳不聞，面容平靜地站立著，如一棵挺拔的蒼松。

坐在上頭的雍宣帝把下面的情景盡收眼底，不動聲色地垂了眸子，也不知在想什麼。

等太監扯著尖尖的嗓子宣佈平郡王為五城兵馬司指揮使時，眾大臣這才恍然大悟。原來這位頗受聖寵的平郡王入朝了，再想想他的職務，五城兵馬司指揮使，有些人的臉上便露出若有所思的神情。

依這位動不動就病得上山休養的身子骨，能降伏那群各有後臺的紈袴子弟嗎？不過這跟他們有什麼關係，反正鬧來鬧去也不過是宗室和勛貴們的事，讓聖上頭疼去就是了。

而秦牧然的案子有了變化，在二皇子的干預下，本該流放嶺南三千里的秦牧然改為只流放五百里，而且那個地方還是由秦氏族人任地方官。

沈薇像想起什麼似的問：「對了，秦相府的東南方向有什麼？祠堂？小迪，妳確定只有祠堂嗎？」

小迪抿了抿唇，道：「沒錯，郡主，除了一座水榭便只有祠堂了。」

沈薇垂下眸子，若有所思了半刻方道：「嗯，讓他們盯著水榭和祠堂，多注意一下秦相爺的動靜。」秦相爺那晚的行蹤讓她始終存著疑惑。

第一百二十三章

新官上任三把火，徐佑也不例外。他的第一把火很快便轟轟烈烈地燒了起來，整頓起五城兵馬司中懶散的宗室和勛貴子弟。

以往，五城兵馬司雖然人數不少，但真正幹活的卻不多，有些自恃背景深厚的，只掛了個名字，一年能露面三、五回算好的，俸祿卻是照領。

而徐佑做了指揮使之後，便宣佈每日點卯，事先沒請假，三次點卯不到的便革職。

徐佑使人把這個新規定通知每個人。不是不來衙門當差嗎？沒關係，咱使人通知，無論是在府裡，還是窩在花樓賭坊裡，哪怕在藏嬌外室的宅院裡，咱都能通知消息，這樣便不能拿不知道當藉口了。

新規定一出，沒背景後臺以及部分膽子小的都乖乖地前來點卯聽令，但還有幾個刺頭依舊我行我素，沒把徐佑放在眼裡，比如皇后娘娘的親姪子、太子爺的親表哥、承恩公府的二公子戚蔚便是其中一個。

戚蔚是個吃喝嫖賭樣樣行的貨色，仗著自個兒姑姑是皇后，一向稱王稱霸，不把誰瞧在眼裡。他得知徐佑的新規定，嗤之以鼻，依舊我行我素，甚至公然放話說：「不過是個病秧子，拿了雞毛當令箭！小爺我就是不去，我看他能奈我何？」

這話也傳到了徐佑的耳裡，他眼皮都沒抬一下，面上更瞧不出是生氣還是憤怒，讓人摸不清他的心思。

第一日點卯，沒來的有七、八個，新提拔上來的張虎、李龍有些忐忑地瞧了瞧坐在一旁的新任指揮使，硬著頭皮把未到的七、八個人名報上來。

徐佑點點頭，直接吩咐記過，並使人把結果通知給這幾人。

第二日點卯有五人未到，徐佑依然沒說什麼，只給這五人記大過，並罰俸祿三月。

第三日點卯未到的只有兩個人，除了戚蔚，還有恭王府的一位庶子。

徐佑還是沒說什麼，直接把這兩人革職了，不過革職之前，先打了每人十板子。行刑的也是五城兵馬司的人，哪裡敢真打這兩位祖宗？不過是做做樣子罷了。十板子下去之後，兩人身上一點損傷都沒有，尤其是戚蔚，當場就蹦了起來，指著行刑人的鼻子大罵，揚言要找回場子。

「欸，你行不行呀？這姓戚的小子著實可恨，要不讓張雄帶幾個人收拾他一頓？」沈薇碰了碰徐佑的胳膊，義憤填膺地道。

真是豈有此理！我沈小四都沒稱霸京城呢，一個吃喝嫖賭的二世祖倒成京中一霸了，居然還公然辱罵她家親親夫君。

徐佑一把將她拽了回來，好笑地道：「在薇薇眼裡，為夫就是這般無用嗎？這麼個小雜碎哪裡用得著妳出手，且看著吧！」不用他親自出手，那個戚蔚就能把自己給弄死。

沈薇的眼睛眨了眨，道：「行，你先收拾著，若頂不住了，我再出手。」

若只是革職，戚蔚的反應也許不會這麼大，反正他不缺銀子，也沒把這份差事當一回事，革職就革職了唄。

可偏偏徐佑還使人打了他十板子，還是在尋歡樓當著他仰慕的蘇綰姑娘的面打，簡直是奇恥大辱！如何能嚥得下這口氣？

他便和那位恭王府庶子的好友商量了，想給徐佑一個教訓。可惜第二日行動的時候，那位恭王府的庶子被他爹關在府裡。

戚蔚罵了一句便自個兒幹了。

他報復的手段十分簡單粗暴，跟沈薇的想法有些異曲同工，就是領人堵在徐佑下差的路上，想要狠揍他一頓。

在他眼裡，徐佑就是個身形單薄的病秧子，收拾這樣的人還不手到擒來？

可戚蔚還真是個蠢貨，想要打人家徐指揮使的黑拳，只需動動嘴，差人去辦就是了，可他偏偏自個兒親自帶人上陣，這不是上趕著找死嗎？

徐佑身上連點泥星也沒沾，江黑、江白兩人就把戚蔚帶來的一群漢子給揍得倒地不起，連帶著把戚蔚也揍個半死，躺在地上嗷嗷直叫。

江黑、江白深恨這個詆毀主子的戚蔚，所以手下也沒留情，除了身上，就臉上的傷最重，鼻青臉腫得跟個豬頭一樣。

這下可不得了了，戚蔚這副鬼樣子回到家裡，承恩公府可炸開了。祖母和老娘拉著他直抹眼淚，承恩公世子也是驚怒異常，自己兒子雖行事荒唐，可平郡王也不能一點面子不給留呀！好歹他們承恩公府是太子爺的外家，皇后娘娘還在宮裡鎮著呢，瞧不上他們承恩公府，不就是沒把皇后娘娘和太子殿下放在眼裡嗎？

戚世子第二天就進宮找妹妹哭訴去了。

皇后也生氣，覺得徐佑這是不給自己和太子面子，逼太子給娘家討個公道。

太子殿下到底是領了差事的男子，不比母后身居後宮好糊弄，他不滿地瞧了舅舅一眼，道：「舅舅也該管束二表哥一些，都這般大的人只知道胡鬧。平郡王是父皇親指的五城兵馬司指揮使，整頓五城兵馬司本就是職責所在，二表哥三次點卯不到，打他十板子都還是輕的，還領人去打平郡王，活該他被教訓。」

太子殿下的話絲毫不留情面。他對這個二表哥是一點好感也沒有，人蠢也就罷了，還不知道收斂，同樣是被革職、打了板子的恭王府庶子怎麼就沒上躥下跳著尋平郡王報復？舅舅還有臉來尋母后告狀，於是太子對承恩公府也起了不滿。

「舅舅沒聽說秦相府小公子的事情嗎？觸犯了律法照樣流放，堂堂相府公子，當朝皇子的親舅舅被流放了，說出口都丟人。孤不指望二表哥幫孤，但也別成日給孤在外頭惹事。」

戚世子被太子訓斥得面紅耳赤，皇后娘娘見狀忙攔住兒子。「太子！」又轉頭安撫兄長。「太子近來跟著聖上理事，最是瞧不得這些違法犯紀的事，他性子直，大哥莫要跟他一般見識。」

戚世子自然連稱不敢，太子殿下輕哼一聲，倒是沒再說什麼，但那態度已經讓戚世子很難堪了。

送走了戚世子，皇后娘娘就說起了兒子。「那好歹是你舅舅，打小就疼你，你怎麼一點面子都不給他留？」

太子卻不覺得自己有錯。「母后，您不能再縱著舅舅他們了，瞧瞧二表哥幹的這事，難道您也希望朝臣像看二哥笑話那般看兒臣？」

皇后娘娘見兒子不高興了，安撫道：「好好好，母后知道了，母后一定會約束你舅舅家，不讓他們給你扯後腿。」

話鋒一轉，卻又道：「但你舅舅的話也有理，你二表哥再有不是，打狗還得瞧主人呢。平郡王把你二表哥打了，這是沒把本宮和你這個太子放在眼裡，看來這位平郡王是聖寵太重，以致滋生了驕傲情緒，你瞅個機會跟你父皇說道說道。」

太子心裡何嘗高興？既為外家二表哥的不爭氣而怒，對徐佑也有兩分不滿。二表哥鬧事，平郡王把人綑了，悄悄來尋他作主便是，難道自己會不給他作主嗎？非得自個兒動手把人打了，到底是沒把他這個太子殿下放在眼裡。

太子沒聽他母后的，告狀是婦人所為，他是太子，眼界就這麼小嗎？那父皇又該怎麼看自己？何況平郡王是他的親堂兄，他傻了才會在父皇跟前說小話。

皇后娘娘卻沒這個領悟，她覺得自個兒娘家受了委屈，連帶著太子臉上也沒有光彩，平郡王再受寵也不過是個姪子，還能親過兒子去？

所以瞅了個雍宣帝來宮裡的時機，她開玩笑似的說了幾句平郡王不大穩妥的話，本來還很高興的雍宣帝頓時皺了眉頭，原本打算宿在坤寧宮的心思立刻沒了，抬腳就走了，把皇后娘娘給氣的，差點沒把銀牙咬碎。

雍宣帝的一舉一動都被後宮盯著，半夜從坤寧宮離開的消息很快就傳到顏貴妃和秦淑妃等幾位的耳朵裡。

顏貴妃只是詫異地揚揚眉，倒也沒說什麼。秦淑妃就幸災樂禍多了，吩咐身邊的心腹太監。「明兒打聽打聽，瞧瞧是因為何事。」無論是因為何事，看到聖上一點面子都不給皇后娘娘，心頭是非常舒爽。

然而讓皇后娘娘氣憤的還在後頭。當天早朝，雍宣帝當著滿殿文武大臣褒獎了平郡王徐佑一番。前腳散朝，雍宣帝的賞賜後腳就到了平郡王府。

本來大家就對平郡王跟承恩公府鬧上的事觀望著，除了幾個不開眼的御史蹦躂著彈劾平郡王之外，其他人都緘口不言。

如今雍宣帝的這番舉動，大家還有什麼不明白的？等著瞧熱鬧的人也趕緊息了心思。

太子的臉色尤為難看，雖然父皇沒提一句承恩公府的不是，也沒有降罪懲罰什麼的，但他厚賞了平郡王不就表明態度了嗎？

尤其是太子知道了這事還有母后的手筆，更加難堪了。外家扯他的後腿，母后還跟著添亂，他這個太子也真是夠倒楣的。

下了朝，太子就替母后去跟雍宣帝請罪。雍宣帝倒是沒有遷怒，瞧著這一手培養的兒子，輕描淡寫地道：「你是你，你母后是你母后。你是一國儲君，打小就一群名臣大儒教導著，還能連這點道理都不明白嗎？太子且記著，為人君者要有胸懷天下的胸襟，不可任人唯親，小肚雞腸。」

對上父皇意味深長的目光，太子的冷汗都要出來了。父皇這是何意？是對他不滿了，還是嫌棄他胸襟不夠寬廣？無論哪種都夠他心驚膽戰的了，不由又把禍首戚蔚恨了一番。

沈薇把雍宣帝的賞賜翻了一遍，然後看向徐佑，道：「有後臺的感覺就是爽。」

徐佑嘴角抽了一下。這事是他占理好不好？若是他跟戚蔚的位置調轉一下，聖上就是再寵他也不會這般理直氣壯替他撐腰。

沈薇又道：「聽說你的第二把火跟第三把火也燒起來了？整得那群弱雞哭爹喊娘的。」

「雖說五城兵馬司比不上禁軍跟西山大營，但也不能太廢，連個小毛賊都抓不住，多丟人。」到底是他們徐家的江山，他既然接了這個差事，總得盡一分力。而且五城兵馬司也該整頓整頓了，連府裡的小廝都不如，指望他們維護京城的治安？簡直是白日作夢。

沈薇點點頭，深以為然。

第一百二十四章

秦牧然上路的那一天，秦相爺領著府中眾人過來，陪同他一起上路的一個管事、四個小廝，已經在邊上候命了。

作為相府的小公子，秦牧然的待遇一向很好，不僅沒有上刑具，臨出發前還沐浴、換了新衣裳，連頭髮都梳得十分整齊。

可從車裡下來的秦老太君和董氏還是一眼看出他瘦了，拉著他的胳膊泣不成聲。秦牧然見了娘跟祖母，就跟見了救星似的，抱著兩人哀求。「祖母、娘，我要回府，我不要去江州！我聽話，再也不惹事了，祖母，您讓我回府吧！」

秦老太君跟董氏的心都快要碎了。「乖孫，我的乖孫啊……」秦老太君摸著秦牧然的臉，心裡好似被刀刺一般。

而董氏已經忍不住跟秦相爺求情。「相爺，然哥兒就不能不去嗎？這麼多小廝奴才，隨便哪個替了然哥兒不行嗎？再不濟，族裡也有不少子弟，咱們家多出銀子，總能尋到——」

「閉嘴！」話還沒說完就被秦相爺喝止。真是個十足的愚婦！大庭廣眾之下就想著讓奴才和族中子弟頂替然哥兒，這不是將把柄往別人手上遞嗎？他好好的計劃全被這個愚婦的一張嘴給毀了！

原來秦相爺還真是打這樣的主意，不過不是現在，而是在半路上，多給押解的差役餵些銀子，悄悄地把然哥兒換出來，誰又知道？

如今可好，被董氏這個愚婦一張嘴喊破了，暗處的人肯定牢牢地盯視著，再想把然哥兒換出來就難了。

秦相爺陰沈的目光瞪向董氏，只覺得心頭煩悶，沒好氣地道：「行了，別耽誤時間了，讓然哥兒上路吧。這一路就辛苦兩位官差小哥了。」

那兩個押解秦牧然的差役皆受寵若驚。這可是秦相爺，平日他們哪能見到秦相爺一面？於是拍著胸脯承諾道：「相爺放心吧，有咱哥倆在，不會委屈了秦小公子的。」

秦牧然再不情願也得跟著官差一步三回頭地上路，管事並四個小廝鄭重地給秦相爺等主子磕了頭，揹著包袱追了上去。

直到秦牧然一行人的身影看不見了，秦相爺等人才依依不捨地轉身回府。秦老太君和董氏是被丫鬟攙扶上馬車的，因為太過傷心，兩人幾乎虛脫了，也讓秦相爺無比擔憂。

秦相爺回到相府，心情依舊十分低落，獨自在書房坐了許久，才慢慢站起身去了祠堂。看著秦相爺寂寥的背影，府裡下人充滿了同情，再是權勢滔天又如何？還不是保不住小公子。

「相爺！」看祠堂的是個駝背的老者，頭髮鬍子全白了，整個人看上去邋裡邋遢的，可若細瞧他走路的姿勢，雙腿穩健，跟外表的老邁一點都不搭。

秦相爺嗯了聲，手一揮，那老者便咳嗽著走出祠堂，在門邊坐下。

秦相爺站在祠堂裡，怔怔地瞧著祖先的牌位半晌，才走過去，在親爹的牌位上轉了一下，只聽「轟」的一聲輕響，方才站立的位置開了個三尺見方的洞口。秦相爺踩著梯子從洞口下去，底下赫然是一間密室。

「秦蒼小兒。」一個喑啞的聲音響了起來。「又遇到麻煩事了吧？」聲音裡透著愉悅。

這密室底下居然還有一個人，是個老者，髮鬚凌亂皆白，臉上溝壑深得像是刀刻一般。他坐在一把特製的椅子上，雙手雙腳全拴著鎖鏈，想要動彈一下都不容易。

可此老者卻姿態優雅，脊梁挺得筆直，好似坐在龍椅寶座上一般，周身散發著一股讓人無法忽視的豪邁氣勢。

「何出此言？」秦相爺眉梢一挑，也不生氣。

那老者便桀桀笑起來，聲音特別難聽。「哪一回你秦蒼小兒來見老夫，不是心情不好的時候？瞧你那一臉敗興的樣跟死了爹似的，喔不，你爹早就死了，難不成是死了兒子？」

秦相爺才送走老來子，最聽不得人提兒子兩個字，惱怒從臉上一閃而過。雖然極快，還是被老者捕捉到了。

老者哈哈大笑。「秦蒼小兒，不會真被老夫猜中了吧？是你哪個兒子死了？老夫記得你那大兒今年也該二十有八了吧，他小時候老夫還見過，還頗聰明伶俐，不會是你這個大兒出事了吧？哈哈哈，那可真好！秦蒼小兒，老夫盼著你斷子絕孫呢！」老者眸中帶笑，嘴裡卻說著惡毒的話語。

秦相爺卻不為所動。「那真是抱歉，要讓你失望了，本相的長子活得好好的，頗受聖上看重。當然本相其他兒子也都活得好好的，有本相在，他們自有一番錦繡前程。倒是你——」

他的目光直射在老者臉上，無比諷刺。「倒是你這個曾叱吒風雲的人物，卻落得被囚禁在這方寸之地，跟個陰溝裡的老鼠似的。就是本相放你出去，還有人會認出你是誰嗎？」

「哼！」老者重重地哼了一聲。「老夫識人不清，落得如此下場，老夫認了。可邪不勝正，你這個奸邪小人是不會有好下場的。你能蒙蔽聖上一時，但你的狐狸尾巴早晚會露出來的，聖上不會放過你的。」

「那你可得睜大眼睛瞧清楚了，聖上算什麼東西？不過比別人多三分運氣，這天下便活該是徐家的嗎？」秦相爺說出來的話可是大逆不道。

「你還想謀權篡位不成？」老者眼中閃過凌厲。「哦，我想起來了，你還有個閨女給聖上生了個皇子，你這是要扶持外孫上位當傀儡了？哈，你也不想想，歷朝歷代權勢滔天的外戚有好下場的嗎？」

秦相爺但笑不語，瞧著老者的目光跟看螞蟻似的憐憫。「你放心，本相既然接了你手中的勢力，怎麼也會念著三分香火情的。本相不會殺你，本相留著你瞧瞧我秦家是怎樣走上權勢巔峰的。」

說到這裡，他頓了頓，彷彿忽然才想起一事。「喔，還有一件事忘了告訴你，青落山上的那幾千人馬沒了。欸，沒想到聖上還挺靈敏，本相不過對沈平淵那老匹夫出了一回手，他就察覺到了蛛絲馬跡。沒就沒了吧，本相也沒指望那幾千人能成事。」

「秦蒼小兒！」老者的眼眸猛地睜大，手腳掙扎著，拽得鏈子嘩嘩作響。「你草菅人命，不得好死！」

秦相爺笑呵呵地欣賞老者的憤怒，不以為然地道：「好死不好死的本相不知道，反正本相會死在你後頭。」說罷，大笑著揚長而去。

秦相爺一離開，老者臉上的憤怒立刻消失不見，卻是神色茫然。

被囚禁在這暗無天日的密室多久了，八年？十年？還是十五年了？自己都記不清楚了，若不是憑著驚人的耐力，估計也早就死了吧。

既然死不了，他便努力活著，活著等到手刃仇人的那一天！

徐佑這個五城兵馬司指揮使忙得不亦樂乎，沈薇也沒閒著，雍宣帝撥了五百禁兵給平郡王府做府兵，她帶著桃花把府兵虐了一遍，美其名為訓練。

這一日，沈薇從演武場回到院子裡，剛沐浴換了衣裳，就見桃枝進來稟報。「郡主，王妃身邊的施嬤嬤求見。」

施嬤嬤？她來做什麼？可既然都上門了，不見也不大好，沈薇便道：「傳她進來吧。」

施嬤嬤是奉命而來，她本是個精明有眼力的，知道大公子夫婦都不是好惹的，進了平郡王府之後，一路行來，所遇下人規矩極好，井然有序，比之王府是有過之而無不及，心底僅有的輕視也收了起來。

沈薇倒是給足了施嬤嬤面子，不僅賞了座，還吩咐丫鬟上茶水，施嬤嬤受寵若驚地謝了又謝。來之前就做好了被刁難的準備，哪想到還受到如此禮遇？這讓施嬤嬤心裡又高興又不安。

她的來意很簡單，秦相府的七小姐、晉王府未來的四夫人明日受邀過來作客，作為長嫂的她自然是要到場招待的。

沈薇十分爽快地應下來。當著未過門兒媳的面，晉王妃總會收斂一下吧？她是這樣想的，當然，若是晉王妃再生什麼是非，她也是不懼的，反正到時丟的又不止她一個的臉。

第二日，沈薇用完早飯便去了晉王府。許是住得遠了，見得少了，晉王妃待她還挺和顏悅色，拉著詢問府裡的事情是否能處理得好，奴才可還聽話？

沈薇自然從善如流，晉王妃要做賢慧的婆婆，那她自然就是乖巧聽話的好兒媳。

沈薇坐了沒多久，大丫鬟華煙就引著秦穎穎進來了。沈薇冷眼瞧了一下，只見她身上穿了一件豆綠色的襦裙，顯得十分清爽，臉上薄施胭脂，瓊鼻朱唇，大大的眼睛水濛濛的。平心而論，秦穎穎這姑娘除了性子不大討喜，長得還算漂亮。

「給王妃請安。」秦穎穎的禮只行到一半便被晉王妃拉起來，眼裡滿是笑意。「不用多禮，又不是外人。」尤其是後一句話說得意味深長。

秦穎穎雙頰微紅，有些羞澀地垂下眸子，嘴上卻道：「王妃寬厚，但規矩卻不可廢。」硬是重新給晉王妃行禮，然後又跟沈薇幾人見了禮。

秦穎穎這番舉動讓晉王妃更加滿意，也高看她幾分了，一迭連聲地讚著。「是個知禮的姑娘。」

其實她不知道秦穎穎是費了多大的勁才沒失態，給吳氏和胡氏見禮，她是落落大方地瞧著對方的眼睛；跟沈薇見禮，她則是垂下眸子，緊盯著自個兒腳尖，整個人僵硬無比，生怕對上沈薇的嘲諷眼神而忍不住做出什麼失態之舉。

沈薇自然也瞧出了秦穎穎的不自在，不過只要沒招惹到她頭上，她也不是那好鬥的人。何況她跟秦穎穎之間也沒啥深仇大恨，不過是小姑娘家的口角之爭罷了。

「母妃可真是偏心，有了漂亮可心的秦七小姐，就把兒媳這些舊人全撇到了一邊。母妃，好歹您也搭理兒媳一句呀！」見晉王妃親切地跟秦穎穎說話，吳氏打趣道。

胡氏也嘟著嘴附和。「母妃，您這麼快就喜新厭舊了，兒媳可是不依的。」

「欸，誰讓咱們不如七小姐生得好呢？瞧瞧咱們七小姐，小臉嫩得像花瓣似的，相比之下，咱們就是那燒糊的卷子，母妃不嫌棄就不錯了。」吳氏表情哀怨地道。

兩人插科打諢逗得晉王妃是笑得合不攏嘴。「妳們就是促狹，母妃今兒還就瞧著七小姐好了，妳們啊就靠邊站著吧。」抬手揮了揮，好似多嫌棄一樣。

而被打趣的秦穎穎則不好意思地低下頭，俏臉如天邊燃燒的雲霞，煞是動人，讓晉王妃更是開懷大笑了。

唯獨沈薇噙著一抹笑，偶爾插上一句半句，更多時候是不言不語，像個旁觀者一樣。

晉王妃往她這邊瞥了一眼，也不知道想起了什麼，倒是沒有說什麼。

此時，丫鬟進來稟報。「王妃，宜慧小姐和宜佳小姐到了。」

晉王妃的眼睛一亮。「快請進來。」又轉頭對秦穎穎解釋道：「宜慧和宜佳是我娘家的姪女，年紀跟妳相仿，妳們定能說到一塊兒去。」

秦穎穎抿嘴笑著點頭，乖巧的模樣讓晉王妃臉上的笑意更深了，心中也特別得意，三個兒媳都是她親自選的，個個都稱她的心。

門簾撩起，從外頭走進兩個身段苗條的姑娘。穿鵝黃衣裳的那個沈薇認識，是見過一面的宋宜慧，另一個穿淡紫衣裳的卻是眼生，應就是宋宜佳了。

「姑母，姪女給您請安了。」兩個姑娘聲音清脆，緩緩行禮。

然後又對著沈薇、吳氏、胡氏施禮。「三位表嫂好。」

最後才是秦穎穎。「這位便是秦相府的七小姐吧？四表哥有福氣嘍。」宋宜佳掩著嘴巴咯咯直笑。

宋宜慧也不甘示弱。「不然怎麼都說姑母的眼光好？」瞟了掩口而笑的宋宜佳一眼，又道：「七妹，咱們姊妹中就數妳的容貌最出眾，今兒見了秦七小姐才算是知道天外有天，妳可被比下去嘍。」她也掩嘴咯咯而笑，眸子裡全是幸災樂禍。

宋宜佳恨不得能撕了宋宜慧這張嘴，面上卻還得笑著。「瞧六姊說的，妹妹我怎能與秦七小姐相比？要說出眾，咱們家姑母才是頭一個。」不僅小小回擊了宋宜慧一下，還捧了晉王妃。

沈薇揚了揚眉。喲，這兩姊妹還掐上了？晉王妃也不管管？

她不著痕跡地朝晉王妃看去，就見她的眉頭飛快地蹙了一下，伸手點著宋宜慧和宋宜佳。「妳們兩個也是促狹鬼，什麼出眾頭一個，也不嫌丟人，讓秦七小姐瞧了妳們笑話。」

當事人秦穎穎自然不好不出聲。「兩位小姐說得對呢，要論容貌，在座的哪個也比不上王妃。小女不過中人之姿，兩位小姐這般謬讚，小女真是惶恐。」她認真說道，話鋒一轉，又道：「家母常教導小女，德容言功，女子的德行才是最重要，容貌只是其次。」

這番話立刻贏得了晉王妃的讚賞。「聽見沒？妳們這兩個笨丫頭，這才是真的被比下去了。」

有了晉王妃帶頭，其餘幾人自然紛紛跟著奉承，秦穎穎則不好意思地擺手。「小女不過是實話實說罷了，哪裡值得如此誇讚，小女都要無地自容了。」

就連沈薇都不由對秦穎穎刮目相看。看來家裡是花了大力氣教導了。

正在她胡思亂想之際，只聽「呀」的一聲驚呼，便見一個丫鬟跪在地上請罪。「奴婢該死，奴婢該死，秦七小姐，奴婢真不是故意的！」聲音裡帶著驚恐。

秦穎穎站在一旁，瞧著被茶水潑濕的衣裳，臉色有些不大好看。她深吸一口氣擠出個笑容，剛要說沒事，晉王妃的喝斥就響起來。「妳怎麼做事的，毛手毛腳的，連上茶都不會，留著妳何用？攆出去！」

又關心地瞧向秦穎穎。「沒事吧？有沒有燙到？快過來我瞧瞧。」

秦穎穎搖頭。「沒事，茶水是溫的。」頓了下，瞧了瞧地上不住求饒的丫鬟，眼中閃過什麼，便求情道：「王妃，就饒了她吧，她也不是故意的。」

這點面子晉王妃自然是要給的，而且喝斥丫鬟也不過做個樣子，壓根兒就沒想著真罰，於是順水推舟地道：「既然秦七小姐替妳求情了，便饒妳這一回吧，還不快謝謝秦七小姐？」

那丫鬟爬過去不住磕頭。「謝謝王妃，謝謝秦七小姐。」

「行了，妳下去吧，下次小心些便是了。」秦穎穎忍著不適道，看了看自個兒身上的濕衣裳，有些為難地朝晉王妃看去。「王妃，請容小女下去換件衣裳。」

晉王妃道：「很是，很是。慧丫頭，妳帶七小姐去廂房換衣裳。」

「是，秦七小姐請跟我來。」被點名的宋宜慧似乎有些不大樂意。

第一百二十五章

沈薇的眼睛閃了閃，這是唱哪一齣戲？剛才她可瞧得清清楚楚的，那個丫鬟是故意把茶水打翻，弄濕秦穎穎的衣裳，若沒有上頭主子的吩咐，丫鬟是絕不敢擅自作主。晉王妃這是想幹什麼？難道是趁秦穎穎換衣裳之際，引她與徐昶會面？有必要這麼大張旗鼓嗎？

她正想著呢，就聽晉王妃叫自己，沈薇立刻回神。「王妃有何吩咐？」

晉王妃也發現了沈薇的走神，心裡便不大高興，但想了想還是忍下了，和藹地道：「我是問妳前回的提議，妳考慮得怎麼樣了？」

「什麼提議？」沈薇一怔。

「自然是給大公子納妾的提議呀！妳瞧不上宜慧，這不是還有宜佳嗎？」晉王妃的聲音不由揚高了三分。

沈薇這下全明白了。喔，敢情晉王妃繞這麼大彎把秦穎穎支出去是意在她呀！「上回兒媳不是拒絕了嗎？回去我就問我們家郡王爺了，他不同意納貴妾。」沈薇輕描淡寫地說。

晉王妃的眉一皺，指責道：「胡鬧，納妾是主母的事，他一個大男人懂什麼？沈氏，不是我說妳，為人婦要賢慧大度，妳肚皮不爭氣，還不許別人給大公子開枝散葉嗎？」

沈薇噗哧一聲笑了出來。她嫁給徐佑還沒三個月呢，晉王妃這是打哪兒瞧出她肚皮不爭氣的？她那兒媳胡氏不也是嫁過來兩年多才有身孕的嗎？

「的確，本郡主是不能跟王妃相比。想當年，王妃嫁進晉王府不滿十月就生了世子爺，本郡主聽說有七個月早產的，還真沒聽過有五、六個月就早產的；而且二公子那身子骨還強健非常，真是奇了怪了。」沈薇張嘴就諷刺，只差沒說徐燁是姦生子了。

屋內眾人的臉色齊齊大變，表情駭然。晉王妃更是臉色煞白，渾身哆嗦，眼底透出猙獰的憤怒，恨不得能把沈薇給撕了。「沈氏，妳這個不孝不賢的東西！」

離她最近的宋宜佳立刻上前扶住晉王妃。「姑母您別動氣，身子為重。」又扭頭朝沈薇道：「大表嫂，瞧您把姑母給氣的。」

胡氏震驚過後，眼角眉梢全是幸災樂禍。「大嫂，不是我這個做弟妹的說妳，妳怎能這樣和母妃說話呢？」

唯獨世子夫人揪著帕子沒說話，但看向沈薇的目光中也透著不滿。大嫂跟婆婆鬥嘴，說的卻是她夫君，還是那麼不堪的事情，這讓她如何能高興起來。

沈薇的唇角卻高高翹起，一點都沒把她們的指責當一回事。「宋家表妹，這是王府的家務事，有妳一個上門作客的說話的分兒嗎？就這麼上趕著給我們家大公子做妾？妳到底有多嫁不出去？」

瞧著宋宜佳羞憤欲死的表情，她繼續道：「本郡主高興了，我家夫君便是郡王爺，本郡主若不高興，我家夫君不過是個儀賓。知道儀賓是什麼意思不？說白了，不過是郡主的附庸罷了。」她好心地解釋了一下，成功地聽到屋裡抽氣的聲音。

眾人只覺得沈薇太膽大妄為了。儀賓，她怎麼敢說晉王府的嫡長子，聖上親封的平郡王是儀賓呢？

沈薇又瞧向胡氏。「三弟妹是忘了之前的教訓了？妳這一胎懷穩當了？嘖嘖，本郡主若是妳，早就找個地方安分地待著了，這般上躥下跳的，是記吃不記打呀！」最後一句隱含威脅的話讓胡氏臉上的血色抽得一乾二淨。

晉王妃見沈薇愈加囂張，再也顧不得其他，猛拍著椅背，尖利地喝道：「沈氏，妳還有沒有一點規矩？長者賜不敢辭，今兒本王妃還非得作主了，宜佳丫頭就定給大公子做妾，一會兒妳就把她領回去，過兩日挑個好日子把這事辦了。」

宋宜佳的臉上閃過喜色，隨即羞澀地低下了頭。

沈薇也不生氣，只瞧著晉王妃的臉，認真說道：「恕本郡主不敢從命。」

「妳這是要忤逆?!」晉王妃抓著椅背的手青筋爆出，似乎是怒到了極點。

沈薇還是雲淡風輕的模樣。「忤逆？繼母成日想著往繼子的後院塞人，本郡主還沒說妳不慈呢！」

瞥了一眼幾欲要驚呆的宋宜佳。「不是都說了嗎？娶妻娶賢，納妾納色，王妃這位姪女的顏色連本郡主都比不上，還好意思塞給我們家大公子，當我們平郡王府是收破爛的嗎？」

晉王妃只覺得眼前一黑，身子往後一仰，倒在了椅子上。

「姑母！」

「母妃！」

尖叫聲齊齊響起，連胡氏都扶著腰、挺著肚子圍過去，獨獨沈薇老神在在地坐在椅子上品茶，一副悠然自得的樣子，好似晉王妃不是被自己氣的一樣。

「大嫂，妳就少說兩句吧。」吳氏忍不住對沈薇道。「都杵著幹什麼？還不快去請大夫？」

此時，倒在椅子上的晉王妃緩過了氣，無力地擺著手，道：「不用。」又伸手撥開擋在身前的宋宜佳，直直望向沈薇，一字一頓地道：「妳這是要氣死我？」

沈薇跟她對視，絲毫不妥協。「不敢，只要王妃不這麼隔三差五地想要往大公子身邊塞人，本郡主自然是盼望王妃千年萬年地活著。至於五、六個月早產生下二公子，又跟本郡主何干？」

「這麼說，這個妾妳是不要了？」晉王妃怒極反而平靜，目光冷凝，聲音冷冽。

「不要。」沈薇目光一轉，嘴角噙上一抹邪氣的笑。「既然王妃這麼憂心娘家姪女的歸宿，那本郡主就幫王妃分分憂，替她找個適合的地方。桃花，把這位宜佳小姐帶走。」

桃花猛地竄上前去，宋宜佳的驚呼才出口，就被桃花一把抓住衣襟，跟拎小雞似的拎在手裡，興奮地朝沈薇邀功。「小姐，咱們去哪兒？」

眾人也被這突發狀況弄得懵了，回過神來，晉王妃的聲音幾乎可以把屋頂掀掉。「沈氏站住！妳要帶宜佳去哪裡！」

沈薇停住腳步，慢慢轉過身來，俏皮地眨眨眼睛，露出一個甜美的笑容。「不是說了嗎？給她找個好歸宿。本郡主帶她去父王院子裡瞧瞧。」既然晉王妃非得把姪女塞給徐佑，那還不如塞給晉王爺好呢。

晉王妃聞言，差點閉過氣去，硬是掐著自己的掌心，讓自己不要暈過去。「快攔住她們！」沈薇那笑容在她眼裡比厲鬼還要可怕百倍。

作孽啊！晉王府怎麼娶進個這麼無法無天的媳婦？若是早知道沈氏是這樣的性子，她還動什麼手腳，由著那個賤種早早娶妻就是了，先前定下的那三個，哪一個也比這個潑婦強萬倍呀！

晉王妃是悔不當初。

今兒沈薇帶過來的四個丫鬟是桃花、荷花、桃枝和月桂，桃花和月桂本身就是有武功的，就是桃枝和荷花也練了個一招半式，比一般丫鬟身形要靈巧。

桃花拎著宋宜佳，一馬當先衝在前頭，一隻手就把上前阻攔的丫鬟婆子撥到一邊去了，月桂、荷花、桃枝則護在沈薇身側，大搖大擺地出了晉王妃的院子，朝著外院而去。

晉王妃在後頭乾著急，氣得直跺腳，瞪向吳氏。「還不快追，等什麼？」自個兒在華煙、華雲的攙扶下，也心急火燎地追上去了。

沈氏是個能豁出去臉面的，若是她真把宜佳塞給王爺，這姪女給姑父做妾，她還有臉活嗎？

一路上，宋宜佳極不老實，嘴裡大聲喊著、咒罵著。她是想進晉王府做妾，可絕不想給晉王爺做妾，一來晉王爺年紀大了，都比她爹還大上兩歲，二來姑母能生撕了她，這天底下哪有姪女給姑父做妾的？她爹和嫡母寧願她死也不會讓她給家族蒙羞。

「聒噪，堵嘴。」沈薇一聲令下，月桂立刻把帕子塞到宋宜佳的嘴裡。

這樣大的動靜自然驚動了書房內的晉王爺。「小泉，出去瞧瞧，這是怎麼了？」

「嘉慧郡主——」小泉管事的腳剛邁出門檻，沈薇就來勢洶洶地趕到了。小泉管事大驚失色。「郡主，這是怎麼了？」

「父王在吧？找父王評評理。」沈薇越過小泉管事就往裡面走，小泉管事一開始沒反應過來，待看到王妃的姪女宜佳小姐被嘉慧郡主的丫鬟拎在手裡，頓時感到事情不妙，慌忙跟著進去。「郡主、郡主，您有話好好說啊！」兒媳闖了公公的書房，這是什麼話？

晉王爺也被這陣仗嚇了一大跳。「沈氏，妳要做什麼？」他的臉色黑得跟鍋底似的，哪有做兒媳的這麼不管不顧地闖進公公的書房，這還有點規矩嗎？

沈薇順勢站定。「父王恕罪，兒媳這也是被逼得沒辦法了，不得已才找您主持公道。」

晉王爺聞言，臉色才好看了一點，但眉頭仍皺得緊緊的。「何事？」

「父王親口吩咐過，兒媳跟大公子的事王妃無須插手，這才過去幾天，王妃就又張羅起給夫君納妾的事了。也不想想夫君的身子骨，這不是禍害夫君嗎？敢情不是從她肚子裡爬出來的，王妃就不心疼？自兒媳嫁過來，便好醫好藥名貴補品地替他調理著，好不容易見起色了點，王妃又要往夫君身邊塞個妾，居心何在？」沈薇的嘴皮子可流利了。

「上一回是那宜慧表妹，這一回又換成宜佳表妹，還說宜佳表妹的容貌更勝一籌，合著在王妃眼裡，夫君就是個膚淺愛色的？這宋家的家風是怎麼了？怎麼一個、兩個都上趕著給人做妾？做正頭夫人不好嗎？既然王妃這麼希望把姪女送出去給人做妾，兒媳想了，與其給夫君做妾，還不如給父王您做妾的好，畢竟父王您更有權勢，更能滿足小姑娘家的虛榮心，而且也方便王妃照顧姪女不是？桃花，把人給父王送過去。」

「好！」桃花咧嘴一笑，把手中拎著的宋宜佳朝晉王爺推過去。

晉王爺沒防備，宋宜佳一下子被推進他懷裡，這一幕正巧被匆匆趕來的晉王妃瞧在眼裡，幾乎都要魂飛魄散。「王爺！」聲音淒厲，直衝雲霄，嚇得院子裡歇息在樹上的鳥兒都飛起來了。

晉王爺這才看清入懷的是王妃的姪女，老臉一紅，頓時如被火燒一樣把人推了出去。

「沈氏，妳胡鬧！」差點閉過氣去。

宋宜佳被拎了一路，又被這般推來推去，一下子跌到地上，起都起不來。好在此刻也沒有人去注意她。

晉王妃被華煙、華雲扶著走過來。「沈氏，妳真是太膽大妄為，妳到底想怎樣?!」

沈薇眼帶譏誚。「應該是我問王妃想怎樣吧？今兒這事不是妳硬要把娘家姪女塞到我們郡王府而起的嗎？說到膽大妄為，繼母成日想著我家夫君做什麼？妳三個親生兒子還不夠操心的嗎？」

晉王妃沒想到當著王爺的面，這沈氏一點也不收斂，臉色一陣黑一陣紫的。「沈氏這是善妒，是犯了七出之條的，哪家爺們身邊沒兩、三個妾室，本王妃作為大公子的嫡母，指個人到他身邊服侍怎麼了？王爺，您說妾身錯了嗎？」

晉王爺的臉上也是不贊同。不就是一個妾嗎？這個沈氏的醋性也太大了。「沈氏，這就是妳的不對了，王妃也是為了你們好，多一個人服侍佑哥兒不是替妳分憂嗎？」

沈薇忍不住笑出來。「沒錯，我就是個妒婦，誰若是朝我家夫君身邊塞這些噁心人的玩意兒，誰就是我的仇人！王妃說我犯了七出之條，那你們休了我唄！」她可理直氣壯了，聖上賜婚是連和離都不成，還想給她弄個什麼七出之條的罪名，真是太好笑了。

果然晉王爺和晉王妃都想到了，臉色齊齊烏黑。

沈薇又道：「既然王妃這麼賢慧大度，應該是不會攔著父王納妾的。剛才王妃也瞧見了，父王跟宜佳表妹都有了肌膚之親，王妃大度就成全他們了唄！王妃不也說宜佳表妹是個極妥貼的嗎？定能替王妃分憂，把父王照顧好的。」

頓了一下，想了想又道：「一個妾也少了點，堂堂王爺身邊沒十個八個解語花，說出去都丟人。雖說後院還有兩位姨娘，可那兩位都一把年紀了，估計父王都瞧膩了。兒媳跟夫君是孝順的，定上心尋摸，多孝敬父王幾個的。嗯，夫君不僅是個孝順的好兒子，還是個愛護弟弟的好兄長喔，二公子還沒有兒子，三弟妹又懷有身孕，二弟妹和三弟妹那裡可不就需要人多分分憂嗎？至於四公子，罷了，還是等四公子成親後再說吧，婚前送妾只有那沒規矩的人才幹得出來。」沈薇毫不留情地揭了晉王妃的底。

「放肆！」晉王爺和晉王妃齊齊怒喝。

沈薇卻壓根兒不當一回事。「王妃打算何時讓宜佳表妹進門？定了日子記得通知一聲，父王納貴妾，作為晚輩的總得來喝杯喜酒吧。行了，父王跟王妃別送了，兒媳告退回府了。」

說罷，也不管晉王爺夫婦臉色如何難看，沈薇領著四個丫鬟施施然地走了。

出了晉王府大門，她對月桂吩咐。「去，去喊你們郡王爺回府一趟。」

徐佑正在五城兵馬司的演武場上瞧那群紈袴子弟訓練，聽江白稟報沈薇喊他回府，立刻就往外走。

他是知道沈薇今兒回王府，這是王妃又出么蛾子惹惱薇薇了？他可擔心了。

沈薇和徐佑是前後腳回到郡王府的。「怎麼了？」他臉上帶著擔憂。

沈薇的心情頓時好了一些，瞅著他委屈地道：「我今兒把你父王繼母全得罪了。」

徐佑聞言，頓時鬆了一口氣。「沒事，咱們又不指著那邊過日子，得罪就得罪了吧。」只要她沒受委屈就好。

沈薇依舊悶悶的。「王妃要把宋宜佳送給你做妾，我把她送給父王了。」

「送就送吧，父王身邊也好多年沒進新人了，也是時候添置一二了。」徐佑也沒放在心上。

「我還說你是儀賓。」沈薇抬起頭瞅著徐佑說道。

徐佑一怔，立刻便明白了她的意思，輕扯唇角，笑了，扭頭吩咐道：「江白，去請蘇先生幫我起草一份摺子，問問聖上能不能把郡王府改成郡主府。」儀賓就儀賓唄，只要他媳婦高興，他做郡王和做儀賓沒有區別。

沈薇目不轉睛地盯著徐佑。「就這麼喜歡我？」

徐佑揉了揉她的頭髮，毫不猶豫地點頭，認真說道：「妳又不是不知道，從小到大，父王都沒正眼瞧過我，見了面也是訓斥責罵。王妃？她不在父王跟前上眼藥就好了。要說聖上看重我，其實大半原因還是因為我有用。薇薇，我就是個六親靠不著的孤零人，只有妳是我的，也只有妳無條件地對我好，肯護著我、為我出頭。薇薇，我都知道的。」為了抓住這抹溫暖，他願意付出所有。

沈薇皺了皺鼻子。「不怕別人說你懼內？」

徐佑悶笑，捏了一下她的鼻子道：「從娶妳的那天，我不就一直懼內的嗎？至於什麼面子？我要裡子就夠了。」還有一點他沒說，是他貪戀她身上的溫暖，是他把她拉進晉王府那個污濁地的，是他虧欠於她的……

第一百二十六章

沈薇這才展顏而笑，雙手攀著徐佑的脖子，臉貼在他的胸膛。「徐佑，我發現更喜歡你了。」這輩子能有他這般包容她、疼愛她，看來自己的運氣真好。

徐佑心中一悸，收緊雙臂把她緊緊抱住。我才是最幸運的那個，薇薇，謝謝有妳，這一生才不孤單。

「對了，我還說會給你父王兄弟送美人的。」沈薇又補充道。

徐佑的下巴摩挲著她的頭頂。「嗯，這主意不錯，妳在府裡歇著吧，這事我來辦。我身為長子和長兄，總得多照顧他們一些。」

大公子可真是上道！

沈薇走後，晉王爺衝著晉王妃發了一頓脾氣，晉王妃抹著眼淚哭訴。「妾身還不都是為了大公子？他身邊就沈氏一個，又是那樣的性子，哪裡能照顧好大公子？宜慧和宜佳都是妾身瞧著長大的，性子柔順，為人穩重，若不是大公子，妾身還捨不得給呢。」

晉王爺被她哭得心煩。「他們不樂意妳就少管，隨他們去吧，妳還是多操心操心昶哥兒的婚事和炎哥兒媳婦肚子裡那個吧。」成天這些烏七八糟的事，煩死人了！

晉王妃還想再說，晉王爺已經不耐煩地背手出去了，晉王妃表情一滯，臉色可難看了。

宋宜佳自然也不能留在晉王爺的書房裡，被晉王妃帶回內宅去了。

「姑母！」宋宜佳滿臉是淚，又委屈又屈辱。

晉王妃想起她倒在晉王爺懷裡的畫面，頓時心頭一陣煩躁，雖知道不怪姪女，心裡卻膈應得不行。「行了，回去再說吧。」

宋宜佳心裡咯噔一下，眸中閃過懼怕。不，她不想死，亦不想青燈古佛，一點都不想啊！

如何安置這個姪女，晉王妃也十分頭疼。畢竟今兒鬧的這事，府裡好多奴才都瞧見了，她是可以下緘口令，可在場的不只有王府的奴才，還有沈氏主僕呢，若是傳出一星半點，王府跟宋家都跟著沒臉。

還沒等晉王妃想出對策，又出事了。

一早，三兒媳胡氏又動了胎氣，哭喊著求晉王妃作主。

晉王妃一問，才得知姪女宜佳爬了三兒子的床，生米已經煮成熟飯。

宋宜佳也在一旁哭著喊冤，說自己明明沒出青梧院，可一覺醒來卻是在三表哥的床上，她清白已毀，嚷嚷著要尋死。

胡氏自然不信，大罵宋宜佳是狐狸精、小賤人，還要過來撓花宋宜佳的臉，被丫鬟攔住了，就喊著肚子疼。

晉王妃被鬧得頭疼，又氣又怒又怕。這邊還沒安生呢，大兒媳吳氏那邊也鬧了起來，說是昨晚宜慧爬了世子爺的床。

晉王妃聞言，身形一晃，差點沒摔倒在地上。冤孽啊，這到底是怎麼一回事呀！

兩個姪女爬上她兩個兒子的床，姪女還一口咬定睡前她們還在自個兒院子的，醒來卻發現在表哥的床上，喊著冤枉，求她作主，偏她查了半天也沒查出什麼破綻。

晉王妃想起昨兒白日沈氏的威脅，還有什麼不明白的？心中大恨，卻又無可奈何，只得咬牙和血往肚子裡吞。

沈薇以為徐佑是哄自己開心，沒想到他真的上了那道摺子，懇請聖上把平郡王府改成郡主府。

摺子一出，滿朝震驚。這個平郡王也太寵媳婦了吧？平郡王府改成郡主府，自個兒甘願成為儀賓，這臉面還要不要了？

而身為當事人的徐佑卻脊梁挺直，理直氣壯地跟聖上爭取。「臣身子骨自幼便不好，嘉慧郡主非但沒有嫌棄，還屢次救了臣的性命。臣打生下來就用藥，這輩子也不知能不能有個子嗣，也不知哪天就突然撒手人寰了，嘉慧郡主待臣情深意切，臣總得趁著還活著的時候把她的後半輩子安排好吧！」

頓了頓，又誠懇說道：「聖上若是覺得為難，不如開恩再賞一座郡主府，哪怕只是座一進的小院子，也免得以後臣不在了，嘉慧郡主受人欺負。」說罷，他撲通一聲跪在殿上。

這簡直都要驚掉眾人的眼睛了。原來高冷的平郡王還是個情深意重的癡情種子，妥妥的妻奴啊！連自個兒可能沒有子嗣都敢往外說。

一時間，眾人看向太傅大人沈平淵、忠武侯沈弘文和沈弘軒的目光裡充滿了羨慕。瞧瞧人家多會養閨女，把個沒有煙火氣的平郡王硬生生地籠絡成了繞指柔。平郡王如此寵媳婦，待岳家豈不是更親近？同樣是養閨女，怎麼人家忠武侯府就那麼好運道呢？

若說眾人看向忠武侯三父子的目光是羨慕，看向晉王府的目光就意味深長多了。晉王爺不上朝，所以接收眾人注目的是世子爺徐燁和三公子徐炎，兩人的臉色都不大好。

坐在龍椅上的雍宣帝都要氣笑了。他瞧著跪在下頭、振振有詞的徐佑，真想一腳把他踢翻，什麼不知道還能不能有子嗣，什麼也不知哪天就撒手人寰了，當他不知道姪子現在身體強健得跟頭牛似的？不就是沈小四跟晉王妃又幹了一仗嗎？這就上趕著撐腰來了？也不看看沈小四那性子，不欺負別人就好了。

怎麼就沒想到他一手調理出來的姪子是個懼內的貨色呢？雍宣帝胸口那口氣被堵得吐不出來、嚥不下去。

「太傅怎麼看？」雍宣帝徐徐吐出一口氣，瞧了一眼垂眸不語的沈平淵。

沈平淵恭謹地道：「回聖上，嫁出去的女兒潑出去的水，一切只看平郡王高興。」

別說雍宣帝了，就是下頭站著的諸位大臣也都被沈平淵這無恥的回答驚著了。誰不知道你孫女隔三差五就回娘家，不僅自個兒回去，平郡王還親自陪著，即便實在沒空，傍晚下差後也會親自去接。現在誰還說嫁出去的女兒潑出去的水，捨得潑出去嗎？

老狐狸！雍宣帝被噎了一下，不死心地看向沈弘文和沈弘軒。「忠武侯和沈愛卿如何看呢？」

兩人趕忙應答。「回聖上，臣的意思跟家父一樣，出嫁從夫，一切以平郡王的意思為準。」

雍宣帝抓著椅背的手驀然緊了一下，瞧著姪子更覺得堵心了，罵道：「趕緊給朕滾！你放心，若是哪一天你真的撒手人寰了，也有朝廷照顧嘉慧郡主，不會讓人欺負了去。」

後頭的一句話，徐佑幾乎都能聽到皇伯父磨牙的聲音。

他麻溜地爬了起來，恭敬地謝恩。「叩謝聖上恩典，這樣臣就放心了。」一臉坦蕩的樣子，看得雍宣帝更糟心了。

徐佑在金鑾殿上的奏請頃刻便在京中傳開了，各府的夫人小姐們十分羨慕沈薇的好運氣。早知道平郡王是這麼個疼媳婦的，哪怕他身子骨不好，也得早早下手，怎麼也不能讓個鄉下長大的丫頭撿了。

大伯母許氏滿臉都是笑。「我就說薇姊兒是個有運道的，瞧瞧，被我說中了吧！阿彌陀佛，平郡王能這般待咱們薇姊兒，我這心總算能放下來了。」薇姊兒能站穩腳跟，對忠武侯府是多大的助力。因著平郡王跟岳家走得近，連侯爺在兵部都被人高看了三分，現在兵部尚書待侯爺可客氣了。

趙氏心中雖有些酸，卻也不是那沒眼色的人。「咱們薇姊兒長得好、性子好，還有豐厚的嫁妝，平郡王可不得捧在手心裡寵著？」

「對，說白了還是咱們薇姊兒自身好，立得起來。」婁氏附和道。

許氏也跟著點頭。薇姊兒的手段她是最清楚的，能讓平郡王這樣縱著寵著，她其實不意外。

「妹妹，謙哥兒的婚事妳瞧準了？」婁氏轉了話題，問起沈謙的婚事來。

一提到兒子的婚事，許氏臉上的笑容就更濃了。「瞧準啦，就是國子監祭酒常大人家的大閨女，今年十六了，比謙哥兒小三歲，正正相配呢。」

「何止呀，那常家小姐長得好，知禮守規矩。她是家中長女，她母親身子骨不大好，府裡的中饋都是她管著，從八、九歲就管著了，大嫂這是找了個能幹的兒媳婦。」趙氏一臉羨慕地補充。

婁氏臉上全是驚喜。「真的？常大小姐這麼能幹，妹妹以後可就等著享清福嘍。」

許氏點頭。「相貌出不出眾都是其次，最看重的就是常小姐的能幹。我們侯府雖不像阮大將軍府那樣子嗣單薄，其實面臨的狀況是一樣的。恒哥兒需要個能幹的媳婦打理後宅，我們謙哥兒也是一樣，他遠在西疆，可不得要個能幹的媳婦替他張羅後宅？」

停了一下又繼續道：「其實這事還是老侯爺提醒我的，我起先只想著給謙哥兒找個性子柔順，跟他能合得來、服侍他的生活起居就夠了。還是老侯爺說，西疆民風剽悍，性子弱些的到那裡都適應不了，連自個兒都照顧不好，還怎麼照顧謙哥兒？而且到了西疆也不只服侍謙哥兒，還得和內眷們交往、走關係呢，不找能幹的都壓不住陣腳。這位常家小姐也是老侯爺提起的，我一瞧，還真是個好的，這不就趕緊給謙哥兒定下嗎？省得動作慢了被人搶走了。」

「老侯爺對兒孫可真上心！」婁氏可羨慕了。老侯爺的眼光是尋常人能比得上的嗎？一個好媳婦旺三代，謙哥兒有福氣了。

這回趙氏是真的吃醋了，酸溜溜地道：「滿府的兒孫，老侯爺最疼的一個是薇姊兒，一個便是謙哥兒了。」

許氏瞅了她一眼，道：「瞧弟妹說的，老侯爺難道不疼松哥兒、柏哥兒？老侯爺不是才託人弄了舉薦信把松哥兒送到青山書院？柏哥兒在書畫上有天賦，老侯爺上個月不也花費重金，給他請了位書畫大家？等張羅完謙哥兒，可不就輪到松哥兒、柏哥兒了？都一樣是孫子，老侯爺都是一樣操心的。」

趙氏被大嫂劈頭蓋臉甩了一席話，臉上不由訕訕的。「是呀，老侯爺是難得的慈祥人，待兒孫們可都好了。」心中卻腹誹，不就是弄了封舉薦信請了個夫子嗎？比起給謙哥兒跟薇姊兒的差得遠了。

滿京城都在談論平郡王懼內、寵媳婦，身為當事人的徐佑和沈薇夫妻倆是一點感覺都沒有。

可很快地，大家便不談論這事了，因為朝中又出了一件大事。

周御史奉旨去北方邊關調查安將軍貪污軍餉走私馬匹的案子，一路上歷經刺殺，在徐佑派出影衛的保護下終於抵達邊關，現在傳消息回來了。

雍宣帝足足把周御史的密摺看了五遍，拍著桌子。「好、好，一個個的可真是朕的好臣子！」

說安毅貪污軍餉，經周御史明察暗訪，那筆據說被貪污的軍餉壓根兒就沒到北方邊軍中，半道上就被人截留了，真是好狗膽！

密摺中還提到正在查走私馬匹的事，既然貪污軍餉是誣陷的，那走私馬匹就更不可能是安毅所為了。

金鑾殿上，雍宣帝直接把周御史的摺子扔下來，一起扔下的還有周御史查到的證據。「查，刑部、戶部、大理寺、都察院，全都給朕去查，朕倒要看看是哪個膽大包天的冤殺了朕的安大將軍！」

雍宣帝不僅憤怒，還覺得憋屈。四年前，一個個都跟他說證據確鑿，說安毅畏罪自殺。結果呢？

雍宣帝極少發這樣大的火氣，底下的眾臣都戰戰兢兢。

安毅將軍是被冤殺的，這事很快便傳遍朝野上下。有雍宣帝的御令，四年前的案宗又被翻了出來，誰是主審，何人作證，誰是首告——全都一一翻了出來。

休沐日，徐佑難得地沒有癡纏，而是早早起來。用罷早飯，他精神抖擻地往外走了兩步又回頭，看著窩在湘妃椅上的沈薇，嘴角勾了勾。

「記住了喔，晚上要雙倍補償。」

沈薇好笑地擺手。「知道，趕緊走吧。」好想跟去瞧瞧大公子英武的風姿呀！可想想，還是別火上澆油了。

徐佑回了晉王府。

「郡王爺，您來啦！王爺、王妃跟世子爺都等著呢。」親自來迎徐佑的是小泉管事，他弓著腰陪著笑，態度可恭敬了。

徐佑微一點頭，背著手往晉王妃的院子走。昨兒就使人遞了消息，他今兒要回府當孝子給他爹請安，順便跟幾位兄弟聯絡聯絡感情。

「郡王爺，她們就不用跟著了吧？」小泉管事指著後頭跟著的兩隊妙齡女子，硬著頭皮問道。

徐佑眼皮都沒抬一下，就像沒聽見一樣。江白笑嘻嘻地把小泉管事往邊上一拉。「我說大管事欸，你這心也操得太多了吧？這些可都是我們主子的『孝心』，不跟著成嗎？」他抬下巴點了一下這些女子。

被江白拽著的小泉管事都要哭出來了。瞧平郡王這陣仗，哪是單純來請安的？他心裡可忐忑不安了，可對上江白滿是笑意的眼睛，他張了張嘴，最終嘆了口氣，阻攔的話也不敢說了。

第一百二十七章

「父王，別來無恙。」徐佑面無表情地道，然後衝著徐熚幾人點點頭。

晉王爺瞧見長子本來還有幾分高興，尤其這個兒子還是來給自己請安，雖然沒把長子放在心上，奈何長子有能耐，這讓他也有面子。

誰知道長子一張嘴，他就無比心塞。什麼叫別來無恙？這個孽障才搬出去幾天就跟他別來無恙了？他當然無恙！

徐佑才不管晉王爺心裡怎麼想，一撩袍子往椅子上一坐，看向晉王妃，問候道：「王妃也挺無恙的？」瞧氣色還不錯，看來他的心還是有些軟，就不該把宋宜佳和宋宜慧弄進徐熚和徐炎的院子裡，而應該扔到父王的床上。

「怎麼說話的。」晉王爺把臉一沈，不滿地斥了一句。

晉王妃卻攔住了他。「大公子好不容易回來一趟，有什麼話不能好好說？」又笑著轉向徐佑。「挺好的，我跟你父王都挺好的。對了，你媳婦怎麼沒跟著一塊兒回來呀？」一副很關心的樣子。

徐佑瞅了她一眼，答非所問地道：「對了，聽說王妃娘家的兩位表妹也在，怎麼沒見到呢？」

一聽徐佑提起宋宜佳和宋宜慧，幾人的臉色都不大好看。前幾天，那樁爬床的糟心事不管真相是什麼，但徐燁跟徐炎破了宋宜慧和宋宜佳的身子總是事實，雖然她倆是庶出，卻也是徐燁和徐炎的親表妹，總得給個說法吧？吳氏跟胡氏再不情願，院子裡也各自多了一個貴妾，只等著挑日子敬茶了。

唯獨徐昶一臉豔羨地道：「大哥還不知道吧？兩位表姊馬上就成二哥、三哥的屋裡人了。」這等好事怎就輪不到他呢？尤其是宜佳表姊，那身段瞧上一眼，身子都能酥半邊，三哥好大的豔福呀！

徐佑點頭。「嗯，這是好事。王妃對兩位表妹的為人品行向來是讚譽有加，有她們倆在二弟、三弟身邊服侍，王妃定能放心不少，兩位弟妹也能輕省不少，倒沒有枉費我的一番苦心。」徐佑直接承認了這是自己的手筆。

「大哥，這是你幹的？」沈不住氣的徐昶當場就跳了起來，太厚此薄彼了，怎麼不給他也弄一個呢？徐昶看向大哥的目光透著明晃晃的不滿。

除了徐昶，其他幾人都變了臉色。

晉王爺拍著桌子罵。「你這個孽障到底想做什麼？你是不是要把你老子我氣死才甘心?!」

晉王妃捂著臉垂淚。「你兄弟怎麼招你惹你了？」

徐炎的唇抿得緊緊的，而徐燁則目光異常複雜。「大哥，何至於此啊！」他們雖不親近，到底也是兄弟呀！

徐佑卻像沒事人一樣蹺著腿喝茶。他輕輕地撇了撇茶葉末子，慢慢抿了一口，咂了一下嘴才道：「為哪般？王妃不是很清楚嗎？妳不是說兩位表妹都是穩妥的人兒，千方百計想把她們塞給我嗎？我身子骨不大好，在女色上頭就得謹慎些，為了不辜負王妃的美意，我不就想了這麼個法子嗎？二弟、三弟跟我不都是一樣的嗎？」

又淡淡地瞧向徐燁。「二弟說什麼？何至於此？大哥我在金鑾殿上不是說得很清楚嗎？你們大嫂就是個心性窄的，剛才王妃還問她怎麼沒一起過來，她病了，打從王府回去就病了，胸口堵得慌，喝了好幾天的藥也不見起色，我若是不幫著她把這口氣出了，她要是憋出個好歹，你們大哥我就得當鰥夫。咱們都是親兄弟，你們不會眼睜睜地看著我孤苦伶仃吧？」他的臉色可誠懇了。

「王妃都說了，男兒在世哪個不是三妻四妾？可見王妃對此事是贊同的。這麼些年了，我也沒送你們什麼禮物，兩位表妹就算是為兄送你們的大禮了。你們大哥我身子骨不好，又是個懼內的，妾室姨娘勞什子的還是算了吧，王妃以後就別為我操心了。」

「你這個孽障說的是什麼話！」晉王爺把杯子往地上使勁一摔，怒髮衝冠，指著徐佑大罵。

「你不是說來給我盡孝的嗎？我看你是要氣死我吧！」

「別急啊父王，兒子的孝心不就在那兒了嗎？」徐佑說著一拍手。「都進來吧。」

隨著他的拍掌，門外嫋嫋娜娜走進來十個妙齡女子，齊齊躬身請安。「拜見王爺、王妃、平郡王和幾位公子。」

「她們是何人？你又要出什麼么蛾子？」晉王爺驚得目瞪口呆，好半天才找回自己的聲音。

而徐燁、徐炎、徐昶也是莫名其妙的樣子，唯獨晉王妃心頭浮上不祥的預感。

「這就是兒子的孝心呀！」徐佑無辜地揚了下眉。「兒子想著父王身邊久未添新人，二弟、三弟院子裡也沒啥美色，就跟聖上求了十個美人，其中四個孝敬給父王，二弟、三弟每人身邊三個，加上表妹便也湊成一個『四』，事事如意嘛！還請父王跟二弟、三弟笑納了吧。」

晉王爺氣得臉色鐵青，還沒等他發作，徐昶就先不樂意了。「大哥，我的呢？你是不是把我忘了，十個美人總得給我一個吧。」他瞧著眼前的眾美人，眼睛都直了。大哥這是從哪兒弄來的好貨色？比那尋歡樓的頭牌也不差。

「昶哥兒，給我住嘴！」晉王妃臉色難看地喝止徐昶，又難堪又憤怒，猙獰的目光直盯著徐佑，好似要把他吃了。

「滾，你給我滾，現在就滾！」晉王爺把案桌都踹翻了，可見是氣得狠了。徐燁、徐炎上前相攔。「父王您快息怒，大哥不是故意的。」

徐佑卻像事不關己一樣，撣了撣袍子站起來，溫和地對徐昶道：「四弟，你還未成親，現在不好就納妾，這與祖宗規矩不合。這樣吧，你若是實在喜歡，等你成親後，大哥我多送你幾個。」

「真的？都是這般漂亮的？」徐昶樂得咧開了嘴。

徐佑笑著點頭。「比這還漂亮的也有。」

「那弟弟就先謝謝大哥了。」徐昶似模似樣地對徐佑作了個揖，心花怒放。

徐佑笑了笑，這才轉過身，道：「父王您保重吧，兒子這就滾了。」袍子一甩，俐落地走人，走了兩步像又想起來似的回頭。「喔對了，這十位美人都是聖上賞賜下來的宮女，王妃能幹又賢慧大度，就煩勞替父王和二弟、三弟分分吧。」

晉王妃聞言，眼前就是一黑，慌得身邊的人齊齊大喊：「母妃，您怎麼了？快去請大夫！」

紛亂的聲音落入徐佑的耳中，他勾起唇角，眼底全是嘲諷。嗯，總算幫薇薇出口氣了。

至於他口中在府裡養病的沈薇卻也沒在府裡。徐佑走後沒多久，小迪就來了。「郡主，還記得咱們救的那個安家和嗎？他想見您一面，還託我把這個東西呈給您。」

沈薇看著小迪遞過來的信封，想了半天才想起安家和是誰。「他還沒走嗎？」

「沒有。」小迪搖頭。「他養好傷，沒提要走的事，說自個兒無處可去，屬下想著他當初說懂算數和機關來著，就由著他留下來了。他倒是很老實，主動尋些事情來做，也不問東問西，除了找屬下要筆墨紙書，就沒提過什麼過分的要求。」

沈薇點點頭，打開信封，抽出裡面的紙張瞧起來，臉上的神色漸漸凝重。原來紙上畫的是一幅幅機關圖，靈巧之處連她這個從現代穿越而來的人都驚嘆，看來這個安家和還真是個人才。

「走吧，本郡主去見見他。」

小迪引著沈薇七拐八拐地來到一座不起眼的小院，輕輕叩了門。只片刻門就從裡面打開，應門的是個二十歲上下的矮個子，見是小迪很高興，剛要說什麼，忽又瞧見跟在後面的沈薇，忙站定行禮。「主子。」

沈薇點了下頭。「不用多禮。」

安家和很快就被帶過來了。「草民見過郡主。」他恭敬地行禮。

沈薇的眉揚了揚，不動聲色地笑了一下。這個安家和恐怕真不是尋常人。

「聽說你要見我？」沈薇開門見山。

「不知草民的東西可否入郡主的眼？」安家和不答反問。

沈薇的唇角扯動了一下。「挺不錯的。你的機關圖是我平生所見最精妙的，就不知你的手藝是不是也如此？」

安家和瞅了沈薇一眼，認真道：「只要郡主答應草民一事，草民定不會讓郡主失望的。」他的手攥得緊緊的，竭力平息內心的緊張。

這是他唯一一次的報仇機會，一定要抓住！他一點也不敢小瞧眼前這個比自己還小上幾歲的女子。在這個小院中也住了幾個月，從平日的蛛絲馬跡中也能推斷出這裡都是些什麼人。

沈薇還真有些心動，秦相府裡肯定有密室之類的存在，這個安家和或許真能派上用場。「你說吧。」

安家和定定地望著沈薇，然後撲通一聲跪倒在地。「郡主，我叫安家和，安毅安大將軍是我爹。」

前一句沈薇還沒在意，後一句簡直是平地上起了炸雷，她霍地站起來。「你爹是安大將軍？四年前被冤殺的安大將軍？安家不是滿門都死了嗎？」

「冤殺」二字讓安家和瞬間紅了眼睛，好似回到了那個殘陽滴血的黃昏，爹被押上了囚車，娘死了，哥哥們死了，他剛剛訂下親事的妹妹也死了，看門的老伯死了，趕車的李叔死了，還有管家伯伯也死了，甚至跟他一起長大的小黑子也死了——都死了，全都死了，滿地的血！

「只有我還活著，只有我還苟且活著……」安家和的聲音哽咽。「郡主，我爹是被冤枉的，我爹是個頂天立地的漢子，絕不會貪污軍餉，做出對不起聖上和朝廷的事！」

沈薇點點頭。「是，周御史已經遠赴北方邊關調查此事了，你爹確實是被冤枉的。聖上震怒，已經責令朝中重查此事了。你是聽到了這個風聲吧？」

「是，我無意中聽到了他們的談話。」安家和很坦然地承認了。「郡主當初救我，應是知道我有底細的，淪落到那樣骯髒的地方，我令安家祖宗蒙羞。可身為人子，我不能眼睜睜看著我爹蒙冤、家人慘死，為了報仇，這才拖著殘缺的身體苟且偷生，求郡主助我一臂之力！」他的頭重重地低下，連小倌都做了，尊嚴早就被踩到腳底下，還在乎這點面子嗎？

「你還是趕快起來吧！」沈薇慌忙道。安大將軍的兒子，人家也是名門公子呢，這麼跪著像什麼樣子。

安家和卻執拗不動。「求郡主答應助我。」一副沈薇不答應他就不起來的架勢。

沈薇扶額，說道：「你可知道我是誰？」

安家和搖頭。「只知您是郡主。」

「我出身忠武侯府，我祖父便是曾經鎮守西疆的沈平淵。我聽他說過跟安大將軍有些交情，對安將軍讚譽頗高。你家出事後，祖父還派人往北邊找過，可惜得到的消息是你們全家都遇難了。你快快起來吧，祖父若是知道安將軍還留有子嗣，肯定不會袖手旁觀的。」

跪著的安家和百感交集，眼裡迸出希望。太好了，原來這位郡主是父親那位忘年交的孫女！蒼天有眼哪，總算是讓他找對人了！

「我就先謝謝郡主的援手之恩了。」報仇有望，安家和的眼眶一熱，硬是攥緊拳頭把眼淚逼回去。

既然知道了這事，沈薇自是不能不管。上回祖父跟她提起安將軍的事時，語氣中滿是遺憾，就為了祖父能夠安心，她也得管呀！至於怎麼管，還是需要跟祖父和大公子商量一下的。

「這事太大了，我要回府跟祖父商議一下。你暫時還是先住在這兒吧，有什麼事就讓他們給我傳個口信就行了。」沈薇客氣地對安家和道。

安家和點點頭，再次道謝。「都聽郡主的安排。」四年都能等了，還怕再多等幾日嗎？

沈薇帶著人離開了，臨去前又吩咐小迪加強這座院子的護衛。

晉王府的偏僻小祠堂裡，茹婆婆睜著渾濁的雙眼，執著一炷香，正往香爐裡插。煙霧繚繞中，她滿是溝壑的臉若隱若現。上了香，她退後幾步跪在蒲團上，鄭重地磕了三個頭才直起身，臉上滿是虔誠。

她望向牌位的目光是那般柔和，就好像那是她的孩子一般。「小姐，現在天已經熱起來了。您呀是個最怕熱的人了，每年一到這個時候，您就在屋子裡擱好幾個冰盆子，老奴怎麼勸說您都不樂意聽。現在老奴也給您擺上四個，您就不怕熱了。」她的目光落在角落裡擺著的冰盆子上。

「小姐，大公子和大夫人都已經搬出王府了，聖上把那座青園賜給大公子當郡王府，聽說裡頭可氣派啦！大公子和大夫人都是心善的孩子，還想接老奴過去頤養天年，老奴沒答應。老奴老了，在哪裡都是一樣，何況小姐您還在這裡呢，老奴若是走了，誰陪小姐您說話？老奴不走，要陪著小姐，一輩子都陪著小姐。」她的臉上浮現淺淺的笑意，那張蒼老的臉龐也生動起來。

「老奴瞧著，大公子跟大夫人都不是吃虧的人，大夫人待大公子可好啦！您在底下就不要掛心了。不過大公子和大夫人的心腸還是不夠硬啊……」茹婆婆感嘆了一句。「這樣也好，還有老奴呢。老奴的手上早沾滿了鮮血，也不介意再多一些了。小姐，您風華正茂的年紀，卻撇下老奴走了，那些曾經對不起您的人，誰也別想落得好。您慢慢等著，睜大眼睛瞧著吧……」

說著，茹婆婆吃力地站起身，把牌位拿在手裡慢慢地擦拭起來，動作輕柔，就好像照顧嬰孩一樣。

第一百二十八章

雖然雍宣帝下旨重查安將軍的案子，但實行起來卻是困難重重。已經過去四年，即便當時有證據也早被銷毀，封存起來的案宗都是對安將軍不利的偽證，想要從被辦成鐵案的案宗中尋到蛛絲馬跡，談何容易？是以刑部、大理寺、戶部跟都察院都十分頭疼。

尤其是戶部尚書，查案子本來跟他戶部沒什麼關係，可當初那筆軍餉是從戶部撥出去的，現在聖上大手一揮便讓戶部也跟著一塊兒協查。那筆軍餉確確實實是撥出去了，還是他親筆簽字的，至於有沒有到北方邊軍手中，他是不知道，反正戶部是收到回執的，這其中誰動的手腳，他怎麼知道呢？

正毫無進展之際，太傅沈平淵又在朝堂上放了顆大雷，聲稱找到了逃過一劫的安將軍幼子。

散朝後，沈平淵被雍宣帝留下來。不用雍宣帝開口詢問，沈平淵就主動交代了事情的始末。「聖上，當初臣也使人尋過安將軍的家眷，說是全都遇難。安將軍的幼子名喚安家和，是臣的孫女嘉慧郡主數月前偶然所救，也是這兩天才得知他的身分。」

瞧了瞧雍宣帝的臉色，他才又道：「救人之時，那安家和渾身是傷，說是從小倌館裡逃出來的。臣那孫女見他可憐，便把他帶回去了，想著好歹他也是個讀書人，等養好了傷隨便尋個差事做做，也算是積德行善了。」

「什麼？」雍宣帝的瞳孔猛地一縮。「真是從那個地方逃出來的？」他連說出那兩個字都嫌骯髒。

既然是安將軍的幼子，年紀肯定不大，四年前那就更小了。十多歲的少年千里迢迢來京城替父伸冤，卻陷入那個骯髒的地方，是巧合還是人為？目的又何在？無論是哪一種都令他十分痛心。堂堂將軍府的公子淪落小倌館，這樣的事情就發生在自己當政期間，甚至就發生在自己的眼皮子底下，雍宣帝不僅痛心還十分憤怒。

「千真萬確，臣不敢欺瞞聖上。據那安小公子說就是為了替父伸冤，他才苟且偷生到今天。」沈平淵垂著眸子，心中也是唏噓無比。

雍宣帝抬起的手在半空頓了一下，眼底閃過幽暗的光芒，深吸了一口氣才道：「嘉慧郡主心善，既然安家和為她所救，太傅便看著妥善安置吧，待給安將軍正了名，朕再下旨補償。」

「臣遵旨。」沈平淵自是十分樂意的。

「蠢貨！安毅的幼子怎麼還活著？不是說全都死了嗎？這個冒出來的安家和又是哪個？」秦相爺怒不可遏。「去問問方重是怎麼辦事的？」

「相爺息怒，方大人這些年一直忠心耿耿，一時疏忽也有可能。不過是個乳臭未乾的小子，能翻起什麼大浪？」幕僚任宏書勸道。

秦相爺哼了一聲，斂去臉上的怒色，道：「千里之堤毀於蟻穴，從古至今，多少豪傑在陰溝裡翻了船？此事一個不慎就是萬劫不復，咱們不得不謹慎。」頓了頓又道：「方重的忠心本相是相信的，但這事不弄清楚，本相不能安心，你去他府上問問吧。」

「是，相爺，屬下一會兒就去。」任宏書拱手道：「相爺也無須多慮，所有的證據都已經毀去，任聖上怎麼查也查不到咱們頭上的。只是二皇子殿下那裡……」他朝秦相爺望去，眸中含著疑問。

秦相爺擺擺手。「二皇子殿下那裡就更沒事。這事到本相這裡便止了。」雖說那些銀兩大多進了二皇子府，但動手操作此事的人是他，即便真的出事了也有他在前頭頂著，二皇子是絕不能有事。只要殿下沒事，秦家就不會有事。

「可也不能掉以輕心，誰知道他們有沒有真的把證據都毀去？若是偷偷留上一、兩件也夠要命的了。」都是成了精的老狐狸，誰不給自己留條後路？「叮囑他們手上若還有什麼證據，趕緊都毀了，把嘴巴閉緊，小心行事。」秦相爺不放心地吩咐。

「是，屬下遵命。」任宏書退下去了。

秦相爺獨自留在書房裡。他掀開牆上的那幅畫，在牆壁凸起處輕輕按了一下，就見西邊的牆上拉開一道裂縫，慢慢現出一扇僅容一人通過的窄門。

秦相爺側著身走進去，然後，門又闔在一起。

這又是一間密室，空間不大，擺設卻豪華，正中的桌上供著一個牌位，赫然刻著「先父秦鶴之墓」。

秦相爺恭敬地對著牌位拜了拜。「父親大人，兒子又來打擾您老的清靜了。安毅的案子重新查了，聖上似乎有所察覺，最近開始暗中使人查些陳年舊事。不過您放心，兒子早就做好了防備，無論他怎麼查，頂多是查到並肩王那裡，是萬萬查不到兒子這裡來的。」

他輕輕笑了一下，臉上浮現幾分得色。「兒子聽父親您的話，一直耐著性子，那個孩子很好，文韜武略、心機手段樣樣不差。」

秦相爺一個人對著牌位絮絮叨叨說了許久，半個多時辰後才閃身出了密室。

而被秦相爺念叨行事不可靠的方重，正對著嫡子大動干戈。「你個小畜生，膽子怎麼這麼大？你這是要把方家滿門往死路上送啊！」揚起鞭子就朝嫡子方念身上抽。

方夫人只此一個獨子，自然要上前護著。「老爺，你就是打死念哥兒也於事無補呀！」方重更氣了。「夫人讓開，今兒我非教訓他不可！這小子也太膽大包天了，妳都不知道他捅了多大的婁子？」

安將軍幼子還活著的消息一曝出來，他便意識到不對。當初他親自派人過去滅口的，怎麼可能讓安將軍的幼子逃出來？而且這個幼子還不比他的兩個哥哥自幼習武，邊關的人都知道安將軍的幼子打小就愛讀書，對習武不感興趣。

這麼個手無縛雞之力的文弱書生怎麼躲得過追殺，又千里迢迢地跑到京城來？若說其中沒有人幫忙，他是絕不相信。誰知道這一查，查到了自己兒子身上，能不讓他惱火嗎？

方夫人卻牢牢護住兒子，哀求道：「老爺，念哥兒一向懂事，他能捅什麼樓子？就是真做錯了什麼，你好生跟他說，他改了就是，何必非動鞭子？再兩個月，念哥兒可就要下場了。」兒子就是她的命根子，說什麼她也不能眼看兒子被打。

方重也想到了八月兒子就要參加舉人試，恨恨地把鞭子往地上一摔，指著方念道：「夫人可知這逆子做了什麼？他居然幫安家那個幼子偷偷逃到京城，這事若是被秦相爺知曉，咱們整府都得跟著沒完！」

方夫人一聽，大驚。「念哥兒，你怎麼這麼大膽？」夫君做的事，她雖不全知道，但也是知道一部分，尤其是四年前安將軍的那件案子，讓她提心弔膽了好久。

方念卻梗著脖子，不服地道：「爹，兒子才不管你們朝堂上的事，您坑了安叔叔還不夠嗎？還非得趕盡殺絕？兒子不懂你們那些齷齪手段，兒子只知道家和是兒子的好友，我們打小一起長大，兒子不能眼睜睜瞧著他死。」

「你個逆子是不是要氣死老子？」方重被兒子頂撞得火冒三丈。「你知不知道聖上已經知道安將軍是被冤枉的？大理寺、都察院都在重查這案子，若是查出點什麼來，你爹倒楣了，你就能落得好了？你個逆子啊，你跟我說，這些年你都把安家和藏在哪裡？」

方念卻緊抿著唇不說一句話，把方重氣得又重拾起鞭子，慌得方夫人忙推兒子。「念哥兒，你快說呀！」

方念依舊高揚著頭，眼含譏誚。「能藏在哪裡？兒子又不像爹那般手握重權，除了把他弄到莊子上窩著，能藏到哪裡去？」

小倌館他是絕對不敢說的，這也是他最後悔的一件事。他以為把家和弄到那個地方是安全的，可他還是太天真了，能去那種地方的人大多非富即貴，家和生得又那般打眼，哪是他一個僅有秀才功名的公子哥兒能護得住的？知道安家和逃走時，他其實也鬆了一口氣。

「你個逆子就強吧，等屠刀落到脖子上的時候，有你後悔的。」方重一甩袖子，氣呼呼地走了。兒子捅了樓子，他得去描補呀！希望秦相爺看在他主動請罪的分上，能不跟念哥兒一般見識。

方重一走，方夫人就把兒子扶起來，拍著兒子的後背道：「念哥兒，這可是要命的事，你是要嚇死為娘啊！」

方念卻道：「娘，這明明是爹不對。咱們那時在邊關多好呀，安叔叔多照顧咱們，可爹卻在背後捅他刀子。權勢就那麼重要嗎？若官場上都是如此，兒子還考什麼舉人、入什麼仕途？」

「小祖宗，你小聲點。」方夫人趕忙掩住兒子的口。「你可別亂來，你若是不去考科舉，你爹能打死你的。你身上若沒有功名，你爹那兩個庶子就能把咱們娘兒倆踩到腳底下。念哥兒你答應娘，可不許做傻事呀！」

她何嘗不知道夫君行事是不對的？可出嫁從夫，朝堂上的事情是她一介內宅婦人能插手的嗎？夫君也不聽她的，有時候她也恨不得什麼都不知道，省得成日跟著擔驚受怕。

方念就是再天真也知道府裡的情況，就如娘親說的，自己不能任性，他撂挑子走人了，娘怎麼辦？再不樂，他也只能應道：「知道了，娘放心，兒子不會罷考的。」

沈薇正研究安家和留下的機關圖，就瞧見江黑一臉驚慌地進來。「郡主，出事了，主子被聖上關到宗人府裡去了！」

「為何？」她驚得差點沒把機關圖拽成兩半。聖上不是挺寵徐佑的嗎？還是說聖上以往的寵愛都是做給別人看的？

幾乎是瞬間，沈薇腦中就轉過了千百個念頭。

「主子在朝堂上提議把廢太子放出來，說既然安將軍是被冤枉的，僅憑著幾封書信就定了廢太子的罪，也太草率，請求聖上重新查證。聖上就怒了，指著主子斥不忠不孝，主子強辯了幾句，聖上就下令把主子關到宗人府去了！」江黑飛快地說明情況。

沈薇心裡有了底，哼了一聲，高聲叫道：「莫嬤嬤，給我更衣上妝，本郡主親自去問聖上要人。」

什麼玩意兒？你皇帝拉不下臉就拿大公子撒氣？把自己的親兒子關了十年，大公子好心好意，不領情，駁回就是，當著滿朝文武大臣的面就把大公子弄到宗人府去，都說最是無情帝王家，今兒她可算是領教了。

沈薇按捺著火氣，任由莫嬤嬤和梨花幫她換上郡主禮服，頭戴翟冠，臉上細細上了妝，站起身時，整個人耀眼無比。

「桃花呢？隨我進宮。」沈薇肅著一張臉。

歐陽奈親自領著沈家莊的後生在外頭候著，郡主的儀駕也都準備好了，沈薇上了車，前呼後擁地朝皇宮而去。

以往沈薇出行從未用過郡主儀駕，今日頭一回這麼整治，頗有浩蕩之勢。

儀駕到皇宮門口便被禁衛攔下，沈薇二話不說，朝桃花一抬下巴，桃花跳下車把禁衛往旁邊一撥，路就清出來了。

守門的禁軍們似乎被這陣仗弄懵了，沈薇一行都走遠了，他們才回過神來，氣急敗壞地叫嚷。「快去向徐統領稟報！」雖說進去的是嘉慧郡主，但她帶著這麼多人，誰知道她要做什麼？若真有點什麼不好，最終獲罪的還不是他們這些今日當值的嗎？

儀駕一直到雍宣帝的御書房前才停下，出來迎接她的是張全大太監。張全一瞧這位主子這般陣仗，嘴角就先抽了抽，恭敬地上前請安。「這大熱的天，郡主怎麼來了？」

沈薇哼了一聲，揚聲道：「張公公這是跟本郡主裝傻嗎？你還不知道本郡主為何進宮的？聖上在吧，煩勞張公公通傳一聲，本郡主求見聖上。」雖是對張全說，但她說話時用了點勁，殿內的雍宣帝自然能聽到。

張全的臉上依舊掛著笑容，跟個彌勒佛似的。「真是不巧，聖上正跟幾位大人商議政事，要不郡主明兒再來？」

沈薇自然不樂意，諷刺道：「明兒再來？那可黃花菜都涼透了！張公公，咱們也打過好幾回交道了，本郡主所為何事，你也心知肚明，還是勞你跑跑腿吧。」她能等，大公子能等嗎？

張全還要再說什麼，就聽裡頭傳來雍宣帝威嚴的聲音。「讓嘉慧郡主進來吧。」

沈薇邁著沈穩的步子，緩緩走進殿內，規矩地行禮。「嘉慧叩見聖上。」

「起來吧。」雍宣帝瞧著端莊又明豔逼人的沈薇，淡淡地道：「嘉慧有事？」

殿內幾位大臣眼觀鼻、鼻觀心地立在一邊，沈薇瞧見其中也有祖父，心中便有了三分底氣。聽到雍宣帝問自己，心裡真想罵娘，要是沒事，她吃飽了撐著，大熱天跑宮裡來？至於何事，不都明擺著嗎？

「聖上不是把我們家大公子關宗人府去了嗎？大公子身子骨弱得很，嘉慧可不得來問上一句。敢問聖上，我家大公子是犯了什麼十惡不赦的罪，要將他關進宗人府去？」沈薇十分認真地請教。

雍宣帝的神情依舊淡淡的。「非議朝政。」

「不就是我家大公子替堂兄說了兩句好話嗎？」沈薇的面色浮上嘲諷。「聖上，您把自個兒親生兒子關了十年，大公子不過說兩句公道話，您就惱羞成怒了？您關您的親兒子，哪怕殺了，姪媳都無任何怨言，可您關著我家大公子是何道理？」

雍宣帝都要氣壞了。這個沈小四還真敢說！滿朝大臣沒一個敢這般直言進諫的，偏偏她敢，還那麼理直氣壯，說完了還自稱姪媳，真是不要臉啊！

「大膽！嘉慧郡主也太猖狂了吧？聖上面前怎可如此放肆？平郡王要如何，自有聖上處置，豈是妳一介婦孺能非議的？」有個鬍子長長的大臣滿臉怒色地指責沈薇。

沈薇瞧了瞧，不認識，當下就頂了回去。「猖狂？本郡主猖狂的時候，你還在錦繡堆裡窩著呢。你問問聖上嫌不嫌棄我猖狂？」她若不猖狂，能給西疆邊境贏來至少十年的太平日子嗎？

第一百二十九章

沈薇的目光在雍宣帝臉上掃了一下，再次說道：「這位大人說本郡主是一介婦孺，婦孺招你惹你了？你家老娘祖母不都是婦孺？沒有婦孺會有你嗎？做人不知道感恩還混朝堂，能把差事辦好嗎？瞧你年紀也挺大，怎麼連這點道理都不明白？」她眼神可鄙夷了。

「妳──斯文掃地啊！潑婦！」大臣氣得臉紅脖子粗，就是殿內其他大臣也齊齊扶額，嘉慧郡主這張嘴可真刻薄呀！唯獨沈平淵垂下的眸中，笑意一閃而過。

「潑婦總比寡婦強吧？聖上，朝堂上的事姪媳管不著，本來我們夫妻的日子過得多悠閒，是您非要大公子入朝。現在可好，您直接把人弄進宗人府去了，姪媳求您趕緊把我家大公子放出來，那個勞什子的指揮使我們也不當了，回家去關起府門過日子總成吧？」沈薇耍起了無賴。

「聖上面前這般撒潑耍賴，成何體統？」老大人顫抖著手指著沈薇怒斥。

沈薇目光不善地斜睨他一眼。真是個不長眼的傢伙，不知道自己惹人嫌嗎？

「本郡主都快做寡婦了，還管他什麼體統不體統。聖上，您也別嫌姪媳說話難聽，姪媳先把話放在這兒了，我若是做了寡婦，咱們大家誰也別想好。大公子若是被整死了，姪媳活著也沒啥意思了，臨死前拉幾個墊背的總可以吧。」沈薇正視雍宣帝，一本正經地威脅。

雍宣帝見她越說越不像話，眉頭皺了皺，道：「胡說什麼！誰跟妳說朕要殺平郡王的？聽風就是雨，瞧瞧妳現在的樣子！沈太傅。」雍宣帝掃了沈平淵一眼，那意思很明顯。

沈平淵卻回道：「回聖上，嘉慧郡主已是出嫁女。」

雍宣帝氣得半天說不出一句話來，沈薇卻不管雍宣帝的心情，理直氣壯地道：「都進了宗人府還能落得好？我家大公子身子骨那麼弱，不用拷打，在宗人府待一夜就能去掉大半條命了，這和殺他有何區別？」

頓了下，又道：「我家大公子無非就是替前太子說兩句話，不至於死罪吧？還有對於廢太子，聖上您再不喜，姪媳還是要說上兩句。都是親骨肉，為了個莫須有的罪名關了十年也夠了，差不多就放出來吧。」既然徐佑對廢太子那般上心，她自然也要相幫。

「嘉慧郡主慎言，前太子謀逆，可是證據確鑿的。」始終未開口的秦相爺突然出聲。

沈薇朝他掃去一眼。「證據確鑿？就憑那幾封破書信？相爺大人要多少，本郡主都能給你弄出來。」沈薇瞧秦相爺那張道貌岸然的臉，心裡可膩味了。「相爺不信？來，本郡主今兒就讓你開開眼界。」

沈薇伸頭朝雍宣帝的龍案上瞅了瞅，剛好看見秦相爺的一本奏摺，她上前一步，就把毛筆提起來。「聖上，姪媳借您御筆一用。」

雍宣帝嘴角抽了抽。都拿在手裡了，他還能說不借嗎？加之他也好奇沈小四要做什麼，便沒作聲地默許了。

沈薇瞄了一眼秦相爺的奏摺，然後提起筆在紙上唰唰地寫起來，片刻後擱了筆，審視了下，不大滿意地道：「倉促之間，模仿得不太像，不過也夠了。聖上您先過過目。」

雍宣帝本就在沈薇身旁，自然把她的動作瞧得一清二楚，面上雖不動聲色，心裡卻震驚無比。他知道是有人能模仿別人的字跡達到以假亂真的地步，可他沒想到沈小四如此短的時間內，就把秦相的字跡模仿得唯妙唯肖。

雍宣帝一手拿著秦相的奏摺，一手拿著沈薇的仿本，不知道說什麼好，直接遞給了秦相爺。「愛卿也瞧瞧吧。」

秦相爺雙手接過，只一眼，臉上露出些許意外，隨即笑了。「嘉慧郡主有大才也！」邊上的大臣也湊到他身邊看，均十分震驚，唯獨沈平淵意味深長地瞟了她一眼。死丫頭，還藏著這般能耐呢。

沈薇訕訕地摸摸鼻子，可目光轉到秦相爺身上立刻就變了。「什麼大才，不過是雕蟲小技、唬唬人的把戲罷了。要論此道高手，還非我家先生莫屬。對了，我家先生姓蘇，名遠之，房閣老聽說過沒？」她瞧見有個模樣跟蘇遠之有幾分像的大臣，便猜測這是房閣老，忍不住試探了一下。

沈薇猜得沒錯，此人正是房閣老。上回兒子自平郡王府回去，雖沒對他提起，但跟著的管家卻是什麼事都彙報了，現在冷不防聽嘉慧郡主提起那個疑似被趕出家門的長子，他是眉毛都沒動一下。「郡主的先生，本閣老怎會認識？」

「不認識那最好。」沈薇冷冷一笑，回敬了一句，轉頭又繼續剛才的話題。「聖上您瞧，所謂的證據都是沒有說服力的。秦相爺也別拿什麼東宮詹事說事，他早就死得透透的了，誰又能保證他不是故意陷害前太子呢？說前太子勾結並肩王，企圖謀逆篡朝？簡直是天大的笑話，有康莊大道不走，非得去走泥濘小路，太子是白癡嗎？還是滿朝文武大臣是白癡？」她毫不留情地諷刺。反正對西涼的戰爭自己是立了大功，雍宣帝再氣也不能把她給砍了，所以她是有恃無恐。

雍宣帝還沒氣，剛才那個長鬍子的老大人便先炸了。「一介婦孺竟敢妄議朝政，妳這是牝雞司晨！」

沈薇輕蔑地斜了他一眼，不屑地道：「你當母雞願意司晨，還不是公雞都死光了嗎？不然怎麼一個喘氣的都沒有？成群的成群，結黨的結黨，早忘記了自個兒的正經差事是司晨了。這樣的公雞還不宰了吃肉，是留著牠過年？聖上，您說是不是？」她振振有詞地朝雍宣帝問道。

嘴巴可真毒呀！那個老大臣氣得渾身哆嗦，其他大臣看向他的目光可同情了。咳，這位張大人也真是的，明知道嘉慧郡主難纏，上趕著跟她吵什麼？就是吵贏了又如何？不過是個女人，何況還沒吵贏，丟臉面啊！

雍宣帝也是頭痛。「行行行，妳先回府吧，回頭朕就把平郡王放出來。」不放出來成嗎？這個沈小四就是個無法無天的，再讓她在這裡胡攪蠻纏下去，他的大臣非得讓她氣死幾個。

沈薇卻寸步不讓。「何必非等一會兒呢？聖上現在就放唄。聖上若忙就寫一道聖旨，姪媳自個兒去接大公子出來。」想把她忽悠走，沒門兒！

雍宣帝早就後悔了，要知道沈小四是這副性子，他也不會把徐佑發落到宗人府。現在他總算明白姪子轉身時看自己那一眼的意思了，合著他知道他媳婦會找上門來？

雍宣帝悔得不得了，趕緊寫一道口諭扔給沈薇。「拿走！」

沈薇接過口諭，轉身往外走，走了兩步又回頭，看著殿內的幾位大臣，陰森森地笑了笑。「我家大公子就是個身嬌體弱的，以後誰若是敢在朝堂上對他下黑手，就別怪本郡主不客氣。」

若只是言語威脅便罷了，她居然抬腳把御書房的門給踹出個洞。「聖上，不好意思，姪媳接了大公子出來再來給您修門，哈！」

雍宣帝只擺擺手，示意她趕緊滾，連說話的力氣都沒了。

眾人的目光死死盯在那個大窟窿上，身子瑟縮了一下。這一腳若是踢到身上該多疼呀！

她雄赳赳氣昂昂地去了宗人府，連話都不用說，早有人把她領到關徐佑的地方。

沈薇一瞧，他正坐在牢房中喝茶呢，哪像是被關起來，分明是作客。「大公子，本郡主接你來了。」

徐佑瞧見沈薇，也笑了，把茶杯往桌上一放，站起身，道：「我估算著妳也該來了，走吧。」

不等人過來打開牢門，桃花就笑嘻嘻地上前，兩手一使勁，就把牢門給掰得變形，徐佑直接走了出來。他瞧著沈薇，讚了一句。「真好看。」

沈薇撇撇嘴。「江黑、江白，還不快扶著你家主子？唉唷，瞧這臉色白的，可受了老罪了。也不知十天半個月能不能養回來？趙公公可別忘了跟聖上稟報，本郡主帶著大公子回府休養去了，五城兵馬司那一攤子誰要給誰。」沈薇瞥了一眼跟著一起過來的趙太監，陰陽怪氣地道。

宗人府的人都被沈薇的本事驚呆了。自從這位爺進了宗人府，就是好茶水伺候著，一個指甲蓋都沒敢碰，怎麼到嘉慧郡主的嘴裡就成受罪了？

這下沈薇是鐵了心，硬逼著徐佑在府裡休養，別說五城兵馬司，就是出府門一步都不成。

用得著的時候就和顏悅色，用不著了就弄到宗人府去，又不缺銀子富貴，誰稀罕當那破官！

短短一個月的時間，雍宣帝使人跑了十多趟，平均兩、三天就上門一回，卻連徐佑的面都沒見到，全被沈薇不軟不硬地堵了回去。「我家大公子舊疾復發，正休養著呢。」皇帝也不能差病人，雍宣帝氣得暴跳如雷，卻一點法子也沒有。

最後也不知雍宣帝是怎麼想的，還是把前太子徐徹放出來了。

徐徹過來謝恩，雍宣帝瞧著瘦骨嶙峋的長子，心中也不大好受，和顏悅色地說了些慈父心腸的話，把徐徹感動得差點掉下眼淚。至於心中怎麼想，那就不得而知了。

東宮是不能住了，雍宣帝便讓長子回了他在宮外的皇子府，打算過一陣子，擇個好日子給長子封王，順便把太子之外的幾個成年皇子都封賞了。

前太子徐徹被放出來的第二日，徐佑就病癒了，先是上了道謝恩的摺子，隨後就攜著沈薇去大皇子府探望，把雍宣帝氣得差點沒將摺子扔到殿外去。

滿朝大臣眼又不瞎，哪還不明白這場博弈是以平郡王小勝收場，不過也不排除是聖上與平郡王聯手作了一場好戲，找個由頭把大皇子放出來。

至於周御史果真能幹，很快便查清走私馬匹的案子，北方邊城的最高行政長官蘇寒便被爆了出來。他管邊城的政務，趁著安將軍忙於應付邊境蠻夷之際，自然有大把機會在後頭做手腳。

若說蘇寒一人便能成事，那絕對是不可能。蘇寒一被查出，眾人目光便轉到兵部的方重身上。

為何呢？蘇寒是方重的親妹夫，四年前，方重還在安將軍手下任職，是他得力的左膀右臂，安將軍死後沒多久，他便升遷到京中兵部，若說這其中沒有貓膩，誰信？

大家心裡明白是一回事，但蘇寒已經把所有罪名攬下來了，而且大家都知道方重是秦相爺一手提拔入京的，誰也不會不開眼地去得罪秦相爺，得罪了秦相爺不就是得罪二皇子殿下嗎？

蘇寒及家眷一被押解入京就被下了詔獄，方重是既擔心又害怕。進了詔獄可跟尋常大牢不一樣，那裡審訊的手段層出不窮，再是錚錚鐵漢也能撬開你的嘴，若妹夫蘇寒熬不住而招出些什麼，那方家也得跟著完蛋。

另一方面又憂心自己妹妹，妹夫死了不要緊，可還有親妹妹及外甥、外甥女呢！

沒奈何，方重只得登門向秦相爺求助。秦相爺卻勾了勾唇角，說了一句話。「你還是想法子讓蘇寒閉緊嘴巴吧，蘇家已經搭進去了，難不成還要再賠上一個方家？」

方重臉色一僵，變得晦澀無比。是呀，他來求秦相爺有何用？雖說他跟蘇寒做的事都是秦相爺指使，但也只是口頭傳話，連個證據都沒留下，他有何本錢要求秦相爺幫忙撈人？跟蘇寒有書信往來的是自己，若蘇寒在詔獄裡說了什麼，受牽連的也只有自己，跟秦相爺可是一點關係都沒有。

方重失魂落魄地離開之後，任宏書開口道：「相爺，這樣是不是太不近人情了？」

秦相爺瞧了他一眼，意味深長地道：「蘇寒已是必死之人，費再大的力氣也無用，能保住一個方重就不錯了。但願這個方重是個聰明人，否則就別怪本相無情了。」

任宏書想了想，便未再說什麼。

不過兩天，蘇寒便在詔獄中自盡了，死前寫了認罪書，把所有罪行交代得清清楚楚，全攬到自個兒身上。

雍宣帝大怒，把蘇家直系成年男丁全斬了，女眷發賣、充入教坊。

至於安家和，雍宣帝賞他一個伯爵，鼓勵他好生讀書上進，替安家傳承香火。

沈薇十分氣憤，蘇遠之給她分析過，蘇寒不過是個被扔出來的馬前卒，那個方重雖脫不了關係，但也不是什麼重要角色。幾十萬兩的軍餉加上走私的幾十萬兩，上百萬兩的白銀呢，這兩個人沒那麼大的膽子也沒那麼大能耐，這事的幕後主使恐怕是秦相爺，或者是那位二皇子殿下。

可最終卻只死了一個蘇寒，連方重都還好好的，秦相爺更是屁事也沒有，她怎能不氣憤呢？

沈薇一不痛快，有人就要遭殃了。

於是她眼珠子一轉，把小迪招了過來，決定要給秦相爺一點教訓。

第一百三十章

蘇家女眷發賣那日，沈薇帶著沈玨和沈奕也過來觀看。他們坐在街邊二樓臨窗的廂房裡，居高臨下望著不遠處的高臺。

曾經也是滿頭珠翠體面端莊的夫人小姐姨娘們，此刻一個個蓬頭垢面、衣衫襤褸地瑟縮著，跟一群乞丐差不多。

沈玨和沈奕年紀還小，臉上露出不忍。沈薇便道：「瞧見沒？這便是家中爺們作的孽，他們死便死了，卻連累妻子兒女跟著受苦。奴婢是那麼好當的嗎？尤其是犯官的家眷，落在有特殊癖好的人手裡，還不定受怎樣的折磨和屈辱！教坊司是那麼好待的嗎？許多犯官的內眷當晚就尋死了。」都是冰清玉潔的女兒身，也曾錦衣玉食地被寵著，光是心裡的那道坎就越不過去。

接著話鋒一轉，又道：「今兒我帶你們來瞧瞧，也沒有別的意思，只是要告訴你們，你們以後都是要走仕途入朝當官的，無論做人還是做官，都要行煌煌大道，每作一個決定之前，都要先想想家中的妻子兒女姊妹們。」

正說著，底下的高臺上一陣騷動，一個淒厲的聲音在喊：「瑕兒、瑕兒呀！」原來是有個姑娘不堪受辱，趁人不注意摸出藏著的釵子，直接扎了脖子。

看守的士兵叫了聲晦氣，便把人拖下去。那老婦追出兩步被士兵攔了回來，踉蹌著跌倒在地上，伸手喚著女兒的名字，聲聲泣血，在夏日裡讓人心裡都忍不住發冷。

「姊姊妳放心，這些道理我們都記下了，絕不會行差錯步的。」沈玨鄭重地說道。沈奕也跟著點頭。

沈薇見狀十分欣慰，勉勵了他們幾句，又道：「玨哥兒今年十二了，雖然已取得童生資格，但仍不可驕傲。要知道古有多少少年天才，長大後泯然於眾，況玨哥兒天賦只算中上，離天才還差得老遠。能考取童生已是僥倖，尚需沈靜下來，潛心學習，好在兩年內過了府試。」

接著對沈奕道：「奕哥兒，你比玨哥兒還小兩歲，更不用著急，好生跟先生唸書，待大上兩歲也下場試試，哪怕沒中也沒什麼。你年紀還小，不過是下場練練膽量。咱們三房唯有你們兄弟兩個，一定要守望相助、互相扶持，這樣在仕途上才能走得更遠。」

沈玨和沈奕齊齊點頭，尤其是沈奕的眼中露出孺慕之情。這些話唯有四姊跟他說過，娘親和五姊一見了他就是那套老生常談，什麼出人頭地啦、什麼家產之類的。先生曾說過：好男不吃分家飯，他上頭還有個長兄，家產怎能全是他一個人的？待他長大，考了功名入了仕途，多少家業掙不回來？他是個男子，就該頂天立地，怎能跟個婦人似的盯著那點蠅頭小利？

轉眼就進入八月，馬上就迎來三年一度的秋闈，雖然沈家無人下場，但沈家的三姑爺文韜和五姑爺衛瑾瑜都是要考秋闈的。

開考那日，京中可熱鬧了，眾人聚集在貢院外，三三兩兩地談論今年誰中舉的可能性較大，誰有可能成為案首。

這份熱鬧卻沒有波及秦相爺，秋闈開考那日，他領著人出城去了。只因他接到消息，小兒子秦牧然半道上遇襲，身受重傷，只剩下一口氣了。

秦相爺又驚又怒又心疼，想也沒想就跟聖上告了假，親自去尋小兒子。

其實說起來，這完全是秦牧然這小子太會找事。都已經出發個把月，換個人早就到了流放之地，可秦牧然呢，五百里的路程才走一半，走走停停，遇到稍微繁華的城鎮還要歇上三、五日，聽個小曲、摟個姑娘，日子過得可逍遙舒坦了。

秦相爺只三天就追上秦牧然一行。

「相爺，您總算是來了。」管家瞧見從車裡下來的秦相爺，眼圈都紅了，一瘸一拐地上前請安。

「然哥兒怎麼樣了？」秦相爺顧不得滿身風塵，先問道。

管家的眼圈就更紅了。「小公子的情況不大好，雙腿都斷了，前幾天還起了高燒，昨兒傍晚才剛退下去，相爺您快進來瞧瞧吧。」管家引著秦相爺進了客棧，一邊走一邊輕聲彙報情況。

他們是八天前遇襲的，也不知是從哪裡冒出來的四個蒙面人，一句話也不說就對著他們打殺。跟來的四個小廝死了三個，兩個押解的官差也都受了傷，就是他，腰也差點斷了，幸好有一隊走鏢的路過，不然他們全都得沒命了。

秦相爺一瞧見躺在床上、臉色慘白如紙的小兒子，再恨他不成器，也不由老眼一熱，險些落下淚來。

「相爺。」兩個官差和秦牧然跟前伺候的小廝忙請安。

秦相爺擺擺手，一撩袍子坐在床邊，大手摸上兒子毫無血色的臉，心裡十分難受。「他一直都沒醒嗎？」聲音裡帶著三分喑啞。

管家見狀，忙解釋道：「醒了，第四天上頭就醒過來了。只是小公子疼得睡不著覺，實在沒法了，奴才便尋大夫抓了鎮痛的藥，小公子這才睡得安穩。」

秦相爺聞言鬆了一口氣。還知道疼就好，若是連疼痛都沒了，那可就麻煩大了。

「江太醫，犬子就煩勞你給瞧瞧了。」秦相爺站起身，朝著揹藥箱的江太醫拱拱手，這是他進宮跟淑妃娘娘求來以防萬一的。

江太醫也拱拱手，道了句。「不敢，這是下官職責所在。」上前查看起秦牧然的情況。

這一檢查江太醫的臉色就變了，委婉地道：「相爺，小公子的命是無礙，只是小公子以後恐怕只能躺床上了。」他看著床上的秦牧然，滿是憐憫。

秦相爺先是聽說小兒子性命無礙，緊皺的眉頭剛要舒展，又聽到江太醫的後一句話，不由心中咯噔一聲。「江太醫，此話怎講？」

江太醫道：「小公子不僅斷了雙腿，後頭的脊柱還受了重創。若只斷了腿還沒什麼，接骨養好傷，無非是走路不大索利。可說到脊柱受創，相爺可能不大清楚，脊柱連著人體的經絡，那個部位若是受創，人是無法再站起來的。」他輕聲解釋。

「就沒別的辦法了嗎？」秦相爺不死心地追問。

江太醫搖頭。「下官無能為力。」

秦相爺的一顆心如墜谷底，望著床上無知無覺的小兒子，身側的手攥得緊緊的。

然哥兒還不滿十五，以後的幾十年都要躺在床上度過，這是何等殘忍！活蹦亂跳的小兒子變成了殘廢，這讓他如何接受？若早知道會有這一遭，他就是拚著跟趙承煦撕破臉，也要把兒子給撈出來！

若是讓他知道是誰動了他的兒子，他定將此人碎屍萬段！

沈薇一接到秦相爺出京的消息，便興奮地跟徐佑咬起耳朵。「徐大公子，你報恩的機會來了。」

徐佑雙眉一挑，示意她繼續往下說。

沈薇扳著手指數起來。「大皇子妃有身孕了，是我盯著柳大夫研製出保胎丸，使人悄悄送進幽明殿。你被聖上關進宗人府，是我豁出性命把你救出來。還有大皇子能被放出來，也是我給聖上敲了一記重錘，你說你是不是得湧泉相報呀？」

這丫頭還真敢說。徐佑輕笑了一聲，就因為她在御書房大鬧的事，前兒聖上還把他叫到宮中臭罵一頓呢。

「說吧，薇薇想要為夫怎麼報恩？」徐佑打趣著說。

沈薇樂了，嘿嘿一笑道：「咱們今晚去秦相府遛達一圈唄！」趁秦相爺不在府裡坐鎮，說不準就能探到什麼有趣的事情。

「行呀！」徐佑很爽快地答應了。

當夜，三更鼓響過之後，兩人就穿上夜行衣、戴著面具溜進秦相府。徐佑帶著沈薇輕鬆地避開了巡察的侍衛和暗哨，但這麼精確的判斷讓沈薇很懷疑這廝是不是事先派人來打探過情況。

徐佑帶著她到秦相府東南角的祠堂，剛選個隱蔽的位置落腳，就見有個夜行人飄了過來。「你來了呀？嘿，還帶了個幫手。」一副遇到熟人的模樣，是上次沈薇遇到的那人。

沈薇瞅了他一眼，沒理他。倒是徐佑多瞧了他兩眼。

那人見兩人都不理他，聳聳肩也沒當一回事，而是低聲道：「看守祠堂的那個駝背老頭武功奇高，我都來好幾回了，一點辦法也沒有。」

沈薇又瞅了他一眼，心道：她說怎麼這麼巧又遇上了，原來這人經常來呀！想著這人的話，她拉了拉徐佑的袖子。

徐佑對她點了下頭，也沒見他做什麼，就見暗處兩個鬼魅般的身影掠出，朝著祠堂而去。不一會兒便聽到打鬥的聲音，然後便見一個駝背身影追著先前兩道身影，邊打邊往遠處而去。

那個夜行人眼底露出讚賞，衝著徐佑和沈薇豎起大拇指。「好手段。」

沈薇跟徐佑很有默契地忽視他。「走，進去瞧瞧。」徐佑拉著沈薇的手輕聲道。她早就念叨著祠堂了，今兒若不帶她進去瞧一瞧，估計她連覺都睡不安穩。

徐佑攬著沈薇的腰，悄無聲息地朝祠堂而去，那個夜行人也跟過來。沈薇回頭看他一眼，也沒說什麼。誰知道祠堂裡有什麼名堂？多一個人分擔風險也好，若是此人不懷好意，二對一還是有勝算的。

三人閃身進了祠堂。祠堂裡只點一盞幽暗的燈，香爐裡的香才燃了半寸，看樣子那個駝背老頭才插到香爐裡。

沈薇瞧了一眼上頭擺著的牌位，轉身在祠堂裡尋開了，牆壁上摸摸、地面上踩踩，在找機關暗室呢。找了一會兒一無所獲，有些後悔沒把安家和帶上，若是安家和在，應該能瞧出這間祠堂的不妥之處吧？

就在她懊惱的時候，只見那夜行人往前走了幾步，在眾多牌位裡尋了一個按了下，只聽「嗡」的一聲，沈薇腳邊的地面現出一個洞口，她被驚得立刻往旁邊跳開。

那人嘿嘿一笑。「不好意思。」

沈薇狠狠地瞪了他一眼，徐佑也凛冽且防備地盯著他。那人見狀，忙解釋道：「我在這兒蹲守了大半個月，才摸到這麼一點皮毛。」話語中不無得意。

徐佑和沈薇這才打消一半疑慮。沈薇的眼睛閃了一下，指著那人一下，又指了指地上現出的洞口，那意思很明白——讓他先下。

那人雖有些不滿，但也無可奈何，從懷裡摸出一顆夜明珠照亮，率先從洞口下去了。

徐佑伸頭朝下望了望，見那人已經站在平地上，這才拉著沈薇順著梯子小心地往下而去。

夜明珠發出熒熒光芒，沈薇看清這是一間不太大的密室，十分簡陋，只有一把太師椅，別的就好像沒什麼了。

「小輩！」正有些失望呢，忽然一道難聽艱澀的聲音響起，沈薇嚇了一大跳。

「你是何人？」那個夜行人已經舉著夜明珠朝聲音發出之地走了兩步，沈薇這才看清這密室中還囚禁著一個人，一個蒼老得不成樣的老者。他若是不主動開口，她還以為這是一尊雕塑呢。

「你們三個小輩能找到這裡來，也算是有些本事了，外頭那個駝背老頭可不好對付。」被囚禁的老者眼珠子動了動，聲音乾啞得讓沈薇想把耳朵捂起來，實在是太刺耳了。

「至於老夫是誰？嘿嘿，說出來保准小輩們嚇一大跳。老夫乃並肩王程義。」那老者繼續操著一把破聲音說道。

「什麼?!」沈薇跟那個夜行人齊齊出聲，就連向來面無表情的徐佑也是眼一瞇。「你是並肩王？那個帶兵遠走的並肩王程義？」沈薇可驚訝了，覺得這簡直是自她穿越到大雍朝以來最不可思議的事情。

「不錯，老夫就是並肩王程義。」老者的眼眸中閃過什麼，沈薇待要細看，卻又恢復了平靜無波。

「不可能！你若是並肩王程義，怎麼會被秦相爺囚禁在這裡？而且十年前，你不是和程皇后、太子一起密謀篡權謀逆的嗎？」夜行人忽然說道。

「十年前？哼，老夫被囚禁在這裡都十多年了，什麼篡權謀逆？老夫根本就沒做過。」那老者的表情有些激動。「快告訴老夫，程皇后和太子怎麼樣了？」那急切的樣子讓他的臉面看起來更加可怖。

沈薇心裡浮上幾許同情。若此人真是並肩王程義，那可真是——她剛要開口說話，就聽到徐佑的聲音響了起來。「程皇后十年前就已經自縊身亡。至於太子，則被聖上幽禁了十年，最近才被放出來。」

「秦蒼！秦蒼小兒！」老者忽然暴怒起來，低聲嘶吼、悲鳴，如受傷的野獸一般，拽得手上腳上的鐵鏈錚錚作響。

沈薇不忍地朝徐佑身邊靠了靠，目光中滿是憐憫。聽說並肩王程義一輩子都沒娶妻，至少跟皇室鬧翻之前是沒娶妻的，一生也就程皇后這麼一個義女，程皇后跟前太子算是唯二的親人了吧？現在知道他們死的死、受折磨的受折磨，誰受得了？

「快走，有人過來了。」徐佑突然開口，拉著沈薇便朝密室出口掠去。那個夜行人一怔，也緊跟其後。

被徐佑攬在懷裡，透過他的肩膀，沈薇瞧了一眼明顯神志不太清醒的老者一眼，眸中異常複雜。

三人將將出了祠堂，那個被引走的駝背老者就邁進來了。他端起供桌上那盞油燈，四下查看一番，沒有發現什麼痕跡。然後他站住，側耳聽了聽，眉頭便皺了起來，打開機關，端著油燈就下到密室裡。

「姓程的，你又發什麼瘋？」駝背老者冷冷地道。

這個姓程的也不知怎麼了，近兩個月總會半夜莫名地嘶吼發瘋，想來是大限將至了。

程義卻破口大罵。「秦蒼小兒你不得好死！你斷子絕孫，秦家男子世世為奴，女子代代為娼！秦蒼你死後該下十八層地獄，日日烈火焚燒。秦蒼小兒你該五馬分屍的——」

駝背老者見程義越罵越不像話，氣得拿起鞭子朝他身上抽去，疼痛讓程義漸漸恢復了神志，眼底清明起來。

「秦征！抽打老夫是不是很滿足你呀？手下敗將，有種你放開老夫，咱們光明正大比一場。」程義臉上全是諷刺的笑。

駝背老者卻不為所動。「可惜現在淪為階下囚的是你。激將法對我是沒用的，你以為你還是那個呼風喚雨的並肩王？」

程義被拆穿了心思也不惱，反而哈哈大笑。「你又好到哪裡去？江湖上赫赫有名的銀面玉郎秦征居然成了權貴的鷹犬走狗，說出去真是丟死人了！嘿嘿，誰能想到曾經玉樹臨風的玉郎君會變成現在的模樣？腰也彎了，背也駝了，一張臉也成樹皮了，成日守在這陰森森的祠堂，哈哈，誰還記得你呢？」程義極盡諷刺道。

有什麼自老者眼中一閃而過，但他哼了一聲，道：「不勞費心，你的好日子也沒幾天了，好好享受吧。」一想到相爺的宏偉謀劃，他心底隱隱泛起激動。他和相爺雖不是親族，亦不是同宗，但好歹都是姓秦的，五百年前是一家。

程義心中一動，道：「秦蒼小兒呢？把他給老夫喊來，老夫有事要問他。」

「相爺是你一個階下囚想見就能見的嗎？」駝背老者的神情十分不屑。「何況相爺日理萬機，哪有時間見你？」

「哈哈，別是秦蒼不在府裡吧？」程義大笑道，銳利的雙眼緊盯著駝背老者的臉，不放過他臉上任何細微的變化。見他的眉心動了一下，更確定心中的猜想。「還真不在府裡呀！秦征，這是出了什麼非你主子不可的大事了？聖上察覺他的狼子野心了？還是府上的誰又死在外頭了？」程義的心情可愉悅了。

駝背老者卻十分惱火。「相爺和相府都好著呢。」說罷，轉身出了密室。

第一百三十一章

回到郡王府的沈薇和徐佑彼此看了看，均為今晚探到的消息震驚。

「徐佑，你說那個人真的是並肩王程義嗎？」沈薇出聲詢問。

徐佑想了想，才道：「不好輕下結論。」又道：「無論是不是，秦相爺此人都不是表面上那麼簡單。」徐佑真的很慶幸，若不是薇薇盯上秦相爺，他還真忽略了這隻危險的老狐狸。

沈薇明白他的意思，誰知道那個老頭說的話是真是假？並肩王程義那麼厲害的人物，怎麼會被秦相爺囚禁了呢？她也不大相信。

「還是得查清楚，還有這個秦相爺也是。」沈薇蹙著眉道。若那老頭真是並肩王，那囚禁他的秦相爺可謂所謀不小，包括前太子的案子也都有了解釋。

徐佑點點頭。「放心，這事我會查的，只是最近秦相府那裡就不能再去了，免得打草驚蛇。」他交代了一句。

沈薇雖然不太情願，仍是點頭同意了，眼中一閃，又道：「這事要不要跟聖上說說？」

徐佑立刻搖頭。「先不要說，等查清楚再說吧。」這麼些年來，秦相爺十分受聖上倚重，而且誰知道聖上身邊乾不乾淨？若是提前驚動那隻老狐狸就不妙了。

沈薇無可無不可地聳了下肩，忽然想起似的，道：「今晚這個人就是我那晚遇到的，徐佑，你能不能瞧出他什麼來路？」

徐佑沈吟了一下，道：「等等吧，我讓影衛跟著他去了。」

影衛帶回來的消息卻讓沈薇失望，因為影衛只跟了幾條街就把人跟丟了。徐佑見她失望，遲疑了一下才道：「若我沒有猜錯的話，他應該是殺手樓的那位樓主。幾年前，我跟他有過一面之緣。」

「什麼？你怎麼不早說？」沈薇頓時坐不住了，憤怒地咬著牙。「你若早說，我剛才就宰了他。」她可沒忘記去年被黑衣人刺殺的事，事後徐佑也說那些黑衣人都是殺手樓的殺手，因為殺手樓頗為神秘，加之又出了西疆那事，沈薇被絆住了，一時便把這事丟在一邊，但她可沒忘了要報仇雪恨。

徐佑無奈地笑了一下，把炸毛的她拉回來。「瞧妳急的，我只說像那位殺手樓的樓主，但也沒有十足把握，畢竟那回見他也是好幾年前，只是驚鴻一瞥，連話都沒說上一句，要是弄錯了呢？」

「錯不了！」沈薇咬牙切齒地道，以徐佑的眼力會瞧錯人嗎？能讓他說出來的，那就是有八、九成的把握了，別說八、九成，就是有五成的把握都值得冒險。她看向徐佑的目光可哀怨了。「你明知道我跟他有天大的仇，還不告訴我，居心何在？難不成那殺手樓的樓主是你相好的？」

徐佑差點沒被自個兒的口水嗆著，沒好氣地在沈薇臀上拍了一下。死丫頭說的什麼話？可瞧沈薇氣嘟嘟的模樣，徐佑又不忍說她，攬著她安撫道：「妳找他的晦氣也沒用呀，他們就是拿人錢財、與人消災，是一群有今天沒明日的亡命之徒，妳還是得尋正主。」

見沈薇還是一臉的不高興，又趕緊承諾道：「下次再碰到他，妳只管動手，為夫替妳掠陣可好？別噘嘴了，絕對不攔妳總行了吧。」

沈薇雖知道徐佑說得有道理，仍是不甘心，瞪了他一眼，道：「你不攔著就對了。別的我管不了，反正直接朝我動手的就是殺手樓的殺手，我不找他算帳找誰算帳？下次再見到他，看我不剝他的皮、抽他的筋！」正主不能放過，但在尋到正主之前，不妨礙她找殺手樓收點利息。

秦相爺密室裡囚禁了一個老頭，很可能是並肩王程義，沈薇誰也沒提，只跟蘇遠之提了提。

蘇遠之也是十分驚訝，皺著眉頭在屋裡慢慢踱著步子，許久才道：「別管是真是假，這事都不可掉以輕心。若是假，那此人是誰？秦相爺為何囚禁他？若是真，那秦相爺所圖為何？」

沈薇點頭。「嗯，我跟大公子都是這個意思，先查著。只是畢竟過去了那麼多年，一時半會兒估計也查不出什麼。」她頗有些遺憾，又道：「秦相爺所圖，一直都沒有小過，只瞧二皇子在朝中的表現，這背後還能沒有他的手筆？」

蘇遠之沈吟了一下，卻道：「郡主，老朽總有一種感覺，秦相爺所圖似乎不只如此，想來還應更大。」

「先生想多了吧？除了二皇子上位，他還能圖謀什麼？總不能他自個兒篡位當皇帝吧？」沈薇不以為然地道。現在又不是亂世，他秦家要上位，哪那麼容易？秦相爺也沒那麼傻，還是扶持自個兒的外孫登上大寶比較可靠。

沈薇的隨口之言卻讓蘇遠之心中一動。「郡主，您有沒有覺得二皇子長得跟秦相爺很像？比秦家那位大公子還像父子倆。」

「不會吧？」沈薇被蘇遠之的猜測驚嚇到了。「他們是親外祖孫，相像也沒什麼呀！而且二皇子畢竟是堂堂皇子，深宮大院的，他秦相爺哪有本事貍貓換太子？」蘇遠之也太異想天開了，她搖搖頭。

蘇遠之卻道：「可是二皇子卻長得一點也不像聖上，跟秦淑妃倒是有兩分相像。」

沈薇撇嘴。「誰說的？上回聖上還跟大公子念叨，眾皇子中也就二皇子跟他最相像了。先生，這事咱可不能亂猜，是會掉腦袋的。」跟她上回撒潑打鬧御書房可不一樣，若是她敢跟雍宣帝說二皇子不是他親兒子，雍宣帝才不管她是不是姪媳，瞬間就能滅了她。

沈薇都明白的道理，蘇遠之哪會不懂？他點點頭，道：「郡主放心吧，老朽心裡有數。」頓了一下又道：「郡主，您不妨查查秦相爺的父親秦鶴，我似乎聽誰提過，他曾跟那位並肩王交好。」

這個誰，自然就是位高權重的房閣老。

打上回平郡王府宴客由他出面操持時，便知道自己的身世終會被翻出來。後來又聽說房家二老爺收受賄賂、三老爺包養戲子、四老爺逼姦民婦的事不知被誰爆了出來，引得御史紛紛參奏。

他便明白郡主知道自己的事了，這是郡主替他出氣呢，他是既感動又心暖啊！漂泊了大半生，陰差陽錯收了個女學生，不過是糊弄地教著，沒想到卻是自己此生最大的福氣。

他也沒想再藏著掖著，只要郡主問，他自會實言相告，郡主若不問，他也不會多說。

從蘇遠之那兒回來，沈薇想著他的話，沈吟片刻便把月桂喊了過來，對她低聲吩咐幾句，月桂鄭重地點頭。「郡主放心，奴婢都知道了。」

沈薇又交代一句。「這事要悄悄的，別讓人看見了。」

月桂心中一凜，知道此事重要，暗自提醒自己更要謹慎小心。

沈薇是讓月桂給張雄和曲海傳話。為了安全起見，她決定盯住秦相府的每個人，除了暗衛，再加上張雄和曲海這兩批人，就不信秦相府的人都如秦相爺那隻老狐狸一樣不露馬腳，只要稍微露點蛛絲馬跡，她便能循著線頭查下去。

秦相爺去接兒子，去程路上用了三天，回程卻多花了一倍不止。入城的那天正逢秋闈張榜的日子，到處人頭攢動，一派喜氣洋洋的景象。

秦相爺掀開馬車車簾往外看，正瞧見那著紅的官差一臉喜氣地打馬而過。他眯了眯眼睛，吩咐親隨。「三兒，去打聽打聽哪位舉子得了頭名。」

有個穿灰色衣裳的小廝應聲而出，不一會兒就回來了。「回相爺，奴才打聽清楚了，今科的頭名解元是永寧侯府的那位世子爺。」

秦相爺眼睛一閃，道了一句。「可惜了。」

小廝自然不知道秦相爺可惜什麼，本來還打聽了前五名的人選，既然相爺不問，他也就識趣地沒說。

車內的秦相爺垂著眸，心道：早就聽說永寧侯府那位世子爺才識出眾，沒想到能中解元。他考秀才時也是頭名，若來年的春闈再得了頭名，那可就是連中三元了。大雍朝已經足有二十多年沒有人連中三元了，呵呵，沈平淵這老狗倒是好運氣，平白得了個連中三元的孫女婿。

秦相爺帶著殘廢的小兒子回府。董氏一聽說小兒子後半輩子只能躺在床上度過時，兩眼一翻便暈了過去。

秦老太君也是心如刀絞，顫巍巍的手都不敢去碰觸乖孫，可瞧著兒子那蒼老憔悴的面容，她強忍著心中的悲痛，沒像兒媳那樣暈過去，還得咬牙安慰兒子。「老大啊，你就不用多想了，合該然哥兒命裡有這一劫。咱家你是頂梁柱，你可不能倒下了。咱們府裡富貴，還養不起一個然哥兒嗎？遠哥兒也是個仁義孩子，不會撇下他兄弟不管的。」

別看秦老太君生起氣來罵兒子是真罵，但也疼兒子，腦子也拎得清，知道相府的榮華富貴都繫於大兒子一身。

立於邊上的秦牧遠趕忙表態。「父親放心，兒子會好生照顧弟弟的，有兒子一口吃的，就絕不會少了弟弟的。」他心裡也是十分難過，再怎麼著也是他一母同胞的親弟弟，但更多的是鬆一口氣。弟弟廢了，就不會再跑出去惹禍了吧。

秦相爺拍拍大兒的肩膀，很是欣慰。

相較於秦相府的愁雲慘霧，永寧侯府那是一個喜氣洋洋。自從小廝衝進來嚷著：「頭名！世子爺中了頭名解元啦！」上自主子，下至奴才，全都一臉興奮，走路有風。

「賞，我兒爭氣，府裡每人多賞一月月錢！」永寧侯的聲音裡透著喜悅。

「這麼大的喜事是該重賞，每人再多添一身衣裳。」向來小氣的郁氏也難得大方起來。

「那兒媳也來湊個趣，就給府裡的下人每人加個肉菜吧。」沈雪亦是眉開眼笑，夫婿有出息，她也跟著與有榮焉。

永寧侯一臉讚許地捋著鬍鬚，道：「妳是賢慧的，世子多虧有妳照顧。」

跟沈雪一向不和的郁氏也跟著點頭。「多虧兒媳督促瑜兒讀書上進。」那和顏悅色的樣子讓沈雪有點受寵若驚，打她嫁進來也沒見婆婆這般好臉色待自己。

「這都是兒媳應該做的。」沈雪垂著眸子溫聲道。

這恭謹的樣子讓永寧侯更加滿意了，郁氏也是頭一次覺得這個兒媳有些順眼，和氣地對她道：「現在瑜兒已是舉人，妳也要好生調理身子，給我們生個大胖孫子。」

永寧侯卻摸著鬍鬚道：「子嗣固然重要，可來年二月就是春闈會試，更不可疏忽了。若是世子能再中一元，咱們永寧侯府的興盛就指日可待了。妳還得多辛苦辛苦，把世子爺照顧好了。」

沈雪點頭。「是，公爹放心，兒媳一定督促世子勤加用功，來年再登魁首。」

「好，佳兒佳媳！」永寧侯舒朗地大笑起來。

唯獨趙菲菲眼睛一閃，手裡的帕子擰得跟麻花似的。

忠武侯府也是喜氣洋洋，一早就派出好幾個小廝出門看榜，近午時消息就傳回來了。今科下場的兩位姑爺全都中了，其中五姑爺還是頭名解元，三姑爺的名次也不差，第二十一名呢。

許氏張羅著賀禮等事宜，而爺們那邊早就擺酒喝上了，尤其是三老爺沈弘軒，臉上的笑容一直都沒斷過。他女婿得了頭名，身為老丈人臉上也有光呀！

沈薇自然也得知消息。衛瑾瑜倒是好運氣，她心中閃過這一念頭，但也沒多當一回事。賀禮的事自然有蘇遠之操心，她現在滿腦子都是秦相爺回京之事，鬆下來的心弦立刻緊繃起來。

大皇子雖被放出來了，卻只是在府裡養身子，聖上沒發話，他身上自然沒領什麼差事，一窮二白的，手底下連個使喚的人都沒有。

大皇子妃江氏的娘家倒是能算個助力，但十年沒有來往，誰知道江家的立場是什麼？

沈薇盤算來盤算去，心裡可發愁了。若有其他選擇，她是一定不會站在大皇子這邊，一點勢力都沒有，她再有三頭六臂也無用啊！可不站在大皇子這邊又不行，誰讓她家大公子那麼重情重義。

張榜後的第三日，沈櫻和沈雪攜著夫婿回娘家。沈薇也回來了，卻是一個人回來。徐佑這段時間挺忙的，於是兩人商議好，等徐佑下差時去忠武侯府接她回府。

這一回，沈雪一反過去的低調，可張揚了，離得老遠就聽到她的笑聲。沈薇勾勾嘴角，覺得好笑。不就是衛瑾瑜中了個頭名嗎？萬里長征才剛剛邁開第一步，就算中了狀元又怎麼樣？多少狀元郎終其一生也不過在六、七品官位上蹉跎，升任閣老九卿的反倒大多是科舉中占中上名次的那些。

沈雪卻不這樣想，她覺得自己算是揚眉吐氣了，算是壓了嫡姊一頭，尤其知道沈薇是一個人回來的，心裡可幸災樂禍了，假惺惺地道：「四姊，怎麼四姊夫沒有陪著妳一起回來？」

「妳四姊夫忙著呢，我又不是不知道路，回個娘家還非得讓他告假不成？」沈薇漫不經心地說道。

許氏忙道：「可不是嗎？四姑爺是正經領了差事的，自然衙門的事最重要。謙哥兒不也一樣忙？忙得連婚事都一拖再拖。」

沈薇問道：「大伯母，大堂哥的婚期定下了？」

提起這個，許氏滿臉都是笑。「定下了，是臘月二十六，到時謙哥兒回來成親，正好還能在家裡過年，等出了正月就讓他們小夫妻倆一起去西疆。」

「是個好日子。」沈薇讚了一聲，隨即又道：「大伯母，到時大堂哥一回來，您就給姪女送個信呀，好久不見，還怪想大堂哥哩。」

「成，一準忘不了。」許氏自然樂見兒子跟姪女走得近。

沈雪瞧見嫡姊跟大伯母說得投機，眼眸中閃過嫉恨，隨即又恢復如常，跟著附和道：「大伯母，還有姪女我呢。我們家世子爺最欽佩大堂哥了，到時也讓他跟大堂哥好生學學拳腳功夫，他呀成日悶在書房裡唸書，我都擔心他身子骨怎能受得了。」沈雪說著說著便忍不住炫耀開了。

沈薇垂眸不語，許氏卻笑道：「這是五姑爺懂事呢，做學問可不就得勤勉嗎？瞧瞧咱們五姑爺這不就考了個解元？外頭誰不羨慕？」

一席話說得沈雪咯咯笑起來，笑著笑著眼睛一眨，湊近沈薇說道：「四姊，聽說前些日子四姊夫被聖上關到宗人府裡，這是怎麼回事？可是四姊夫做了何事觸怒了聖上呀？」一副憂心忡忡的樣子。

沈薇笑了。沈雪炫耀自己也就罷了，幹麼非得踩她一腳才甘心？

「這都不知道多久前的老黃曆了，雪姊兒還記得呢。我家大公子被關了宗人府是不假，不過當天就被放出來了，知道怎麼被放出來的不？妳四姊我就是個渾不吝的，找聖上鬧的唄！」

她輕描淡寫地說，斜了沈雪一眼，又道：「雪姊兒，打小妳就分不出輕重，也別怨姊姊我說妳，有妳關心我的這份心，也把心思多用一些在妹夫身上。姊姊怎麼聽說妹夫要納妾了呢，而且還就是你們府裡那個姓趙的表小姐，妳怎就讓小妖精鑽了空子？」面色可真誠啦！

第一百三十二章

此話一出，沈雪的臉色頓時就變了，連老太君和許氏都詫異。「雪姊兒，這是怎麼回事？妳婆婆不是在給府裡的那位表小姐相看嗎？」

沈雪臉色可難看了，抓著帕子的指節泛白，難堪地解釋道：「這不是孫女的肚皮不爭氣嗎？婆婆瞧表妹是個好生養的，便作主替夫君納了表妹。」

事實是趙菲菲那個小婊子趁著夫君高興多喝了兩杯酒，爬了他的床。明明是她自個兒犯賤不要臉，還哭哭啼啼指責夫君毀了自己的清白，就沒見過這樣臉皮厚的。

「雪姊兒，妳糊塗了啊？」老太君不滿地道：「妳嫁過去還沒滿一年呢，沒有身孕也屬正常，急個什麼勁？就是要給姑爺抬人，妳身邊不是有陪嫁丫鬟嗎？那個勞什子的表小姐不用瞧就知道不是什麼好的，這麼大的事妳怎麼不說呢？」老太君一副恨鐵不成鋼的樣子。

許氏也道：「雪姊兒，妳祖母說得對，姑爺要納人得先從妳的陪嫁丫鬟中選，她們的身契捏在妳手裡，不怕她不跟妳一條心。那個表小姐若成了姑爺的妾，他們是表兄妹，自然有一番情誼，妳到時怎麼做都為難呀！」

沈雪的臉色再不復之前的張揚了，哽咽道：「祖母，大伯母，我也不想啊，可我那婆婆作主，夫君自己也樂意，我有什麼法子？」

她是阻止不了趙菲菲那賤人進門，但也狠狠地鬧了一場，還鬧到公爹永寧侯跟前，所以趙菲菲想仗著身分做貴妾乃至平妻的打算泡湯了。想進門，行，只能當個姨娘。

「妳呀！」老太君戳了沈雪一指，恨恨地道。不過木已成舟，瞧在五姑爺中了解元的分上，也沒再說什麼。

沈薇冷眼瞧沈雪黯然神傷，眸子轉了轉，真不是她刻薄要揭沈雪的傷疤，實在是沈雪活該，沈雪若不妄圖想要踩她，她才懶得管她的事。

不過沈雪也真蠢，同樣是忠武侯府嫁出去的小姐，三姊還是庶女呢，比她還早出嫁，不也沒有身孕嗎？可瞧瞧三姊夫身邊乾乾淨淨的，別說妾了，連個通房都沒有，而且人家小夫妻倆的感情還非常好。

她沈雪倒好，成日張牙舞爪的，一碰到正經事就慫了，就是個窩裡橫的貨！

沈薇在秦相府的周邊佈置了不少人，除了監視相府的人，還另外給暗衛們任務，就是盯那個疑似殺手樓樓主的夜行人。沈薇畫了他的畫像，發給暗衛人手一張。

這日黃昏，沈薇接到暗衛傳來的消息，說是發現了畫像中的人。這時徐佑還沒有回府，沈薇只遲疑了一瞬便抄起面具，悄悄出府了，實在是機會難得。

「郡主，他朝出城的方向走，咱們的人已經跟上去了。」沈薇趕過來的時候，暗衛稟報道。

沈薇點點頭，順著暗衛指示的方向疾馳而去。出城更好，城外開闊，省得在城內縮手縮腳，伸展不開。

沈薇循著暗衛留下的記號一直追到城外十里，遠遠瞧見四個暗衛正跟那夜行人對峙，她猛提一口氣疾奔過去。

「主子！」暗衛見沈薇趕到，鬆了一口氣。

對面的夜行人也好似鬆了一口氣，一副見到熟人的樣子。「我還以為是誰呢，原來是朋友你尋我呀，早說不就得了，擺出這麼大的陣仗，可嚇死我了。」他拍著胸，一副心有餘悸的樣子。

沈薇卻唰地把軟劍抽出來，指著他道：「久聞大名，殺手樓樓主。」她咬著牙，幾乎是一字一頓地道。

那人眼神閃了一下，爽快地承認了。「這年頭做啥生意都不大景氣，逼得我這個做樓主的也不得不親自出馬撈點，還得養活一大票人呢。」

沈薇哼了一聲。「廢話少說，既然你承認是殺手樓的樓主，那就接招吧。」手腕一抖，衝過來就是一劍。

「這是幹麼？咱們無冤無仇的，這般打打殺殺多傷和氣呀！」殺手樓樓主一邊手忙腳亂地接招，一邊嚷著。

沈薇不應，只管凌厲出招，把自己憋了一年的窩囊氣全都傾注到劍上。另外四個暗衛分出兩個給沈薇幫忙，另外兩個則原地掠陣，嚴陣以待，隨時準備上去支援。

在三人的圍攻之下，殺手樓樓主相形見絀，衣裳的下襬被沈薇割了一大片，也有些惱了，不再一味躲閃，同樣抽出軟劍跟沈薇對起招來。

一邊打一邊說話。「就算是死，你總得讓我死個明白吧？本樓主可不記得有朋友你這個仇人。」

沈薇冷笑一聲。「那是樓主貴人多忘事。你日理萬機，白天經營殺人那一攤子，晚上還蹲守相府撈外快，哪裡記得被你坑過的苦主？」她的嘴角浮上嘲諷。

苦主？殺手樓樓主的眼皮跳了一下，努力地回想。而沈薇的劍已經趁勢到了眼前，他急忙身子後仰，卻沒有完全避開，脖子上被劃出一道血痕。他用手摸了一下，一手的血。他舔了一下乾澀的嘴唇，眼底陰沈沈的，握緊手中的軟劍，轉了轉脖子，全身的骨節都在噼啪作響。「看來朋友今天是非要跟本樓主過不去了？」

沈薇不甘示弱地道：「是你先跟我過不去的。」

兩個人又鬥到一起。這一回，誰也沒再隱藏實力，全都使出渾身解數。殺手樓樓主不愧是以刺殺見長，武功路數沒有一點花架子，詭異而陰毒。

這其實跟沈薇的招數是異曲同工，都以實用、能傷到對方為主，所以他們現在就看誰出招更快，誰更不要命。

兩個人鬥得難解難分，助拳的兩個暗衛都不大能插進去，索性退到一邊觀戰。

正打著呢，沈薇忽然心中一動。「謝飛……你是謝飛！」

殺手樓樓主身形一頓，沈薇趁他分神之際飛起一腳，正踹在他的前胸，把他踹得後退三步。

「什麼謝飛？本樓主不認識。」

沈薇卻心情愉悅起來。她絕對不會認錯的，眼前這個殺手樓樓主和她曾見過的江辰同僚謝飛是同一個人，他們有一個共同的習慣，就是站立時，他們的左腳尖會向外輕撇，保持隨時逃走的姿態。而且她剛才試探過了，他雖沒露出什麼明顯破綻，也足夠了。

「謝飛謝翰林大老爺，堂堂殺手樓的樓主跑到翰林院裡窩著，聖上知不知道？說你沒點企圖，誰信呀？你每晚去秦相府蹲守，相爺知不知道？」沈薇可高興了，憋了一年的鬱氣總算吐出來了。

「閣下你到底是誰？」殺手樓樓主整個人警覺起來。「什麼謝飛、翰林院的，本樓主聽不懂你的話。」

「我是誰？堂堂一群大老爺們對個弱女子出手，你們殺手樓還有沒有點職業操守？」沈薇憤怒地睜圓眼睛，恢復了原本的聲音。

殺手樓樓主瞳孔猛縮一下，驚呼出聲。「妳是沈——」一年前，殺手樓接過一樁刺殺女子的生意，天字級別、價碼奇高卻失敗了，害他損失了一大筆銀子，他印象可清晰了。

「不錯，就是姑奶奶。」沈薇咬牙切齒地道。

殺手樓樓主心中暗暗叫苦。怎麼就偏偏碰上這個煞星，這位沈家貴女他倒是不怎麼放在心上，怕的是她身後那位平郡王。那位才是真正的狠人，只要盯上你就是不死不休，哪怕躲進老鼠洞裡也能挖出來。

得，惹不起還躲不起嗎？殺手樓樓主一咬牙一跺腳，轉身飛遁而去。

「謝飛，你給我等著，等著姑奶奶掀了你的老巢。」沈薇也沒追，只揚聲喊道。

翰林院是吧？明兒她就去那兒逛逛。

殺手樓樓主疾馳了一段路程，見沒人追上來才慢下來，在城外逗留一會兒才悄悄潛入城裡的住處。他拿掉臉上的面具，赫然正是翰林院那個清雅無比的年輕翰林謝飛。

他拿起布巾擦了一下脖子上的血跡，疼得吸了口涼氣，暗道這小娘皮的，下手還挺狠的。

再想起那嘉慧郡主的喊話，他頓時頭大不已。依嘉慧郡主連御書房都敢大鬧的性子，明兒她真的就會去翰林院堵他，而他脖子上的傷一時半會兒又好不了。

得，明兒告假，他得出去躲一陣子。

沈薇幾乎是哼著小曲回府，迫不及待地跟徐佑分享這振奮人心的好消息。「你知道那個殺手樓的樓主是誰嗎？是謝飛，翰林院的謝飛謝翰林。」

「翰林院的？」徐佑還真覺得有些意外，隨即眸光一轉，道：「妳又自個兒出去了？」

沈薇頓時心虛起來，嘴上卻強硬著。「還不是因為你回來得太晚？我都讓人盯半個月了，好不容易瞧見他出現，機會難得嘛！」

在徐佑直直的注視下，沈薇越說聲音越小。「大不了下次我等你一起嘛，成天就知道瞎操心，有暗衛跟著能出什麼事？我又不是紙糊的。」

徐佑瞧嘛著嘴的沈薇，不由嘆了一口氣，娶了個藝高人膽大的媳婦，除了自己看緊點還能有什麼辦法。

「薇薇，為夫不是瞧低妳的能力，而是那人既然能坐到樓主的位置，自有他的手段。他們做殺手的，卑劣手段多著呢，妳若一時不慎著了人家的道怎麼辦？」他苦口婆心地道。

瞧徐佑臉上一閃而過的驚懼，沈薇再多的不情願此時也化為烏有，主動抱住他的腰，把臉貼在他胸前，承諾道：「這次是我不對。我答應你，再沒下次了。」

徐佑順著沈薇黑亮的長髮，道：「明兒妳也不用去翰林院了，既然妳識破他的身分，他才不會傻得還去翰林院等妳找上門。我猜他明兒一定會告假。」

沈薇眉頭頓時蹙了起來，想了想，咬牙道：「沒事，他不去翰林院，就去他家裡堵他。」

「連翰林院他都不去了，還會在家裡等著妳？對了，妳是怎麼認識這個謝飛的？」徐佑不著痕跡地問。

這也沒什麼好隱瞞的。「他不是跟江辰是同僚嗎？所以我見過他一回。後來在茶樓裡又瞧見他一次。」

徐佑眼睛閃了一下，點點頭，然後湊近沈薇。「薇薇若想尋他出來，為夫倒是有個好法子。」他貼在她耳邊輕聲嘀咕了幾句。

沈薇是越聽越高興，不住點頭，眼睛奇亮無比。好，真是太好了，她家大公子就是聰明！

晉王府四公子徐昶的婚事也是早就定下的，晉王妃為了早日抱孫子，就在十月裡挑了個黃道吉日。

徐昶的婚期是十月十八，沈薇的表哥阮恒的婚期定在十月初八。沈薇早早就把莫嬤嬤差到外祖府上幫忙張羅，修葺院子、收拾屋子，她更親自過去指揮，還把府裡的一干奴才都帶過去幫忙，一時間，清靜的阮大將軍府可熱鬧了。

阮恒和祖父阮振天是人逢喜事精神爽，尤其是阮振天，臉色紅潤得都似年輕了十歲。他在老親隨的服侍下換上外孫女親手做的衣裳，在銅鏡前左看右看，嘴角翹得可高了。

「真沒想到我老頭子還能看到恒哥兒娶妻的一天，等綿姊兒的婚事有著落，我就徹底放心了。這都多虧了薇姊兒呀！」阮振天捋著鬍鬚，臉上都是笑容。

老親隨也樂呵呵的。「瞧將軍說的，您呀還得抱曾孫呢！等少夫人進了門，三年抱倆，您就等著教導孫少爺吧。」

「照你這麼說，我這把老骨頭還得努力多活幾年。」阮振天爽朗地大笑。

老親隨附和著。「可不是嗎？老奴盼著將軍您長命百歲呢，老奴也加把勁，努力再伺候將軍您三十年。」

「那咱們可真都成老妖怪嘍！」主僕兩個又是一陣大笑，笑聲中透著喜悅。

阮恒的婚事辦得熱鬧，登門恭賀的人也多，除了阮恒的同僚，忠武侯府等有關係的親戚，京中大大小小的官員也來了不少，當然其中大多是衝著沈薇和徐佑而來的。

阮大將軍府早沒落了，阮恒五品的侍衛也不值得他們看在眼裡，可是在阮大將軍府出面操持的是嘉慧郡主和平郡王，不過是一份賀禮的事，能到這兩位主兒的跟前露露臉，合算。

這麼一來，桌席就不夠了，好在將軍府極為寬敞，直接從酒樓叫了二十桌席面擺在花廳和水榭裡，這才堪堪應付過去。

沈薇這一天是忙得腳不沾地，嘴巴都笑僵了，就是自己府裡也沒這麼上心過。不過她是真的高興，再累也高興。

表哥成了親，自有表嫂來操持這一家子，她可以卸掉身上的擔子了，能不高興嗎？

忙過表哥阮恒的婚事，轉眼就到徐昶成婚的日子。

作為長兄長嫂的徐佑和沈薇自然要到場，但因為上回徐佑送美人的事，兩邊撕破了臉，所以徐佑和沈薇也只是回晉王府走個過場，應付應付。

近來，謝飛真是焦頭爛額。自從沈家那位姑奶奶挑明了他的身分之後，他的日子就陷入了水深火熱之中。

他是躲了起來，翰林院那兒告了假，京中明面上的宅子也不敢再住，就是這樣，嘉慧郡主也沒放過他。這不，堂口已經被挑了七個，受傷的屬下一天比一天多，消息報過來的時候，謝飛別提有多心塞了。

嘉慧郡主是沒要殺手的命，可傷了人，請大夫抓藥不得需要銀子？屬下都身上帶傷，他找誰幹活去？這又是一筆損失。

更過分的是，他這邊剛接了一筆生意，嘉慧郡主的人就到了，還把目標人物救走，害他又得賠償損失。瞧著銀子如流水般地花出去，謝飛的心疼啊！

沒奈何，他只好主動求和。

相較於謝飛，沈薇是玩得不亦樂乎，她根據徐佑提供的消息，帶著府兵和暗衛們對殺手樓的殺手圍堵，把各種方法、策略輪番試了個遍，短短一個月，府兵的進步也大了。

因此，接到謝飛遞來的求和訊息，沈薇直接回絕了。「求和？可以，不過得等我挑足十個堂口再說。」一想當初她身上的傷可是養了個把月，月桂更是在床上躺了近一年，不把這口氣出了，如何甘心？

謝飛聽了沈薇的答覆，差點沒眼前一黑，閉過氣去。想他謝飛自執掌殺手樓以來，何時受過這等鳥氣？可人在屋簷下，不得不低頭啊！那位平郡王可是他最忌憚的人。

得，十個就十個吧，都已經挑了七個，也不差這三個。只是十個堂口挑過去，殺手樓得損失一半的身家……謝飛一邊心疼，一邊把堂口的人撤出來，留了寥寥幾隻三腳貓在那兒應付。

他再次後悔怎麼就招惹了這個女魔頭，咳，早知道有今天，就是給他再多銀子也不接這樁買賣呀！

沈薇說話算數，雖然剩下的那三個堂口一點挑戰性都沒有，瞧在謝飛識趣地給她留了不少金銀珠寶的分上，她還是大度地給了他一個機會。

第一百三十三章

「我是喊你謝樓主好呢？還是喊你謝翰林好呢？」沈薇瞧著單槍匹馬前來的謝飛，戲謔地問道。

謝飛嘴角抽了一下。「郡主自便。」無論喊哪一個，他不都得應？

沈薇瞧謝飛憋屈的模樣，笑了。「謝樓主這是不準備再躲了嗎？」

謝飛的嘴角又抽了一下。打人不打臉，這般揭短真的好嗎？可瞧坐在一旁的平郡王，他愣是不敢有意見，拱拱手道：「還請郡主高抬貴手。」

「好說。」沈薇呵呵一笑。「本郡主也不是那得理不饒人的人，謝樓主自己也明白我為什麼挑了你十個堂口。你也別說什麼殺手樓做的就是殺人的買賣，我不逼你透露雇主的消息，就是給你面子了，但本郡主若是不出這口惡氣，心中就不爽快，形勢比人弱，所以你得受著。」

「是，郡主說得對，這是我殺手樓應該付出的代價。」謝飛倒也認得乾脆。就是逼他也交不出雇主的消息呀，那樁生意的雇主神秘得很，自個兒都還沒查探清楚。

這個謝飛倒是個拿得起放得下的人物！沈薇眼底閃過讚賞。

「所以到這兒，咱們之間的恩怨算是清了。謝樓主放心，以後本郡主不會再找你的麻煩，當然這是在你們殺手樓沒有惹我的前提下。」沈薇十分爽快地說道，目光閃著冷凝。

謝飛提著的一口氣算是吁了出來。「多謝郡主高抬貴手。郡主放心，以後殺手樓對郡主絕對退避三舍。」

謝飛也是能屈能伸，可沈薇的下一句話又把他的心提了起來。「既然之前的恩怨已經揿過，那咱們再來談談以後的事情。」

以後的事？謝飛看著她不說話。

沈薇見謝飛一副如臨大敵的模樣，不覺好笑，道：「咱們也算是不打不相識，我們家郡王爺也挺欣賞謝樓主的為人，不妨交個朋友，畢竟多個朋友多條路。殺手樓也不是多正經的買賣，我們郡王爺恰恰管了五城兵馬司，謝樓主以為如何呀？」

謝飛心中頓時一凜。雖然嘉慧郡主說得隨意，但他從中聽出了威脅，而且還真拿捏住他的軟肋。殺手樓本就不容於官府和朝廷，他是可以辭官，可依那位平郡王的手段，能放過他嗎？這些日子，他對平郡王和嘉慧郡主的實力有了新的認識，若真要掃平他的殺手樓，他也只能眼睜睜地看著。

沈薇見他遲疑不決，也不催促，只是漫不經心地道：「謝樓主有何顧慮就直說，咱們好歹也有一起蹲守相府的情誼，我們郡王爺還能虧待了你去？」

謝飛頭皮又是一緊。這個嘉慧郡主可真會拿捏人心，秦相府——罷了、罷了，便是依了嘉慧郡主又如何？謝飛苦笑一聲，道：「一切便依郡主所言吧。」

沈薇這才滿意地勾了勾唇角，安慰道：「謝樓主也別多想，本郡主和郡王爺都沒有插手殺手樓的意思，不過是互通有無、有備無患罷了。說來，還是謝樓主你們得的好處多些呢。」

謝飛凝神一想，只要這對凶殘夫妻不插手殺手樓的事，那接受起來就容易了。反過來想，還真如嘉慧郡主所言，自己這方得的好處多些，畢竟有個五城兵馬司指揮使保駕護航，他們以後的路也會順些。

「那就預祝我們合作愉快。」沈薇看著謝飛舒展開的眉頭，知道他是想通了，十分高興。唉呀，她這算不算是官匪勾結？

沈薇這邊才跟謝飛建立情誼，那邊，沈老侯爺就遇刺了——正確地說是雍宣帝遇刺了，身為隨從人員的沈老侯爺替他擋了災。

雍宣帝臨時起意要去國子監，沈老侯爺也跟著一起去，可還沒到國子監就遇上刺客，也幸虧有沈老侯爺跟隨，危機時替雍宣帝擋了一劍。

皇帝遇刺是何等震驚朝野的大事？不到半個時辰，整個京城就戒嚴了，徐佑也早在第一時間趕到雍宣帝身邊護駕。

因為遇刺地點離皇宮不遠，驚慌不已的雍宣帝連忙帶著受傷的沈老侯爺一起入了皇宮。沈薇就是再擔心祖父的傷勢也只能耐著性子等待，這樣的敏感時刻，她總不能硬闖皇宮吧？別說皇宮了，大街上到處都是巡察的侍衛，大家都縮在府裡，哪個敢露頭？

沈薇心急如焚地等了一夜一日，徐佑才回來。「聖上沒事，老侯爺的傷頗重，好在診治及時，人已經清醒過來，現在已經出宮回府了。」

他簡明扼要地說完，換身衣裳又匆匆出去了。

沈薇一直高懸的心算是放下一些。只要雍宣帝沒事，那朝局就不會動盪；朝局穩定，京中乃至整個天下就是穩定的。

她趕到忠武侯府時，祖父正在喝藥。

「祖父。」她快走幾步衝了過去。

「薇姊兒來啦？」老侯爺看到孫女，露出一個虛弱的笑容。

「祖父，您這是傷到哪兒了？」沈薇自然地接過太醫手中的藥碗，瞧著祖父慘白如雪的臉，可心疼了。

祖父向來就是個精神矍鑠的老頭，面色紅潤，比爹爹、伯父們還要精神，此刻卻那般孱弱地靠在床頭，整個人似乎老了十歲。沈薇瞧著，忍不住鼻子一酸，差點沒掉下淚來。

老侯爺瞧小孫女的表情，心中一暖，安慰道：「祖父沒事，養些日子就好了，主要是這回正好傷在上回的箭傷上。祖父的命大著呢，薇姊兒不用擔心。」

沈薇心裡雖難過，卻也點點頭。「祖父，還是再讓柳大夫給您瞧瞧吧，不然我不放心。」

老侯爺見孫女擔憂得臉都皺起來了，為了安她的心便答應了。

柳大夫一出手，沈薇才知道祖父的傷勢比徐佑說的還要重。要害處不僅中了箭，那箭上還淬了毒，是一種很罕見的蛇毒，要不是宮中藏著一株解毒的雪蓮，祖父這回就是凶多吉少了。

沈太傅出宮後，雍宣帝在昭德殿裡越想越覺得他是個大大的忠臣，忠臣當賞，還得重賞。他沈吟了一會兒，拿起筆寫起聖旨。嗯，依太傅的功勞，賞什麼都不為過，那就封個國公吧，勇國公！得，就這麼定了！

沈老侯爺前腳剛回到忠武侯府，雍宣帝封賞國公的聖旨就到了。沈太傅掙扎著要起來跪接聖旨，被笑得跟彌勒佛似的張全大太監給攔了。「太傅大人身上有傷，聖上有口諭，太傅大人躺著就是了，不用下跪。」

沈太傅也確實是起不來，在宮裡折騰那一回已經耗盡他力氣，只好慘白著臉，對著皇宮的方向拱拱手，虛弱地道：「臣多謝聖上恩典。」

張全宣了旨意，笑咪咪地走了，忠武侯府上下一派喜氣洋洋，比當初沈薇封郡主還要高興。畢竟沈薇是閨女，是要外嫁的，給忠武侯府帶來的實惠並不多。

沈太傅的這個勇國公就不一樣了，這可是世襲的國公爵位。

不過，所有登門探望沈太傅的人都被拒了，理由自然是沈太傅傷得那般重，得靜養，因此無論每日登府的人有多少，全由沈弘文兄弟仨招待，無一人能見到沈太傅的面。

於是京中便起了流言，說沈太傅救駕傷了要害，也不知能撐多久時間。

但讓眾人摸不清的是，無論是聖上還是勇國公府，對流言都無動於衷，好似默認了一般。漸漸地流言便少了，倒不是消失，而是改為私下嘀咕了。

「任先生怎麼看？」秦相爺撚起一顆棋子輕輕落下，話語隨意，好似是突然起了心思。

任宏書沈吟了一下，道：「聽說沈太傅傷了要害，引發舊疾，出皇宮時一路都昏迷著，到現在都是太醫日夜守著。屬下覺得沈太傅這回怕是凶多吉少了。」

秦相爺又放下一顆棋子，頭微微搖了一下。「本相覺得倒也未必，別的不說，國公府可是一點慌亂都沒有。」

「許是——暗佈疑兵呢？」任宏書眼眸一閃，道。

秦相爺瞧了一眼棋盤，徐徐說道：「也有這種可能。若是能見沈太傅一面就好了。」後一句說得頗為遺憾。沈平淵可是隻千年老狐狸，不親自瞧上一眼，他不放心。

任宏書眼神又是一閃，輕聲道：「聽說沈太傅的院子被圍得水洩不通，除了國公府世子，便只有那位嘉慧郡主才能進出。」

「嘉慧郡主啊？」秦相爺笑了一下。「她倒是挺清閒的。」都是沈平淵壞事，聖上居然沒事，錯過了這個機會，再想下手就難了！

沈薇坐在床邊陪祖父說話，手裡拿著橘子剝著，一瓣一瓣往嘴裡送。

這些時日，她幾乎天天往娘家跑，來了就直接到祖父這兒報到，有時晚上甚至不走了，就住在她出嫁前的院子。

沈太傅瞧孫女吃得香甜，面上不由露出微笑。「妳也少吃一點，這玩意兒上火。妳若是愛吃，聖上賞了一大筐，回頭都給妳帶回去。」

沈薇搖頭。「那多麻煩，就擱祖父這兒吧，反正孫女我天天來。」

沈太傅臉上的笑意就更深了。「妳成日往娘家跑，妳夫婿沒意見？」自從他回府休養，這丫頭就像長在他跟前一樣，他欣慰高興的同時也難免擔憂，哪有出嫁的閨女日日回娘家的？

沈薇不以為然地道：「他忙著呢，我在不在府裡他也不知道。何況不是祖父您受傷了嗎？百善孝為先，我盡孝呢，就是聖上也不能說我錯呀！」可理直氣壯了。頓了下又道：「孫女不是和您說過嗎？這世上兩種女人最可怕，一種是娘家有錢的，一種是自己有錢的。」

若不是顧忌傷口，沈太傅真想哈哈大笑。「不愧是我沈平淵的孫女。」又道：「也就妳夫婿慣妳。那臭小子還行，妳要和他好生過日子，給祖父生個白胖的大曾外孫。」

沈薇眼一翻，不服氣地道：「為什麼非得是曾外孫？曾外孫女不成？祖父，您這是重男輕女，這種思想可要不得。」

「成，曾外孫女也成，先開花後結果亦是好兆頭。都說女肖父，隨了妳夫婿那樣貌也不錯。」沈太傅趕忙安慰道。

沈薇噘著嘴巴更加不滿了，哀怨地瞅了她祖父一眼，幽幽說道：「隨我難道就嫁不出去了嗎？不是孫女大言不慚，就孫女這張臉，在京中排不了第一，前三前五總能排上吧？」

那小模樣惹得沈太傅又是一陣輕笑，差點牽動傷口，唬得沈薇趕忙上前。「雖然孫女說的是實話，可您也悠著點啊，身上還有傷！」這下不敢再逗祖父笑了。

而屋外，沈太傅嘴裡的臭小子聽著祖孫倆的談話，臉都黑了，可仔細想想他媳婦的話，還真對呢。沈太傅有錢，他媳婦更有錢，難怪底氣那麼足了，要不他也到聖上那裡弄點私房銀子？

沈薇陪祖父說了會兒話，見他臉上露出疲色，便服侍祖父躺下休息了。退出房門，她一眼就瞧見院子裡站著的徐佑。

「喲，稀客。」沈薇歡喜地過去，笑著打趣了他一句。

這些日子，徐佑真的是忙得不得了，早晨還未醒，他已經上朝去，晚上她都睡著了，他才回來。

「薇薇這是閨怨了？」徐佑含笑瞧著她。嘴角翹得高高的，他最喜歡看他媳婦這樣精神充沛的樣子了。

閨怨？沈薇一駭，那是什麼玩意兒？她用得著閨怨嗎？自己也很忙好不好？

徐佑輕聲笑了起來，那笑聲低沈又充滿磁性，讓沈薇也不由沈醉，跟著笑了起來，一雙眼睛如月牙。

沈太傅透過窗櫺望著院子裡並肩而立的一對玉人，嘴角浮上欣慰的笑，慢慢閉上眼睛，沈入夢鄉，似乎連身上的傷口都不那麼疼了……

徐佑前後查了十多天，只查出御前有個叫張英的小太監不見了，後來在一口枯井裡發現他的屍體，別的有用東西一點也無。

那個張英平日就是個老好人，跟許多小太監的關係都不錯，但深交的一個都沒有。慎行司對好幾個跟張英走得近的太監嚴刑拷打，依然一無所獲，包括張英的家人也好似消失似的，一點音訊也無。徐佑猜測他們十有八九是被人滅了口。

雍宣帝得了這個結果，也沒有生氣。本來這事是極好查的，他死了誰得益最大，誰就是背後的主使。他有了不測，登基的便是太子，可真不是他輕瞧太子跟戚家，他們還沒這麼大的膽子，亦沒有這樣的實力。

金鑾殿上，雍宣帝高坐在龍椅上，冷冷地瞧著滿殿的文武大臣。

到底是誰想要他死……

第一百三十四章

一晃眼就進了臘月，京城冷極了，比往年都冷，簡直可以用滴水成冰來形容。

沈謙回來那日颳著大風，卻也擋不住許氏那顆盼兒歸來的心，一早就催促丫鬟無數遍，去大門上盯著，最後實在按捺不住，自己親自去大門上等著。

沈謙身披黑色大氅，騎著高頭大馬，許氏遠遠瞧見兒子的身影，眼睛便濕潤了。「兒呀！」她甩開丫鬟的手就迎上去。

沈謙甩鐙下馬，韁繩一扔，快步朝裡走去。「娘，不肖兒回來了！」

「好，回來就好。」許氏瞧著黑了瘦了也更精神的兒子，怎麼也看不夠。「你回來，娘就放心了。」她想笑，卻笑出了一臉的淚水。

沈謙的眼眶也紅了。不過短短一年沒見，娘的頭上似乎就多了不少白髮。

「夫人，世子歸來是大喜事，該高興才是。」貼身丫鬟落霞上前勸道。

「對、對，高興，為娘很高興。」許氏慌忙擦拭臉上的淚水。「娘這是喜極而泣。走，咱們趕緊進府。」

許氏緊緊抓住兒子的手，好似一鬆開手，兒子就會跑了似的。沈謙也任由母親抓著，嘴角噙著笑，一路陪她說話。

進了松鶴院，沈謙撲通一跪給祖母磕起頭，老太君抱著大孫子哭了一會兒，才在眾人的勸慰下慢慢止了淚。

沈謙又轉身給爹娘鄭重地磕了頭。沈弘文看著明顯壯實的兒子，心中十分欣慰。「好，比你爹我強。」他自豪的同時亦有些愧疚。

敘了一會兒話，沈弘文便道：「去見見你祖父吧，還在外院等著你呢。」

沈老太君跟許氏也催促。「去吧，你祖父可惦記你了，別讓他等急了。」

沈謙這才站起身，道：「那孫兒就先過去了，等晚上再來陪祖母用飯。」

到了外面，沈弘文才跟兒子說起祖父受傷的事，沈謙一驚。「祖父傷到哪兒了？傷得重不重？爹，您怎麼現在才跟兒子說。」去年在西疆，祖父幾乎是時時把他帶在身邊，手把手地教，他跟祖父的感情十分深厚。

沈弘文忙安撫兒子。「有太醫看著呢，已經比先前大有起色了。你遠在西疆，就是告訴了你，也不過白擔心罷了。何況是你祖父親自發話，不許跟你說，怕你分心耽誤了差事。」

這一年多，沈謙已經歷練得比以前長進許多，一聽他爹的話也知道祖父傷得極重，不然怎麼都一個多月了，身邊還離不開太醫？腳下的步子不由快了三分。

沈弘文只陪著沈謙到老父的院門口便回去了。他知道老父肯定有許多話要跟兒子說，自己還是不要過去礙眼了。

沈薇正坐在祖父的屋子裡給他唸書，屋裡砌了地龍，溫暖如春。

「祖父，大哥也該來了，孫女去迎迎他。」她合上書放在一邊，披上狐裘就朝外走去，剛走到廊下便見沈謙過來了。

「喲，大公子回來了？」沈薇揚聲打趣道。

「煩勞咱們英明神武的四公子親自迎接，為兄真是三生有幸。」沈謙也順口接道。

「士別三日當刮目相看，大哥真是長進不少呀！瞧這嘴皮子溜的。」沈薇盯著沈謙上下打量。「身板也比以前結實多了，怎麼樣，西疆的水土特別養人吧？」

沈謙嘴角一抽。這是誇人嗎？他剛要說什麼，就聽裡頭傳來祖父的笑罵。「你們兩兄妹在外頭耍什麼花槍？還不快滾進來！」

沈薇扭頭應了一聲，大聲說道：「祖父別急呀，孫女這不是正替您迎接大哥嗎？一年沒見了，總得先替您查驗查驗吧。」

她把狐裘的帶子解開，朝邊上的丫鬟懷裡一扔，抱拳說道：「大哥，請吧。」

沈謙摸了摸鼻子，亦把身上的大氅脫了。「有勞四公子指教了。」

話音剛落，沈薇的拳頭就到了，他慌忙側身躲開。剛躲開拳頭，沈薇的飛腿已經攻到眼前，逼得沈謙手忙腳亂，一時間，在西疆受虐的日子似乎又回來了。

沈謙沈下心來，鎮靜應對，不求取勝，只求能少挨一些。心一穩，便比剛才好多了，只見兩道身影從遊廊打到院子裡，你來我往，跳躍騰挪，煞是好看。

兩刻鐘後，沈薇一個飛身側踢，腳尖直直頂住沈謙的脖子，眼底閃過笑意。「不錯，大哥長進不少。」腳一收，結束了比試。

沈謙早就被沈薇虐慣了，即便是輸了也不在意。「為兄還得多謝四公子手下留情。」

「你知道就好。」沈薇傲嬌地皺了皺鼻子，轉身朝屋裡去了。沈謙跟在她身後，就聽見她歡快地跟祖父說：「祖父，孫女已經替您試過啦，大哥雖還比不上您孫女我，但勉勉強強還可以啦！比京中那些紈袴好多了，應該是沒有偷懶。」

「祖父，孫兒回來了。」沈謙望著半靠在床頭的祖父，一撩袍子跪了下來，滿含感情地說：「祖父，您受了那麼重的傷，怎麼不跟孫兒傳個消息呢？」

沈太傅望著嫡長孫亦是十分欣慰，慈祥地笑道：「回來就好，快起來吧。祖父這不是都快好了嗎？莫做那嬌兒態，讓你妹妹看了笑話。」

沈薇眼睛一翻。「祖父，您這話有失公允，什麼笑話？我是那樣的人嗎？成日說最疼我，現在大哥一回來您的心就偏過去了，合著平日都是哄著我玩呢。」

沈太傅笑罵。「妳這刁蠻丫頭，妳哪隻眼看見我偏妳大哥了？」

「兩隻眼睛都看見了。」沈薇理直氣壯地道。

沈太傅被孫女噎得說不出話來，不過被沈薇這麼一插科打諢，剛才那一點感傷便消失得無影無蹤。

沈太傅和孫子一問一答說起西疆的事，沈薇坐在一旁，邊聽邊往嘴裡塞鮮果子。

沈太傅瞧著明顯成長的孫子，心中無比欣慰。大孫子可算是歷練出來了，雖然還有些稚嫩，但比京中同齡人已經強上許多。自己還能活上些年頭，還能多看顧他一些，到時也就能獨當一面，自己也算是能合眼了。

沈謙回來，自然是要各處拜訪的，是以作為準新郎官的他居然比任何人都要忙。各府瞧著這位在西疆打滾了一圈的勇國公嫡長孫，嘴上滿是誇讚，心中滿是羨慕。瞧瞧人家，同樣是弱冠之齡，沈世子沈穩內斂，再對比一下自家兒子，不得不承認還是沈太傅會調教人。

就是之前心裡還有些不放心的常家，見了登門拜訪的沈謙之後，從上到下是沒口地誇讚。常大人還特意考校他的學問，沈謙現在雖走武將的路，但之前都是文武兼修，功底自然是有，對於岳父的考校對答如流，歡喜得常大人摸著鬍子直點頭，看沈謙的目光比看親兒子還親，當晚還喝了一壺好酒，拉著妻子嘮叨了半宿。

常夫人看著夫君的模樣，也知道他這是高興，真是好氣又好笑。對沈家這個女婿，她也極滿意，要模樣有模樣，要能耐有能耐，家世高出他們一大截，可為人十分謙虛有禮。而且親家母早說了，等小夫妻一成親就一起去西疆，不會留新媳婦在府裡伺候。唉，還有比這更寬厚的人家嗎？她家大姊兒真是交了好運，這可是一門打著燈籠也難找的好親事。她的妯娌們都羨慕得紅了眼睛，自己總算出了多年因病弱而被她們擠對的鬱氣了。

就是常家小姐躲在屏風後頭瞧了一眼沈謙，也臉紅著低下頭，心中滿是喜悅。

可個把月過去了，沈太傅那裡還是閉院謝客，聖上派的兩位太醫依然守在勇國公府。雖然勇國公府眾人都說沈太傅大有起色，但心裡仍是犯嘀咕：沈太傅莫不是傷勢太重，好不了了吧？

就在朝臣的嘀咕中，迎來了沈謙的大喜之日。

沈謙成親這一日，大雪仍未停，但絲毫沒有影響喜慶的氣氛。皚皚白雪映著滿府的紅綢，襯著新人身上的大紅喜袍，更加耀眼出眾。

勇國公府正得聖寵，沈謙身為府裡的嫡長孫，成親時連聖上也有賞賜，滿京的各府各家上自王公大臣，下至六、七品的小官，都頂著風雪來了。

連秦相爺也跑來湊熱鬧。沈弘文受寵若驚地親自把他從大門迎進來。「秦相能夠撥冗前來，敝府真是蓬蓽生輝，相爺快裡面請。」

秦相爺徐徐一笑，瞧沈弘文的目光可親切了。「恭喜、恭喜，今日是令郎的大喜之日，本相在此先恭喜沈世子了。令郎文韜武略，年紀輕輕就鎮守一方，真是好生令人羨慕啊！沈世子教子有方呢。」

「同喜、同喜，這都是聖上的恩典。」沈弘文抱拳回道：「秦相家的大公子不也是人中翹楚？與他相比，犬子不過是個武夫，秦相才是真正的教子有方。」嘴上雖謙虛著，臉上卻滿是笑容。

秦相爺又是哈哈一笑，打趣道：「我說咱們就不要這般相互吹捧了吧？」沈弘文也跟著笑。

兩個人一邊說話一邊往府裡走，遠遠瞧見一座院門上懸掛著兩個大紅燈籠的院落時，秦相爺狀似隨意地道：「那便是太傅的院子吧？說起來，本相也許久未見太傅了，不如現在去拜訪一二吧。」他停住腳步，望著沈弘文，眼中帶著詢問。

沈弘文卻面帶難色。「實不相瞞，家父的傷勢雖有起色，卻還是需要靜養，尤其是今年冬天這般反常，太醫說了需多加注意。是以為了不打擾家父休養，就是我這個做兒子的也不敢常去打擾，秦相所請，實在是……慚愧啊！」

秦相爺眼睛一閃，隨即又笑了。「人之常情、人之常情嘛！還是太傅養傷最重要，既然太醫都發話了，本相今兒就不去打攪太傅靜養了，等他好了本相再登門探望。」好似之前只是隨口說說罷了。

沈弘文如釋重負，面上帶著感激，又做了個請的動作。「秦相快快裡頭請。」

秦相爺抬起步子繼續往裡走，不經意地轉頭，依稀瞧見懸掛著大紅燈籠的院門處，有個人影一閃而過。

沈謙成婚，家裡出嫁的姑奶奶自然也要回來，不過親妹妹沈霜卻沒來。她這一胎快足月了，誰也不知道她哪時會發動，加上天氣這般惡劣，許家大舅母恨不得目不轉睛地盯著她，哪敢放她出門？就是她親娘許氏也早早說了，不許她過來，讓她安生在家裡待產。

沈薇陪相熟的女眷說話，阮綿綿挽著她的胳膊，可高興了。

「表姊，等雪停了咱們去堆個大雪人吧。」阮綿綿扯著沈薇道。她是跟著她嫂子小許氏一起來的。

沈薇便笑道：「今兒不適合。等雪停了，表姊接妳去平郡王府玩幾日，到時妳想堆多大的雪人都成。」

「真的？那太好了！」阮綿綿拍著手，驚喜地歡呼著。

小許氏坐在一邊抿著嘴輕笑，看向小姑的目光溫柔極了。她是真的很感恩，本來已經認命了，沒想到還能得這麼一樁好姻緣，夫君年輕有為，待她又體貼敬重，唯一的長輩祖父也慈愛，打她進門就把中饋交到她手上。小姑子天真活潑，拿她當親姊姊般敬著。

「新娘子進門啦！」不知誰喊了一句。

阮綿綿一下子就站起來。「表姊，咱們去瞧新娘子吧！」一副急不可耐的樣子。

沈薇搖頭。「妳去吧，我陪表嫂坐坐。」新娘子早晚能見到，外頭那麼多人，又是風又是雪的，她是出嫁女又是郡主，還是不要湊那個熱鬧了。

「那好吧，我先去了，回頭告訴妳新娘子漂不漂亮。」阮綿綿帶著丫鬟跑出去。

直到新房裡的人散得差不多了，沈薇才過去。新娘子常氏長得自然不差，眼神清澈，一看就是穩重有主意。沈薇心中暗自點頭，覺得大堂哥這媳婦算是娶對了。

嫡長孫成婚，身為祖父的沈太傅自始至終都沒有出現，讓眾賓客十分納悶，私底下也紛紛猜測起來，越發篤定沈太傅傷勢太嚴重，不然不會連嫡長孫的婚禮都不露面。

秦相爺回到府裡，立刻讓人去請幕僚過來。

「相爺，可見著沈太傅的面了？」任宏書匆匆而來。

秦相爺搖頭，略帶遺憾地說：「沒有，沈太傅沒有露面。」

「沒露面？」任宏書有些訝異。「連嫡長孫的婚禮都沒露面，這就有些意思了。「看來沈太傅是傷得不輕啊！」他皺著眉，若有所思。「沈太傅這傷也養了兩個月吧？」他抬頭看向秦相爺，目光炯炯。

秦相爺點了下頭，道：「我試探了沈弘文一下，他臉色雖不大自然，倒也沒有憂色。燕三藉故出去閒逛，發現沈太傅的院子被圍得水洩不通，稍微靠近便有人過來驅趕，說不許擾了沈太傅的清靜。」

一直站在秦相爺身後的漢子出聲說道：「對，屬下隱約察覺到那院子周圍隱藏著不下十多個高手。」

「比之你如何？」秦相爺和任宏書齊齊看向燕三。

燕三沈吟了一下，認真說道：「不差。屬下沒有把握能全身而退。」

這還真是棘手，燕三都已經是他身邊數得上的高手了，光沈太傅的院子就有十多個不比他弱的高手，勇國公府的勢力已經這般強了嗎？還是說這些高手是聖上派過去的？那聖上的意圖又是什麼呢？

一時間，秦相爺陷入沈思。

第一百三十五章

沈謙大婚之後也該過年了，各府早在半個月前就忙開來，只是今冬天冷，雪又多，街上喜慶的氣氛亦不如往年。但這也只是尋常百姓家，像京中各高門大戶依舊披紅著綠，一派喜氣洋洋之景。

年關也是各家宗婦主母最忙碌的時候，可沈薇卻異常清閒，外有蘇遠之，內有莫嬤嬤，她樂得當起甩手掌櫃。

年前，二姊沈霜生了一對小哥兒，本來太醫都說再十多天就差不多了，沒想到這兩隻好似趕著要過年，提前就出來了。

洗三這天，沈薇自然是要去的。她瞧著兩個一模一樣的小嬰兒，伸出手指戳戳熟睡的嬰兒小臉，軟軟的。許是感覺到了，那小嬰兒的頭動了一下，張開小嘴打了個呵欠，又繼續睡。

沈薇瞧著可新奇了，剛想再戳戳，便被沈霜攔住了。「多大的人了還這麼孩子氣？別弄醒了小哥兒。」

沈薇這才訕訕地收回手，問二姊。「取名字了嗎？」

沈霜靠在床頭，收回盯在兩個兒子身上的目光，笑道：「還沒呢，先大哥兒、二哥兒這般叫著，祖父他老人家正想著名字呢。」因為是雙生子，府裡格外看重些，取名直接交給了許尚書。

沈薇點點頭，給孩子的禮物輕輕放在襁褓邊上，項圈、長命鎖、手鐲、腳鐲，樣樣小巧精緻，上面刻的全是祥紋，亦是足金，除此之外，還有每人兩套細棉布的小衣裳。

不過讓沈薇驚訝的是沈雪的變化，前些日子沈謙大婚，沈薇陪表嫂表妹說了會兒話，就去了祖父的院子，沈雪去得遲一些，因此兩人沒有碰面。

這次在尚書府見面，沈薇簡直要大吃一驚。短短幾個月，沈雪就像換了一個人，整個人瘦得厲害，兩頰深陷下去，顴骨高高凸起，上著濃妝，整個人瞧上去凌厲而透著陰沈的鬱氣，說話也陰陽怪氣的。

沈薇不由皺眉，捅了捅一邊的沈櫻。「她這是怎麼了？」小佛堂裡的劉氏前些日子突然高燒，燒了一天一夜，等退燒後，她就半身不遂了，這事對沈雪的打擊這般大？

沈櫻嘆了一口氣，附在她耳邊道：「還能怎麼著，小產了。」

沈薇更加訝異了。「什麼時候的事？怎麼沒聽說？小產？身邊跟著一群丫鬟婆子，怎麼還能小產？」

沈櫻看了一眼不遠處的沈雪，臉上滿是無奈。「就上個月的事，他們家……咳，那個什麼表小姐不是給五妹夫做妾了嗎？」

只稍提了一句，沈薇就明白了。聽大伯母說，那個叫趙菲菲的表小姐可不是個省油的燈，她費盡心思做了衛瑾瑜的妾室，可不會安分守己。沈雪說白了就是個窩裡橫，脾氣又暴躁，怎麼會是趙菲菲的對手？瞧瞧，這不是吃虧了嗎？

「衛瑾瑜呢？永寧侯府就沒給個說法？」沈薇雖不會上趕著去替沈雪出頭，但心裡到底有些不樂。

「能有什麼說法？聽說是五妹教訓妾室，自己摔了一跤小產的，即便是懲罰也不過是禁足、抄經罷了，過上三、五個月就放出來了。那是五妹夫的親表妹，還能真的打殺了？」沈櫻的話語中帶著濃濃的不滿和嘲諷。

沈薇緊抿著唇，心裡對衛瑾瑜的印象更差了。就這種貨色還能中解元，老天真是瞎了眼，連自家後院都理不清還想做官？別禍害百姓了。

沈雪也真是，不是挺能耐的嗎？吃了這麼大一虧就認了？沈薇都要被她氣得肝疼了。自己看不上她是一回事，可她們同是沈家女，若自己遇到這事，她才不管什麼表小姐不表小姐呢，先把她弄死再說，反正娘家勢大，永寧侯府敢吭氣？

沈薇回府後拉著徐佑威脅了半天，翻來覆去只有一個意思：你要是敢納妾，我就打斷你的腿！

徐佑真是又好笑又無奈。

轉眼到了除夕，沈薇和徐佑都需要去宮中赴宴。說實在的，沈薇真心不大想去，大冷的天，還得穿著大衣裳，戴著沈重首飾，頂著風折騰到宮裡去。宮裡的飯菜又不比府裡的好吃，聽說還都是涼的，哪有窩在府裡舒服？

可沈薇再不情願也得去，她按品大妝後便帶著莫嬤嬤和梨花，跟著徐佑一起上了馬車。在宮門口，遇到等在那裡的長公主。

徐佑上前道：「皇姑姑，沈氏頭一回參加宮宴，不大清楚規矩，您幫著照顧一二。」

長公主便朝沈薇招招手，對徐佑道：「阿佑，你放心自去吧。」

徐佑拜謝之後又囑咐沈薇。「妳就跟在皇姑姑和表妹身邊，等結束了我去接妳。」

沈薇點點頭，上了長公主的車駕。「給皇姑姑添麻煩了。」

長公主還未說話，青蕊郡主就挽住沈薇的胳膊。「瞧表嫂客氣的，我正愁沒個作伴的呢。」

長公主也道：「都是一家人，嘉慧無須客氣。」

長公主的身分和輩分皆高，沈薇跟在她身後，一路暢通無阻地來到宴客大殿。大殿裡有地龍，十分暖和，沈薇便把外頭披著的狐裘解下來。

她們來得不算早，卻也不晚，大殿裡已經有不少誥命女眷，沈薇瞅了瞅，幾乎沒瞧見熟悉的，便跟著長公主繼續朝裡走。一路上，不少人過來給長公主請安。

「皇姊來了。」這是某位王妃，瞧見長公主過來，忙殷勤地上前迎了兩步，態度可熱情了。

她這一開口，正說話的幾人全都看過來，沈薇定睛一瞧，嘿，不是王妃便是皇子妃，還有公主、郡主，原來這一堆都是皇家宗室。

「各位來得挺早啊！」長公主道，便指著沈薇和青蕊郡主給這些人請安的請安，見禮的見禮。

沈薇對這些人大部分都眼熟，但不管認不認識，她禮儀規矩都是無可挑剔，臉上帶著三分微笑，讓在場眾人的心中都暗暗點頭。都說嘉慧郡主多粗鄙，看來傳言不可信。

「長公主怎麼和嘉慧一起進來？」某位王妃狀似無意地問了一句。

長公主淡淡地道：「還不是阿佑？擔心嘉慧頭一回參加宮宴，不放心，特意拜託我看顧她一些。」

那位王妃臉上便浮起了笑容，打趣道：「阿佑這小子真疼媳婦。」

便有人附和道：「嘉慧郡主這般漂亮的美人兒，擱我也得放心上疼著寵著，妳們說是不是？」

眾位女眷紛紛含笑點頭。

沈薇垂著眸子聽她們打機鋒，一點出言的意思都沒有。反正長公主應付她們遊刃有餘，她樂得清閒瞧熱鬧。

過沒多久，雍宣帝就到了，眾人立刻起身迎駕。

「平身。」雍宣帝邁著穩健的步子走向龍椅，身後跟著皇后、顏貴妃和秦淑妃等妃嬪。待雍宣帝落坐，眾人才慢慢坐回自己的位子。

大殿極大，一分為二，一邊是女眷，一邊是文武大臣，遙遙相對。可沈薇一眼就瞧見了徐佑，雖穿著郡王品級衣裳的有好幾個，可誰讓她家大公子長得最好看呢！

雍宣帝慷慨激昂地說了些話之後，宮宴正式開始，宮女太監手捧菜餚美酒，魚貫而入，絲竹聲響起，舞姬也翩然起舞。

說實在的，宮宴真是挺無聊，沈薇懶洋洋地挑了幾筷子便沒了興趣。大冷天的，再美味的佳餚涼透也失了滋味，幸虧她是吃過才來，不然非得挨餓不可。

不想吃東西，那就欣賞欣賞舞蹈吧。起先看著還好，可看著看著，她又沒了興趣，來來回回就那麼幾個動作，慢悠悠地跟打太極似的，沒意思極了。

舞蹈也引不起興趣，那就瞧瞧大殿裡的人吧。這麼一瞧，沈薇發現大家面前的菜餚大致都沒動，要麼在欣賞歌舞，要麼與左右之人輕聲說話。瞧著、瞧著，她的目光就轉到雍宣帝身上。

只見雍宣帝高高坐在上面，嘴角噙著一抹笑意俯望眾人，偶爾側身和邊上的妃嬪說幾句話。也不知那秦淑妃說了什麼，惹得雍宣帝開懷大笑。

沈薇冷眼瞧著，就在此時，有個小太監匆匆進來，附在張全的耳邊輕聲說了些什麼，就見張全的臉色猛地一變，往前邁了一步，低聲對雍宣帝說了幾句話。她注意到雍宣帝的臉色有一瞬間不自然，她的心也跟著咯噔一下。這是出事了？

沈薇收回視線，蹙眉想了想，能發生什麼事呢？有頭臉的主子可都在這裡，應該不是什麼大事吧，聖上不是還坐在那兒嗎？

就在她胡思亂想之際，雍宣帝的聲音響了起來。「眾位愛卿吃好喝好，朕先失陪了。」眾人又起身恭送聖上。

一轉頭，沈薇驚訝地發現長公主的位置也空了。「皇姑姑呢？」她輕聲問了青蕊郡主。

「更衣去了吧。」青蕊郡主隨口答道。

沈薇點點頭，沒再說什麼，卻心不在焉起來。她發現不光是長公主不在，連徐佑也不在。只不過一錯眼，她就沒瞧見人了。

好在沒多久長公主就回來了，可徐佑卻一直沒出現。沈薇想了想，決定出去找找，可剛站起身就被長公主拉住手。沈薇回頭，長公主對她微不可見地搖了下頭，她只好又坐回去，心中篤定是真的出事了，而且事情還不小。

沒多久，她看著下面已經騷動起來，之前出去更衣的人回來，說看到了皇城中起了火光，不少人驚慌起來。他們在宮中是安全，可誰沒有一家老小？

沈薇也想知道發生了什麼事，以目光詢問長公主。「皇姑姑？」

長公主也知道瞞不下去了，張了張嘴，無聲地吐出兩個字。「流民。」

沈薇一揚眉。這倒是有可能，今冬雪災，凍死了不少人，百姓為了尋一條活路，是很有可能鋌而走險。只是在除夕夜攻入京城，大字不識一個的流民有這個腦子？別是有人趁火打劫吧？

望著驚慌失措地奔往殿外的誥命夫人們，長公主沈聲喝道：「不過是區區流民，各位這般驚慌做什麼？五城兵馬司和城防司已經出動，相信叛亂很快就會平定。各位都回殿中安坐，再有以言惑眾的，本公主定斬不赦。」

長公主站在大殿中央，一身風華，氣勢威嚴凜冽，頓時把一干誥命夫人鎮住了，紛紛回到自己的位子，心中再擔憂，也不敢違抗長公主的命令。

高位上的皇后娘娘這才反應過來。「都聽長公主的，區區流民，有何可懼？」

沈薇聞言，嘴角忍不住抽了一下，心中生出輕視。都聽長公主殿下的，要妳這個皇后何用？

長公主鳳眸流轉，銳利地掃向大臣那邊，聲音和緩而鎮定有力。「各位大人都是股肱之臣，該怎麼做就不用本公主再說了吧？」

眾大臣心中不由一凜。較之女眷，大臣們更是明白長公主的厲害。這可不是位普通的女子，十多歲就領兵幫助弟弟，手段是有目共睹。這十多年，長公主雖修身養性，不過問朝政，可沒有人敢小瞧了她。聖上留她在殿中坐鎮，可真是找對了人。

眾大臣紛紛道：「臣等都聽長公主殿下的。」

長公主這才斂去眸中鋒芒。「太子、諸位殿下，你們身為皇子，更要沈得住氣。秦相爺、房閣老及諸位尚書大人們，平日皇帝最倚重你們，今兒還望你們穩住陣腳，切莫引起不必要的慌亂。」

被點到名的大臣立刻站出來表態。

長公主嘴角一勾，拍了拍手。「歌舞！」

便見一群穿著薄紗的舞姬從側殿魚貫而入，隨著絲竹聲輕舞起來。

長公主看得津津有味，沈薇也看得津津有味。倒不是有多喜歡，但起碼得有態度吧？她就坐在長公主身邊，要是連她也一臉心神不寧的樣子，豈不是扯長公主的後腿？她表現出支持長公主的樣子，下頭的誥命夫人們瞧了也能安心一些。

沈薇這般鎮定從容的模樣，不僅長公主心中暗讚，就是那些年紀大的誥命夫人瞧了，也暗道一聲慚愧。連個十多歲的毛丫頭都不驚不慌，她們都一把年紀了反倒失了分寸，真是——

再看勇國公府的兩位女眷，人家跟嘉慧郡主一樣，正瞇著眼睛欣賞歌舞，沈醉不已的樣子。

連武將的內眷都有如此膽色，作為錚錚文臣的內眷豈能被比下去？於是女眷們紛紛按捺住擔憂，欣賞起歌舞，別管真假，但面上都是一派平靜。

她們不知道沈薇是真的不擔心，別說流民，就是真有人渾水摸魚，她也是不怕的。平郡王府裡有蘇遠之和歐陽奈坐鎮，還有五百府兵，想攻進平郡王府？不被撕成碎片才怪呢。

至於勇國公府，她也不擔心，祖父雖受了傷，可大堂哥沈謙不是回來了嗎？在西疆滾了一圈的沈謙早不是吳下阿蒙，有他在，自然護得住勇國公府。

唯獨外祖父府裡的人手少了些，但她也不是十分擔心。阮大將軍府雖然人手不多，但多是跟著外祖父退下來的親兵，自保還是沒問題；而且蘇遠之那般行事縝密的人，肯定會派人過去支援。

第一百三十六章

相較於還算安寧的皇宮，宮外是亂成一鍋粥，上千人的流民隊伍到處燒殺搶掠，專挑大戶人家下手。

流民如強盜一般揮舞著大刀鐵棒，砸開大戶人家的大門，湧進去見人就砍，見金銀財寶就搶，砍完搶完了就放火燒，整個皇城頓時陷入火海，到處都是慘叫聲。

火光一起，蘇遠之和歐陽奈便察覺到不對勁。流民能鬧出這般大的動靜嗎？高門大戶誰家不養著護院侍衛，怎麼那麼輕易就被破了門？怕是有人渾水摸魚、剷除異己……

蘇遠之和歐陽奈對視一眼，立刻作了決定。「歐陽小子，你帶著府兵守好府裡，老夫領虎頭他們出去湊湊熱鬧。郡王爺肯定在外頭忙，老夫去給他搭把手。」

歐陽奈不大贊同。「先生，你留在府裡，外頭還是我去吧。」他想著蘇遠之到底是文人，若是磕著碰著了，可不好給郡主交代呀。

蘇遠之卻笑著搖頭。「你的好意老夫心領了。放心，老夫沒有你以為的那般無用，看到你們這些年輕人呀，老夫也忍不住生出雄心，老胳膊老腿也該活動活動了。」

歐陽奈見蘇遠之堅持，便沒有再勸。

銀色的煙花信號沖天而起，沈家莊的後生們立刻向平郡王府奔來，兩刻鐘便集結完畢，就等著蘇遠之一聲令下。

歐陽奈看著俐落地上馬抖轠的蘇遠之，這才意識到原來真人不露相啊！

沈家莊的後生們本就是一群無法無天的主兒，加之回京後憋得狠了，一出來便如猛虎入山林，路上遇到流民，見一個滅一個，見一隊滅一隊。他們分成若干小隊，每隊五十人，迅速地穿梭在皇城的大街小巷，幫各府抵禦流民，一收拾完畢立刻撤退去支援下一家，臨走時還留下一句話：他們是平郡王府的侍衛。

有了這群人攪局，今晚的局勢朝一個詭異的方向發展，等某些人察覺到不對的時候，他們已經被圍住了。

火光映照下，徐佑和蘇遠之並肩而立。徐佑瞧著這一群身穿黑衣、跟流民截然不同的人，感嘆一句。「先生果然神機妙算啊！」

蘇遠之徐徐一笑，道：「郡王爺過獎了，老夫也不過是隨意一猜，沒想到他們還真是來了。」一真有人趁亂打勇國公府的主意──不，他們打的應該是太傅大人的主意吧！

黑衣人一瞧形勢，頓時明白今晚別想善終，相互對視一下，很有默契地往外衝。

「格殺勿論。」徐佑輕描淡寫地下令。

沈家莊的後生們本就人多，又善於配合，而且徐佑的命令是格殺，一點顧忌都沒有，當下就殺得黑衣人血肉橫飛，不到半個時辰就把這夥黑衣人屠殺殆盡。

外頭喊殺聲震天，勇國公府可安靜了。等到平靜下來時，管家才跑過來，恭敬地道：

「四姑爺辛苦了。我們國公爺說了，明兒讓四小姐回來一趟，才從南邊送來的鮮果子，全給四小姐留著呢，可別忘了讓四小姐來吃啊！」對倒了一地的屍體瞧都不瞧一眼。

蘇遠之戲謔地瞧著徐佑，心中對他可同情了。瞧見沒？幫人家這麼大的忙，人家心裡惦記的還是自己孫女，徐大公子這是多不招人待見呀！

徐佑對蘇遠之戲謔的目光視而不見，面無表情地對管家點了下頭，淡淡地道：「知道了。」

那管家見狀，麻溜地跑回去了。

蘇遠之輕笑出聲，瞧了瞧還在燃燒的火光，對徐佑拱拱手，道：「也收拾得差不多了，老夫就先走一步了。」手一揮，沈家莊的後生有條不紊地跟著走了。

徐佑身邊那些五城兵馬司的人眼睛都瞧直了。剛剛那些殺神都還不滿二十吧？娘啊，一個個殺氣騰騰的，嚇死人了。

「大人，那位先生是……」副使按捺不住心中好奇，小心翼翼地問。

「那是嘉慧郡主的先生。」徐佑淡淡地道，又漫不經心地加了一句。「那群少年都是嘉慧郡主的親兵，上過戰場的。」

嘉慧郡主！眾人心頭一跳。難怪指揮使大人說自個兒懼內，若是自個兒夫人手底下有這麼一群狼崽子，他們也懼內啊！都說嘉慧郡主厲害，原來人家是有底氣。

蘇遠之領著沈家莊的後生回府，路上順手收拾漏網之魚，可到平郡王府門口一瞧，他吃了一驚。那地上橫七豎八倒的都是啥？怎麼這麼多呢？其他府裡也不過進了一小撮，敢情都直朝他們平郡王府來了？

蘇遠之下馬，拿過火把仔細一瞧，有流民，也有不是流民，雖然都穿著流民的衣裳，他還是一眼就分辨出來。一個個膘肥體壯的，會是連飯都吃不上的流民嗎？

「先生回來啦！」平郡王府的大門徐徐打開，歐陽奈從裡面走出來。「都平息了？」

蘇遠之邊往裡走邊道：「嗯，剩下的自有朝廷的人接手，咱們就不跟著湊熱鬧了。」他瞧了一眼外頭的屍體。「怎麼來了這麼多？府裡可有傷亡？」

「許是覺得咱們郡王爺和郡主都不在唄，要知道郡主的嫁妝可是多得讓人眼紅呢。」歐陽奈猜測著，想捏個軟柿子，撈上一票，沒想到反倒送了命。

在宮中苦苦煎熬的文武大臣和誥命夫人們終於等來了歸府的諭令，連寒暄都顧不上了，急急忙忙往宮門趕，急著回府去瞧瞧情況。

皇城的街道上寂靜無聲，除了侍衛來回巡察，還能看到大火燃燒過的灰燼，偶爾瞧見一、兩個倒在地上的死屍，無不讓人心驚膽戰。

文武大臣們回到府裡，瞧見府門還好端端的，裡頭也沒有哭聲，懸著的心先放下了一半。待叫來管家一番詢問，得知是平郡王府的侍衛幫忙打跑了流民，不由心生感激。

這一夜，得過幫助的府邸對平郡王府又有了新的看法。

不管他們心中怎麼想，承了平郡王府這麼大的人情是不爭的事實，自然是要登門拜謝一番的。

天亮之後，大家一交換情況，才發現雖然各府都有一定程度的損失，或院牆塌了一段，或被燒了幾間房舍，或是死了幾個下人，但都不算太嚴重，至少主子們沒有傷亡，尤其是平郡王府所在的這條街上，各家一點損失都沒有。

當然，也有個別府裡損傷嚴重的，比如房家。房閣老傷了兩個兒子，死了一個庶孫子，傷亡的奴才有十多個。

再比如秦家，那流民不知怎的竟竄到後院，捲走了無數珠寶不說，還砍殺了不少丫鬟婆子，秦相爺的妾室死了一個、傷了一個，還失蹤了一個。

秦相爺望著府裡的斷壁殘垣和燒得烏黑的木頭椿子，一絲表情都沒有。那個守祠堂的駝背老者被人攙扶著過來。「相爺，老夫慚愧啊！」不僅讓流民闖入後院，還被他們燒了祠堂，雖只燒了一點，但對他來說也是奇恥大辱。

「相爺，昨夜那些人太可疑，根本就不像是流民。」相府的戒備森嚴，流民再厲害也不過是烏合之眾，殺幾個手無寸鐵的百姓還行，闖進相府？他們還沒那個能耐。

秦相爺心知肚明，他本是打算渾水摸魚，沒想到卻被別人把他當魚摸了。能闖入相府的自然不是無能之輩，可想不起京中還有哪一方有這樣的實力。昨夜勇國公府府門緊閉，一點動靜都沒有；平郡王帶著五城兵馬司的人，忙著救火抵禦流民。至於那個嘉慧郡主則是一直困在宮中，他忌憚的幾個人都分身無術，不可能是他們。

難道是太子？可是戚家根本就沒有兵權。並非他小瞧戚家，而是這些年戚家一直都在他的眼皮子底下。

平郡王府的侍衛昨夜幫了許多府邸抵禦流民，這讓他警覺的同時也嗤之以鼻。平郡王這是要做什麼？收買人心？聖上還在上頭看著呢，當心搬起石頭砸自己的腳。

聽說領頭的那個仙風道骨、儒雅出塵，不就是房閣老那個被逐出家門的兒子嗎？叫什麼來著——房瑾是吧？

他想到房閣老府上損傷更加嚴重，眼底閃過嘲諷。房閣老趨利避害了一輩子，到頭來又如何呢？總共就一個有出息的兒子，還被自己逐出家門，他護著的這三個不還是沒護住嗎？聽說光是昨夜就傷了兩個，也不知房閣老悔不悔？

沈薇接了謝飛傳過來的消息，相當扼腕。昨晚闖進秦相府的偽流民便是殺手樓的殺手，她在宮宴中靈機一動，想到可趁亂把秦家祠堂密室裡的那個老者給劫出來，於是便趁著更衣的機會給謝飛傳了消息。

遺憾的是謝飛帶人衝進密室後，卻發現人去室空，那個老者早被移了出去。秦相爺這隻老狐狸！沈薇暗恨不已。

金鑾殿上，蘇遠之恭謹地跪在地上，朗聲道：「草民蘇遠之叩見聖上。」

「平身。」雍宣帝的神情無比愉悅。雖說昨夜京中遭了流民襲擊，好在應對及時，損傷不大，不過兩個時辰便徹底平息了。「你叫蘇遠之是吧？聽平郡王和眾位愛卿說，昨夜是你領著平郡王府的侍衛幫著抵禦流民？」

對這個蘇遠之的底細，雍宣帝也查得清清楚楚，他就是房閣老那個被逐出家門的長子房瑾，二十多年前那位驚才絕豔的狀元郎，不僅胸有丘壑，一筆錦繡文章就是父皇都稱讚不已，直呼這又是一個甘相。

沒想到後來出了那事，他也銷聲匿跡了，父皇還惋惜許久呢，誰想到二十多年後他成了沈小四的先生，重新站到文武百官面前。

蘇遠之起身，答道：「回聖上，草民正是蘇遠之，江南石坪縣人士，父母雙亡，孑然一身。承蒙嘉慧郡主不棄，收留在身邊做個教書先生，現今在平郡王府混口飯吃。」聲音清越，態度不卑不亢。

這讓雍宣帝更加滿意了，不著痕跡地掃了一眼房閣老，溫和說道：「你既然是嘉慧郡主的先生，自然學問不俗了；昨夜平叛，你又立了大功，朕心甚慰，就到兵部領個給事中的差吧。」雍宣帝很大方，一出手就是個六品的實缺。

殿中的大臣羨慕極了。能站在這殿中的，自然不會把區區六品瞧在眼裡，可這個白身的蘇遠之輕輕鬆鬆就得了個六品，還是有實權的給事中，怎不讓他們眼紅？

卻聽蘇遠之道：「草民多謝聖上的恩典。護衛京城安全是每個大雍子民應盡的責任，草民閒雲野鶴慣了，這輩子唯願在平郡王府當一教書先生，實在不是當官的料子，只好辜負聖上的一番美意了。」

他居然拒絕了雍宣帝的授官?!眾大臣看他的目光就跟看怪物似的。這人腦子沒毛病吧？六品的給事中，多少人爭破了腦袋都還得不到，難道還不如一個破教書先生？

「說得好！」雍宣帝卻拍掌大讚。「若是我大雍的朝臣都如先生這般，大雍何嘗不昌盛富強？也罷，你既然不願為官，朕也不勉強你。這樣吧，朕賞你一個體面，天下任你行走，二品以下的官員無須跪拜。」

「草民謝恩。」蘇遠之沈聲道，斂下的眸子裡滿是平靜，身側的拳頭卻微微顫抖。

大臣們看向蘇遠之的目光複雜極了，已不是羨慕嫉妒恨能表達的，那些知道內情的老臣們則意味深長地向房閣老瞟去。

房閣老瞧著傲然挺立的那道身影，心中無比酸澀。

這是他的長子，被自己親手逐出家門的長子；可他的長子恨他，恨整個房家。

昨夜，房家左邊的張閣老府上毫髮無損，右邊的李學士府上也是未有損傷，只有房家遭了流民，他的二子、三子都傷了，一人斷了腿，一人腰上被砍了一刀。二子的庶長子也遭了不測，一把長刀從前胸捅個透心涼。

而長子領人援助京中大半的大臣府邸，獨獨略過房家，這是恨他呀……

第一百三十七章

出了金鑾殿，諸位大臣三三兩兩便走散了，蘇遠之也隨著小太監往外走。

「阿瑾。」

蘇遠之的心頭一跳，腳下卻沒有慢下來。

「阿瑾。」房閣老又喚了一聲，可惜前頭那個傲然的背影卻似沒聽到一樣。

房閣老無奈，只好道：「遠之，蘇遠之。」這名字讓他想起原配夫人蘇氏，那個柔順而安分的女子。

蘇遠之這才停住腳步，徐徐轉身，跟在身邊的小太監輕聲提醒道：「這位是內閣的房閣老。」

蘇遠之緩緩道：「房閣老喚住草民何事？」他眼神清澈，不帶一絲感情，就好似在看一個陌生人。

這讓房閣老的萬千話語頓時噎在喉間，原配蘇氏的面容再一次浮現在眼前。他以為自己早就忘記了她的容顏，可此刻面對著長子，這才察覺蘇氏一直就在那裡，帶著淺淺的笑，溫柔地立在那裡。這個長子不僅像他，亦是像她的呀！

「房閣老若是無事，草民便先走一步了。」蘇遠之的態度恭敬又疏遠。

這讓房閣老心裡十分難受，沈痛道：「阿瑾，你真的那般恨爹嗎？都來了京城，卻連家門都不願意進。」

蘇遠之心頭微諷。不愧是天生的政客。他平靜地望向房閣老。「房閣老認錯人了吧？在下姓蘇，名遠之，乃江南人，父母早已雙亡。」

他也不算是說謊，他娘就是江南石坪縣人，是個窮秀才的女兒。當初他被逐出家門便去了石坪縣，瞧了娘親曾經生活過的地方，只可惜外祖家已經沒人了。

「阿瑾！」房閣老的表情更加沈痛，聲音似也帶著三分不滿。「你心中就是有再多的恨，也不該遷怒到你兄弟身上呀，你們到底是親兄弟哪！阿瑾，回家吧，跟爹回家去吧！」

蘇遠之嘴角微微勾起，凝視著眼前這個曾經崇拜無比的權臣，心中卻再也掀不起絲毫波瀾。「看來房閣老是真的認錯人了。好教房閣老知曉，草民的娘親只生了草民一個，草民並無兄弟，連姊妹都沒有。」說完這話，他轉身繼續朝前走去。

恨？那是多奢侈的感情，他早就過了怨恨的年紀。郡主說得對，沒有愛，何來的恨？

房閣老望著長子漸漸遠去的背影，張了張嘴，到底沒有喊出聲來。此刻他的心中百味參雜，才是真的悔得腸子都青了。若是知道二子、三子、四子這般無用，說什麼也不會放棄這個長子啊！

蘇遠之回到平郡王府時，沈薇已經擺好宴席等著給他慶祝了。瞧她眼中的關切，蘇遠之心頭一陣溫暖，又想起自己那個早逝的閨女。

「郡主，老朽以後還得麻煩妳了。」蘇遠之嘴角噙著和煦的笑意，對沈薇拱拱手。

沈薇皺了皺鼻子，很認真地道：「咱們不是早說好了嗎？我會替先生養老送終的。」

蘇遠之眼眶不由一熱，臉上的笑意更濃了。「好。」

因為流民事件，大過年的徐佑也不得清閒，每日早出晚歸。他雖沒和沈薇說，但沈薇也能猜到他在查什麼。

所謂的流民，不過是一群吃不上飯、活不下去的農民，就是手裡拿的武器也不過是鋤頭、砍柴刀，如何能攻破城門進入京城？裡頭沒有貓膩，沈薇是不信的，雍宣帝自然更是不信，得弄清楚是誰給流民開了方便之門？是誰背叛了自己？

今年是會試年，出了正月，京中便越發熱鬧起來，各地趕考的舉子紛紛齊聚京城，沖散了流民帶來的陰霾。

此次春闈的主考官已經定下來，是禮部的尚書大人唐晉，這讓太子一派喜上眉梢。無他，這個唐晉曾給太子講授過學問，算是太子的人。

自從落實這個消息，太子殿下便春風得意，走到哪兒都不自覺地揚高了三分頭，就是瞧見二皇子也沒有以前那般厭惡，只覺得父皇行事還是很有分寸，對他這個太子還是挺看重的。

太子一派高興了，二皇子這邊自然扼腕，攛掇著看能不能撈個副考官，好歹也能搶上一些人才。唯獨秦相爺不動聲色，一副老神在在的模樣。

沈紹俊也已經趕到京城，除了復習功課就是被沈弘軒領著拜見各位大人。

轉眼到會試這日，無數舉子紛紛湧向貢院，開始為期九天的科考。

在會試期間，晉王府出了一件石破天驚的大事。

這天是休沐日，天兒挺好，難得徐佑沒事，便決定帶沈薇去城外逛逛。東西都準備好了，沈薇還換上騎馬的衣裳，就見梨花帶著個眼生的丫鬟匆匆跑進來，那丫鬟一瞧見徐佑和沈薇就撲了過來，大聲喊道：「快救命啊！王爺跟王妃要打死茹婆婆！」

兩人齊齊變了臉色。「打死茹婆婆？為什麼？」

那丫鬟滿臉焦急。「大公子、大夫人，趕緊去救人吧！再晚就來不及了，奴婢受過茹婆婆的大恩，好不容易才偷跑出來。」

徐佑和沈薇對視一下，揚聲吼道：「備馬！」連馬車也不坐了，直接翻身上馬朝晉王府飛馳而去。

到晉王府門口，門房的奴才臉上諂媚的笑容才綻開一半，就被跟著的桃花、月桂扔到一邊去了，徐佑和沈薇一打馬便闖了進去。

兩個人趕到晉王妃院子的時候，茹婆婆正被按在春凳上打，那高高揚起的木棍一下一下打在茹婆婆的身上，晉王爺夫妻則凝著臉，冷冷地旁觀著。

「住手！」徐佑大喝一聲，向來面無表情的臉面染上了憤怒。當他的目光觸及茹婆婆身上的斑斑血跡時，射向晉王爺夫婦的目光帶著駭人的氣勢。

長子眼底的恨讓晉王爺忍不住瑟縮了一下，隨即是十二分的憤怒。「打，給本王繼續打，誰讓你們停下的！」

「我看誰敢！」徐佑盯著晉王爺，一字一頓地道，飛起一腳，把那個行刑的小廝猛踹出去。小廝像顆球似的滾出去，噴了兩口鮮血便不動了。

小泉管事戰戰兢兢跑過去，伸手在他的鼻端探了探，臉色變得蒼白。「王、王爺，人死了……」他顫抖著聲音道。

「你這個逆子！」晉王爺抖著手怒罵徐佑。

可徐佑好像沒聽到一樣，冷冷地環視在場的每個人。「誰敢上前一步試試。」

「柳大夫，快給茹婆婆瞧瞧。」沈薇蹲下身把地上的茹婆婆攬進懷裡，絲毫不介意她身上的血污弄髒衣裳。

氣喘吁吁趕到的柳大夫忙小跑著上前。

茹婆婆睜開緊閉的眼睛，看著徐佑和沈薇，那張沒有血色的臉上滿是慈祥。「不用費心了，老奴怕是不行了……」

「婆婆別說話，讓柳大夫給妳瞧瞧傷，他醫術很好的，妳定不會有事的。」沈薇輕聲安慰。

徐佑雖然沒有說話，但眼底的關切也是這個意思。茹婆婆便嘆了一口氣，慢慢伸出手臂。「大公子，你別難過，老奴都一把年紀了，也活夠本了……小姐一個人在地下孤零零的，老奴也該下去陪她了……」大仇得報，她終於可以放心地去陪小姐了。

「茹婆婆！」徐佑只覺得鼻子酸酸的，他咬著牙，強忍著。

片刻後，柳大夫收回了手，對徐佑和沈薇輕輕搖搖頭。「郡主，這一回屬下也無能為力了。」臟器都傷到了，他醫術再好也是救不回。

「不能再想想法子嗎？」沈薇不死心地問。

柳大夫嘆氣著搖頭。茹婆婆便抓住沈薇的手，輕拍了一下。「好孩子……妳的好意老奴心領了，老奴不怕死，老奴唯一放心不下的就是大公子……他打小就是個沒人疼的，以後大公子就交給妳了……」

饒是沈薇都忍不住眼圈紅了。「茹婆婆放心，我會好生照顧大公子的。」

茹婆婆費力地點了下頭，面上露出欣慰，嘴角一抹恬淡的笑，卻讓沈薇和徐佑心裡更加難受。

徐佑站起身，咄咄逼人。「父王、王妃，你們是不是該給兒子一個交代？茹婆婆犯了什麼錯？你們連母妃身邊最後一個人都不放過嗎？」

「交代？是大哥應該給我們一個交代吧！大哥可知這個該死的老奴做了何事？」先跳起來的卻是世子徐燁，他額上青筋暴突，臉色猙獰。再瞧徐炎，也是如此。

此時晉王妃開口了。「大公子，你可知她做了何事？她居然給你兄弟下絕育藥，害得你兄弟再不能有子嗣，這般惡毒的奴才千刀萬剮都不為過。」晉王妃射向茹婆婆的目光似淬了毒。

緊閉雙目的茹婆婆卻猛地睜開眼睛，帶著仇恨。「報應，這是報應！宋氏可還記得妳對我家小姐做過什麼事？我老婆子不過是以牙還牙，以眼還眼罷了……妳個毒婦、惡婦，乖乖受著吧！」

茹婆婆瞧見晉王妃臉上驚駭的表情，一臉痛快。她急促地喘著氣，臉上卻露出笑容，一副解恨的樣子。

沈薇有些不忍。「茹婆婆，別說了，歇會兒吧。」

茹婆婆卻道：「大夫人，就讓老奴說吧，老奴若是現在不說，以後怕是沒機會了……」從謀劃報仇的那一刻起，便沒想過還能活著。活著有什麼意思呢？小姐不在了，親近熟悉的人也都不在了，獨留她一個人活著有什麼意思？她不怕死，但在死之前，她一定要揭開宋氏的美人畫皮，讓大家都瞧瞧她到底是個什麼噁心玩意兒。

「說，讓她說，本王就看她能說出個什麼來！」晉王爺冷聲道。

「王爺！」晉王妃淒厲地叫了一聲，想要阻止，可壓根兒就沒人理會。她瞳孔猛縮，心中駭然，身側的手微微顫抖。

那件事難不成被這個老奴發現了？不、不會的，她做得隱密，除了她和那個給她密藥的師太，再沒有第三個人知道，而那個師太也早被她滅口了……

對，這個老奴在詐她，她絕不能自亂陣腳！穩住，穩住。

晉王妃這樣告訴自己，竭力讓自己冷靜下來。

「宋氏，妳害怕了吧？哈哈哈，妳用那般手段害了我家小姐還想有好下場，妳休想！」最後三個字，茹婆婆幾乎是從牙縫裡擠出來的，仇恨的目光緊盯著晉王妃的臉，猶如惡鬼。

晉王妃忍著心頭的顫抖，色厲內荏，大聲指責道：「本王妃又沒做虧心事，害怕什麼？誰不知道前晉王妃死於難產，跟本王妃何干？妳這個老奴少在這裡妖言惑眾了，妳這般對本王妃不敬，理應亂棍打死！」

茹婆婆卻哼了一聲，不再瞧她，而是把目光轉向徐燁和徐炎。「世子爺和三公子不是要交代嗎？呵呵，你們是沒什麼錯，可你們身為宋氏的兒子，這就是你們最大的錯……當初我家小姐和大公子又有什麼錯？母債子償，這不是天經地義嗎？」

隨後，她的視線落在晉王爺身上。「王爺，你把這麼個陰毒狠辣的宋氏當寶貝，而對我家小姐的好視而不見，你就是個眼瞎的！你害了我的小姐，你活該被蒙蔽！老奴我真恨不得撕了你們這對狗男女，我恨不得吃你們的肉、喝你們的血！」茹婆婆幾乎是扯著嗓子吼，眼中的仇恨是赤裸裸的，毫不掩飾。

「妳這個刁奴！拉下去，給本王拉下去打死！」晉王爺氣得臉都扭曲了，之前還想耐著性子聽這個老奴說什麼，現在是一點都不想聽了，可身邊的奴才卻沒一個敢動的，令他又難堪又憤怒。

可是這些奴才寧願承受晉王爺的怒火，也不願意得罪大公子呀！前車之鑑還在地上躺著呢，誰敢上趕著送死？

茹婆婆見狀又桀桀笑了起來，聲音乾澀難聽，臉上帶著痛快。「王爺，三夫人生的那個孩子，你瞧見過沒有？那症狀是不是跟我們大公子生下來時一模一樣？大公子是早產，可三夫人的小公子卻是足月生的，王爺就沒懷疑過嗎？哈哈，沒錯，是老奴我動的手腳……可我這手段也是跟宋氏學的。當初小姐有孕，老奴處處提防，唯獨沒防王爺你，這個宋氏……這個狠毒的宋氏，她居然把『日日醉』的密藥下在王爺的衣裳上，害了我家小姐，害得大公子生下來就羸弱……」

「妳、妳血口噴人！妳有何證據？」晉王妃猛地攥緊帕子，大聲反駁，臉色憤怒無比，好似受了多大的冤屈。「王爺，妾身沒有做，您切不可聽這老奴胡言亂語！」

「王妃，有沒有做妳自個兒心裡明白，妳這般慌張急著撇開，不是此地無銀三百兩嗎？」沈薇閒閒說道。真是開了眼界，宋氏連這樣的法子都能想到。

「妳以為妳做得隱密，把那個給妳密藥的師太滅口，就沒人知道了嗎？宋氏，老天是長眼睛的！妳不知道吧？那個師太也不是什麼正經人，她與人私通生下個小閨女，她給妳這麼陰損的藥，自然也防妳翻臉無情，就把這事告訴了閨女，後來可不就讓先帝爺查出來了嗎？不然妳以為妳為何空有王妃名頭，不得上皇家玉牒？先帝爺早防著妳呢……」茹婆婆臉上是濃濃的諷刺。

「先帝爺到底心疼兒子，加之妳有孕在身，先帝爺便把這事隱了。可蒼天有眼，還是教老奴知道了，從那時起，老奴就發誓：一定要替小姐報這個仇！老奴要讓妳斷子絕孫，永失香火！於是老奴就弄來『日日醉』，以同樣的方法下在三公子的身上……哈哈，三夫人果然就生下了個病孩子！我告訴你們，那個孩子活不過滿月！」茹婆婆眼神迷亂，揮手嘶吼著。

「妳這個惡毒的老奴，稚子何辜？」徐炎跳起來指著茹婆婆怒吼，眼睛都紅了。想起那個生下來就被太醫診斷帶了胎毒的嫡長子，他是憤怒滔天又無比心痛，狠狠地盯著茹婆婆，似要把她給吃了。

茹婆婆卻絲毫不以為意。「三公子現在知道稚子何辜了？那我們大公子呢？我們大公子就不是稚子了，難道他就該死不成？我們小姐不是更無辜？就因為擋了宋氏的路，她就用陰損手段害了我家小姐！」茹婆婆的目光陡然一厲。「要怨就怨你們的母妃吧，誰讓你們有個好母妃呢，我家小姐死在她的手上，那她也別想好了！老奴在這晉王府待了二十多年，還能收買不了幾個人？世子爺和三公子日日吃的穿的用的，可都是老奴費了無數心思送上去的呢……宋氏，妳絕了後，老奴便能安心下去陪小姐了……」

第一百三十八章

晉王妃的臉色又是一變，想起太醫的診斷，整個人都在哆嗦。絕嗣！燁哥兒和炎哥兒再也無法有子嗣了，她再也抱不上孫子了……

不，還有昶哥兒，她還有昶哥兒呢！昶哥兒極少待在府裡，一定還沒有遭了這老妖婆的毒手！對，她的昶哥兒還能為她生下小孫子，她不會斷了香火的！

茹婆婆好似看出她心中所想，嗤笑一聲道：「妳是在想還有四公子吧？呵呵，四公子十二、三歲就破了童子身，這幾年更是在外頭花天酒地，不用老奴動手，他就自個兒把身子糟蹋壞了，他早就無法有子嗣了。不然妳可聽過他讓女人有孕的消息？」

晉王妃整個人都絕望了，臉色蒼白地撲到晉王爺跟前。「王爺，您可要給妾身作主啊！這個老奴太狠毒了，她居然對您的子嗣動手！」她的牙齒都在打顫。

晉王爺卻是目光複雜地盯著她。「是妳在本王衣裳下了密藥？」他面色平靜，語氣亦十分平靜。

可晉王妃心中卻生起恐懼。「沒有，妾身沒有，王爺您要相信妾身啊！」

她拚命搖頭，想要後退，卻被晉王爺一把掐住下巴。「沒有嗎？沒有的話，怎麼那孩子的症狀跟佑哥兒生下來時一模一樣？宋氏，妳說實話，妳跟本王說實話，是不是妳？」

晉王爺那樣平靜，平靜得瞧不出脾氣，可晉王妃卻好似瞧見了厲鬼一般，花容失色。

「不是我，不是我……真的不是我！」她想掙脫箝制，卻又不敢動一下。

「不是妳？那妳告訴我，炎哥兒院子裡那個孩子是怎麼回事?!」晉王爺陡然怒吼，掐著晉王妃的手也愈加用力。「宋氏，妳真是好本事，把本王當猴耍，妳很得意是吧？」

晉王妃被他掐得痛苦慘叫，拚命搖頭，卻怎麼也掙扎不開。眼瞅著她臉色憋得發青，馬上就要喘不過氣來了。

徐燁和徐炎見狀大驚，忙上前阻攔。「父王，快鬆手，您會掐死母妃的！」兩人也顧不得其他了，用力去扳晉王爺的手。也不知晉王爺今兒是怎麼了，那手勁特別大，徐燁和徐炎兩人費了九牛二虎之力才把晉王妃救下來。

得了自由的晉王妃抓著自己的喉嚨劇烈咳嗽，眼神呆滯，一個勁兒地說：「不是我，不是我……王爺，真的不是我……」一邊說，一邊朝後退去，眼底是深深的驚恐。

茹婆婆看到此景，臉上露出一個似悲似喜的笑容，高聲道：「報應啊！小姐啊，您在天有靈都瞧見了吧，老奴給您報仇了，宋氏斷子絕孫了！」她微仰著頭，目光穿過虛無，定在半空，好似小姐就站在那裡。

沈薇覺得心酸無比，低聲喚了一句。「茹婆婆……」

徐佑也是面色難看。「茹婆婆，妳應該早點告訴我的。」身為人子，替母報仇應該是他的事呀！

茹婆婆卻笑了。「大公子，報仇的事有老奴就夠了……您跟大夫人要好好的，替小姐生個大胖孫子，老奴就是到了地底下也能安心了……」怎麼能告訴他呢？大公子已經夠可憐的了，她怎麼忍心再讓大公子背負這樣沈重的仇恨呢？她不能讓大公子背上不孝的名聲。

徐佑閉了閉眼，掩去沈痛，伸手抱起茹婆婆。「茹婆婆，我帶妳走，咱們回平郡王府。」這個破地方，他一刻都不想待了。「江黑、江白，去祠堂把母妃的牌位請出來。」母妃也不想再待在這裡的。

徐佑抱著茹婆婆，步履堅定地朝外走去，沈薇跟在旁邊，那銳不可當的氣勢硬是逼得滿院子的奴才紛紛後退，連晉王爺都瞠目結舌，愣在原地。等他醒過神來，徐佑一行早就走遠了。

茹婆婆還是去了，柳大夫用金針拖延了兩天，仍是沒能把她留住。這兩天，徐佑衣不解帶地守在茹婆婆床前，沈薇便默默陪在他身邊。

茹婆婆嘴角含笑，走得安詳。沈薇心中嘆了一口氣，伸出手輕輕抱住徐佑，卻連一句安慰的話也說不出口。

他們把茹婆婆安葬在母妃段氏的墓旁，親自立碑祭拜。看著滿天飛舞的紙錢，沈薇是說不出的難受。

從墓地回來，徐佑就病倒了，發起了高燒，燒得臉色通紅、人事不醒，連宮中的太醫都驚動了。

沈薇不眠不休地顧了他一整夜，天明時，高燒才勉強退下去。

「我又病了嗎？」徐佑睜開眼睛，虛弱地道：「妳守了我一夜？」他瞧著眸中布滿血絲，明顯一夜未睡的沈薇，面上閃過心疼。

「你快把我嚇死了。」她是真的嚇著了，以往總聽別人說徐佑身子骨不好，與人對陣時，她也常拿此事說嘴，心裡卻沒當回事。因為自從認識徐佑以來，他就是強悍無比的樣子，尤其在床上，好似有用不完的精力，每每都逼得她求饒。可昨晚真是快把她嚇死了。

徐佑露出一個蒼白的笑容。「我沒事了，妳快去歇會兒吧。」

沈薇搖頭。「你餓了吧，想吃點什麼？我吩咐廚房去做，先吃點東西，一會兒還得喝藥。」

徐佑見狀便道：「我現在還不餓，不然妳過來再陪我睡一會兒吧。」他拍了拍身邊的位置。

沈薇想了想，便脫掉鞋子爬上床，在徐佑身側小心翼翼地躺下來。徐佑伸出手臂把她攬在懷裡，輕輕地拍著她後背。本就疲倦不已的沈薇很快便沈入夢鄉，而徐佑也放心地閉上眼睛。

徐佑這場病養了大半個月才慢慢康復，沈薇天天圍著他轉，也沒時間和精力關心外頭的事情。

等徐佑徹底好起來，春闈的榜單都已經出來了。第一名不是享譽京城的才子衛瑾瑜，而是一個名不見經傳的舉子，叫宋衡。

第二名是北直路的一位舉子，年過三十，叫崔淨。

第三名才是永寧侯世子衛瑾瑜。

沈紹俊考得也不算差，二甲第二十三名；三姊夫文韜也在二甲，二甲第七十七。

會試之後就是殿試，雍宣帝欽點了前三甲狀元、榜眼、探花。

狀元便是宋衡，榜眼是崔淨，探花則是衛瑾瑜。

至於那日，晉王妃被當著眾人的面，尤其是親生兒子的面揭了畫皮，那個難堪簡直無法用言語來形容。晉王爺走時，那冷冽陰鷙的目光也讓她如芒刺在背，果然，到了下午，她就走不出院子了。

許是瞧在三個嫡子的面上，晉王爺沒有讓她搬出正院，而是直接把正院封了，她身邊只餘施嬤嬤一個人伺候，連使得最順手的華煙也被調離了。

晉王妃又驚又怕又氣憤，把屋子裡的東西全砸了。

望著發瘋般的王妃，施嬤嬤哪敢攔？縮在角落裡嘆氣。她是晉王妃身邊的心腹嬤嬤，可也只是隱約知道王妃進王府是使了些手段的。茹婆婆那樁事揭出來時，她亦是嚇了一大跳，才猛然想起王妃曾一度跟個師太走得很近。

晉王妃砸累了，坐在椅子上平復心中的怒氣，施嬤嬤這才站出來清理滿地狼藉。現在王妃身邊只剩下她一個人，這些活自然也落到她的頭上。

倒不是她有怨言，相反地她非常清楚：她是王妃的奶嬤嬤，誰都能離開王妃身邊，只有她不能。也罷，她都一把年紀了，還有幾年好活？就陪王妃在這院子裡熬吧。

「世子呢？三公子和四公子呢？他們怎麼還沒來？」晉王妃大聲問道。王爺靠不住了，她還有三個嫡子呢，卻壓根兒就忘了因為自己，兒子們再也不能有子嗣了。

蹲在地上收拾東西的施嬤嬤手一頓。能說公子們不會來了嗎？至少短時間內是不會來的。

施嬤嬤沒有作聲，晉王妃卻不會善罷甘休，揚聲衝著外頭喊：「去，快去把世子他們叫過來，本王妃有事跟他們說！」

好半天，外頭才傳來粗使婆子甕聲甕氣的聲音。「王妃見諒，沒有王爺的命令，奴婢不敢擅自作主。」王爺讓她們守在這裡，若是她們擅自離開了，回頭王爺追究下來——想到上午從這院子裡抬出的一具具屍體，婆子們此時還心有餘悸呢。王爺開恩，特意留了她們一命在此看守王妃，怎麼敢不經心？

晉王妃勃然大怒。「本王妃還沒失勢呢！這就上趕著落井下石了，妳們給本王妃等著！」

施嬤嬤無法，只好上前勸說。「王妃，您跟個奴婢置氣什麼？快消消氣，別氣壞了身子。回頭世子爺和三公子、四公子又該心疼了。您歇一會兒吧，這都折騰一上午了，世子爺他們都累得不輕，等歇息好了肯定會來看您的。」

好說歹說總算把晉王妃勸進內室歇息，她轉身出來就直嘆氣。看這架勢，王爺是徹底惱了王妃，世子爺他們對王妃也是不無怨氣，偏偏王妃還不自知，愁啊！

正如施嬤嬤想的那樣，徐燁和徐炎雖然嘴上沒說，心裡對母妃卻是十分怨恨。打他們記事起，母妃就是端莊賢淑、雍容華貴，而且跟父王的感情很好；隨著年齡增長，他們雖也知道母妃有些手段，卻沒有放在心上，畢竟哪家的當家主母沒有幾分手段呢？

可他們萬萬沒想到母妃居然是那樣不擇手段的人，也才知道原來大哥生母的死和大哥的身體都是母妃造成的，這讓他們情何以堪？尤其還因為母妃連累他們再也不能擁有子嗣，他們就是再孝順也不能不心生怨言。

世子夫人吳氏的眼睛都哭腫了，哽咽著道：「世子爺……」原來不是她不能生，而是世子爺不能生呀！

徐燁木著一張臉，想著再也無法擁有自己的子嗣，心裡就跟用刀割一般地疼。他瞧著妻子那紅腫的眼睛，心頭不由湧上一絲愧疚。「這都是命，好在咱們還有兩個閨女，好生把她們養大，實在不行，就把二姊兒留在家裡招婿吧。」他慶幸那個茹婆婆下手得晚，不然他就跟他三弟一樣，連個親生骨肉都不能有了。

吳氏嗚咽著，將臉貼在他的胸膛，輕輕地點頭。「妾身、妾身就是覺得，若大姊兒或二姊兒有一個是兒子就好了……」

徐燁也想啊，可這是他想就能改變的嗎？他長嘆一口氣，眼底全是酸澀。

其實吳氏遠沒有表現出來的傷心，甚至心底還悄悄鬆了一口氣。沒有兒子雖然遺憾，但她好歹還有兩個親閨女呀！現在世子爺不能生了，以後也不會有庶子庶女，整個晉王府都是她兩個閨女的了。況且因為這事，世子爺對她有愧，以後這後院再也沒人敢蹦躂著給自己添堵，一想到這些，便也不那麼傷心了。

徐炎那邊卻是另外一幅情景。胡氏摟著新生的兒子哭得歇斯底里。「我的孩子，我的兒呀！那該死的老殺才，冤有頭債有主，憑什麼就找上我無辜的兒呀！」

她好不容易生下王府的嫡長孫，可如今卻知孩子在胎中就中毒，活不過滿月，而且夫君還被下了絕嗣藥，她整個人絕望了，只覺得天都要塌下來了，這以後的日子還有什麼盼頭……

「憑什麼她作的孽要報應在我兒子身上？夫君啊，妾身沒法活了，我乾脆跟著一塊兒去了吧！」她低頭瞧著懷裡的兒子，哭得肝腸寸斷。

徐炎整個人都是懵的。他再也不能有子嗣了，掙下的家業給誰？二哥好歹還有兩個親閨女，他有什麼？唯一的這個兒子還是保不住的，還得眼睜睜地看著唯一的兒子死去，一想到這兒，他就如萬箭穿心。

「哭有何用？」徐炎猛地站起來，赤紅著眼睛，猶如那受傷的野獸。「把孩子抱下去，妳嚇著他了。」他的目光落在孱弱的孩子臉上，小小的額頭、鼻子和嘴巴，尤其那嘴巴和鼻子，簡直跟他一個模子刻出來似的……他不由眼眶一熱，差點就掉下淚來。這是他的兒子呀！

奶娘過來要接孩子，胡氏卻下意識地抱緊，眼底全是警戒。「這是我的兒子，我誰也不給。」

奶娘尷尬地站在原地，為難地看向徐炎。

徐炎瞧著咧開嘴大哭的孩子，心底一軟。「讓奶娘抱下去吧，讓太醫再給瞧瞧，是不是該用藥了。」

胡氏一聽，眼睛頓時亮了。「對，太醫！夫君，咱們哥兒中的毒不是跟大哥一樣嗎？大哥都沒事，那咱們哥兒也肯定有救。夫君，您去求聖上，咱也把哥兒送山上去，妾身去給老神醫磕頭，哪怕要妾身以命換命都成，只求他能救咱們哥兒一命！」

徐炎卻別開視線，不忍看胡氏充滿希望的眼睛。「好，我明日就進宮求聖上。」他心裡卻明白，就是求聖上也沒有用，哥兒中的毒太深了，即便天神下凡也救不了。

至於秦穎穎則是一陣激烈爭吵。事發時，她雖沒在場，事後卻都聽說了。一想到徐昶因為貪花好色廢了身子，再也不能有子嗣，她就恨得全身發抖。

她才嫁過門多久？還不到半年，徐昶也就新婚那一個月還算老實，之後便原形畢露，不僅隔三差五地不回府，就是在府裡，那眼睛也盯在漂亮丫鬟的身上，她帶過來的四個陪嫁丫鬟，已經有三個被他摸上手。

她吵也吵了、鬧也鬧了，徐昶面上答應得好好的，一轉身又是我行我素。

秦穎穎回娘家哭訴，娘卻勸她。「哪個女人不是這般過來的？就是妳爹、妳大伯，不也有好幾個妾室？妳現在當務之急就是趕緊生下嫡子、立穩腳跟，只要妳有了兒子傍身，哪個妾室都不能越到妳前頭去。」

嫁都嫁了，不認命又能怎麼樣呢？不過半年，秦穎穎的心便枯槁了。她決定聽她娘的話，趕緊生個嫡子，可沒承想晴天炸了個霹靂，徐昶玩壞了身子，再也不能有子嗣了！那自己怎麼辦？

她氣得跟徐昶大吵一架，可徐昶一副吊兒郎當的樣子，斜著眼睛歪著嘴。「沒子嗣就沒子嗣，過繼不就行了？多大點事。」

過繼？過繼能和親生的比嗎？她又不是不能生，憑什麼要給別人養孩子？秦穎穎氣得快瘋了，嚎啕大哭起來，氣自己命苦，怎麼就攤上這麼個渾不吝的貨？徐昶被她哭得心煩，乾脆甩手走人了。

秦穎穎見狀，更是悲從中來，想到以後將無依無靠，只覺得一點活路都沒有了。

突然，她猛地站起來，揚聲吩咐。「收拾東西，回相府！」

和離，她一定要和離！這樣的日子沒法過了。

第一百三十九章

晉王妃所出的三個嫡子絕嗣的消息還是傳了出去。

雖然晉王爺立刻杖斃了一批在場的奴才，又親自下了封口令，但這事仍是傳了出去。

這消息驚得眾人目瞪口呆。絕嗣，這是多陰損的事呀！待弄清楚事情的來龍去脈，眾人紛紛閉嘴了。

雖然過去了二十餘年，但當初晉王府鬧的那一齣一齣戲碼，大家都還記憶猶新。堂堂晉王爺為了個女子不要前程，逼得髮妻身亡，多少人嗤之以鼻？當時前王妃段氏沒了的時候，各府的夫人們就在心裡暗自嘀咕，覺得這事肯定跟宋氏脫不了關係，沒想到還真是那位的手筆。

有那通透的家長把家中子弟都喊過來告誡。瞧見沒？後院不寧就是亂家的禍根，通房能睡，小妾也可以有，但絕不可寵妾滅妻。主母們則趁此機會收拾起後院那些不老實的姨娘小妾，那些小妾姨娘苦不堪言，卻又無處訴說。

晉王妃等了好幾天，依然沒等來兒子們，也不知道她是怎麼想的，脾氣一天比一天暴躁，不是砸東西就是罵人，弄得施嬤嬤都跟著焦頭爛額。

「王妃，王爺正在氣頭上，世子爺跟三公子、四公子敢過來嗎？」施嬤嬤耐心勸道。

可當晚晉王妃就出事了。施嬤嬤睡得迷糊間，就聽到王妃好似喊了一聲：「有鬼啊！」聲音異常淒厲。等她下床找過來時，就見王妃躺在地上，已經人事不省了，青白的臉上還帶著殘留的驚懼。

施嬤嬤大駭，慌忙喊人，喊了半天才有兩個粗使婆子慢騰騰地過來，一瞧情形，頓時也慌了。

折騰了好一會兒才把三公子院子裡的太醫請過來，太醫一瞧晉王妃那樣子，心裡咯噔一下。果不其然，一診治，晉王妃中風了，而且因為耽擱些時間，已經頗為嚴重，能保住一條命就不錯了，想要恢復怕是不能了。

晉王妃中風，口不能言、腿不能走的消息傳出來後，世子爺徐煒穿衣裳的手一頓，淡淡地道了一句「知道了」，便沒了下文。

徐炎沈默不語，徐昶則在花樓裡胡天胡地，還不知道親娘中風呢。

晉王爺得了消息，則是滿臉不耐煩地揮揮手，似乎任何晉王妃的事情都不想知道。

這段時間，晉王爺的日子一點都不好過，被皇兄叫去宮中訓斥了一頓。「你這輩子就是荒唐！朕不指望你替朕分憂，可你能不能別把皇家的臉扔地上踩？朕的臉面、皇家的臉面全被你敗壞光了！」

雍宣帝瞧晉王爺的目光可嫌棄了，就跟瞧鞋子上的污泥似的。

晉王爺早就被皇兄訓斥慣了，以前總是耷拉著腦袋，一副死豬不怕開水燙的模樣，唯獨這一回心生愧疚，面帶難堪。

打皇宮回來，晉王爺就把自己關在書房裡，沒臉出門了。他想了很多很多，段氏和宋氏的面容輪換著在腦海中出現，然後他想到了自己的父皇。

那一回，他跪在父皇的御書房外，請求讓宋氏進門，父皇最終雖答應了，卻指著他的鼻子大罵。「你就是個蠢貨！朕怎麼會有你這樣愚蠢的兒子？你早晚要後悔的！」父皇被他氣得臨去前都不願意瞧他一眼。

如今一語成讖，他可不就後悔了嗎？長子跟自己不親，現在更連一聲父王都不願意喊了。二子、三子、四子都絕了子嗣，他雖還有個庶子，可那個小兒子自己從來沒有過問，去年起，這個小兒子就跟著長子進了五城兵馬司，連王府都不大回了。

偌大的晉王府只有兩個稚齡的孫女，報應，報應，報應啊！

晉王爺仰天大笑，笑得流出眼淚，口中喃喃道：「父皇，兒子錯了，兒子心裡難受啊！」

而後不久，聖上的一紙賜婚在京中掀起了軒然大波。雍宣帝要招新科狀元宋衡為三公主駙馬。

至於太子殿下，最近可春風得意了，今科他的麾下又多了一大批人才，連父皇讚譽有加的狀元郎都站到自己這邊，成了他妹夫。

太子殿下一高興，連帶身子骨都好了許多，初夏的早晨還有些涼意，太子殿下的咳嗽愣是一次都沒犯，真可謂是人逢喜事精神爽。

可樂極生悲，太子殿下前一天還躊躇滿志，今兒就傳出他墜馬的消息。他去城外打獵歸途中驚了馬，侍衛施救不及，太子殿下從馬背上摔下來，後腦勺正好磕在路邊石頭上，當場便昏迷不醒了。

朝臣震驚，雍宣帝震怒。「給朕徹查！怎麼好端端的就驚了馬？還有，是誰慫恿太子出城打獵的？」太子的身子雖然弱了些，但武藝也是打小學，雖比不上二皇子弓馬嫻熟，但也不至於從馬上摔下來。

因為雍宣帝的雷霆手段，事情很快有了眉目，並沒有人慫恿太子出城打獵，而是太子殿下自個兒執意要去的，東宮屬官還勸了一回，可惜沒有勸住。

太子殿下騎的那匹馬卻查出了不妥。那匹馬被餵食了一種導致性情狂躁的藥物，這種藥物從餵食到發作大約兩個時辰，看來背後謀劃的人算計得極準，而且太子身邊的人也不大妥當了。

待雍宣帝的人趕到東宮時，負責餵養太子殿下那匹馬的太監已經畏罪自殺，跟著太子出城的人也都全被拿下，分開審問。

雍宣帝進了東宮大殿，皇后娘娘和太子妃正在垂淚。「妾身見過聖上！」皇后娘娘強忍悲痛地給雍宣帝行禮。她只有太子一個兒子，這可是她、是戚家唯一的指望啊！瞧著太子蒼白著臉躺在那裡，她的心都要碎了。

「梓潼快起。」雍宣帝柔聲說道，然後又問太醫。「太子情況如何了？何時能醒過來？」

太醫院所有當值的太醫都來了，院判上前回話。「回聖上，太子殿下身上別處的傷勢都無礙，唯獨頭部……」說到這兒，他稍頓了一下。「臣用金針探過，太子殿下頭部有個血塊，這個血塊不除，太子殿下便醒不過來。」

「那還等什麼？還不快替太子把血塊除去！」皇后娘娘急不可耐地道。

院判卻面帶難色，其他的太醫也都深深地垂下頭。

雍宣帝見狀問道：「可是有何不妥？」

院判遲疑了一下，像是豁出去地道：「回聖上，臣無能！太子殿下頭部的血塊只能自行消散，臣等不敢妄動。」說罷，他又跪在地上。那可是頭部，稍有差池，太子殿下立刻沒命；太子殿下沒了命，整個太醫院都要跟著掉腦袋。

其他太醫也紛紛道：「臣等無能，請聖上降罪！」一個個的頭垂得更低了，心中忐忑不安。

雍宣帝還未說話，皇后娘娘先怒了。「無能？若是治不好太子，本宮定摘了你們的腦袋！」隨後又撲通跪在雍宣帝腳邊。「聖上，您可要救救太子呀！」

雍宣帝面無表情，先是把皇后娘娘扶起來。「梓潼放心，太子是朕的兒子，朕是真龍天子，朕的兒子便是龍子，他定會沒事的。妳也熬了許久，這裡有太子妃，妳回去歇會兒吧。」

皇后卻搖頭。「妾身不累，妾身就是回去了也不能安心，妾身要在這裡守著太子。」她寧願傷著的人是自己，而不是她的兒子呀！

雍宣帝也頗為動容，拍著她的手道：「妳既然不放心，就留在這兒吧，累了就歇會兒，別熬著，不要太子醒了妳卻倒下來。太子妃，好生照顧皇后。」

安慰完皇后，雍宣帝才把視線轉向地上跪著的太醫們。「太子的傷還得煩勞各位大人多費心，只要能把太子救醒，朕大大有賞，否則……哼！」

這一聲哼的意思，在場的人都明白。「臣等遵旨。」在院判大人的帶頭下，幾位太醫紛紛領旨，心中卻暗暗叫苦，這一回恐怕是凶多吉少了。

雍宣帝敲打完太醫便出了東宮，在殿外遇到匆匆而來的二皇子。二皇子一臉焦急地迎上來。「父皇，太子如何了？」

雍宣帝卻瞧著這個兒子沒有說話，那審視的目光讓二皇子眼一縮，心中暗暗叫苦：父皇在懷疑自己！可父皇怎能不懷疑呢？太子出事，得益最多的可不就是他嗎？可這事真不是自己做的呀！聽到太子墜馬的消息，他也十分驚訝。

雍宣帝瞧見二皇子臉上的委屈，表情和緩了一些。「太子還未醒來，太醫正在裡頭診治。你關心太子，朕很欣慰，回去吧，就別進去擾亂太醫診治了。」

「是，兒臣遵命。」二皇子恭敬應道，跟在雍宣帝身後回去了。

可三天過去，太子仍未醒來，朝臣們也蠢蠢欲動起來。太子若是有了不測，那——他們把聖上成年的幾個皇子暗自盤算了一番，心中都有自己的打算。

其實明眼人也能看出來，諸位皇子中也就二皇子最出眾，自身有能力，為人也謙遜有禮，外家還得力。再瞧瞧大皇子和三皇子，三皇子身有殘疾，早就被剔除在外；至於大皇子，身分頗為忌諱，能從幽明殿出來就不錯了，妄想大位？那是絕不可能的。

如此看來，只要太子有了不測，上位的肯定就是二皇子。是以善於鑽營的大臣們雖明面上沒動，私底下已經暗暗向二皇子示好了。

而二皇子此時卻在東宮挨罵呢！

「滾，你給本宮滾出去！不用你假惺惺，別以為本宮不知道你心裡怎麼想的？本宮告訴你，你不會如願的，本宮的太子一定會醒，會好起來的！」皇后憤怒地望著二皇子。太子出事，誰得利最大？可不就是淑妃的好兒子嗎？太子墜馬說不準就是他的手筆，還作出一副憂心的模樣，日日到東宮來探望，黃鼠狼給雞拜年，沒安好心！

「母后，您怎可如此冤枉兒臣？兒臣也只是關心太子的傷勢呀！」二皇子一副委屈不已的樣子。「母后的誅心之言，兒臣實不敢受啊！」

「不敢受那就滾出去，你少在這裡惺惺作態了。」皇后娘娘冷哼一聲，指著殿門說道。

二皇子攥了下拳頭，朗聲道：「太子受傷，母后您心中傷悲，兒臣體諒母后的心情，兒臣便先回去了。明兒兒臣再來探望。」行了一禮便退出大殿。

皇后娘娘盯著二皇子的背影，眼底閃過陰毒的光芒。

東宮的這番爭執很快就傳到雍宣帝的耳朵裡，他批改奏摺的手頓了一下，「喔」了一聲便沒有下文，半晌才又說了一句：「皇后悲傷過度，二皇子至孝。」

秦淑妃卻沒雍宣帝這麼好的涵養，氣得摔東西。「那個老叟婆，她居然敢這般作踐本妃的兒子！」

回頭又指著兒子罵。「你也真是，人家都不稀罕，你還上趕著過去找罵！不許去，打明兒起，你不許再去東宮。」

二皇子卻徐徐一笑。「母妃放心，母后在氣頭上，罵兩句不痛不癢的，兒子受得住。」他還巴不得皇后再罵狠一些，也好讓父皇、朝臣們瞧瞧他的孝順和氣度。

被賜婚的狀元郎可謂是少年得志，可得了探花之位的衛瑾瑜卻無比憋屈。

也許在別人眼中，探花已經是極好的名次，可在衛瑾瑜看來，卻是屈辱。他本是京中出了名的大才子，去年秋闈又得了頭名解元，今科春闈，他是躊躇滿志地奔著狀元去的。

沒想到不僅狀元被名不見經傳的小子奪去，就是第二名榜眼也沒得到，只屈居探花之位，讓他心中如何能舒服？

蹤。

面對向自己恭喜的好友同窗們，他只能強作歡顏，轉過身，那笑容立刻消失得無影無蹤。

探花、探花……怎麼就不是狀元呢？有狀元、榜眼在前，誰還看得見他衛瑾瑜？他何時才能出頭？出不了頭，他拿什麼振興永寧侯府，難道永寧侯府一輩子都要仰勇國公府的鼻息？不，他不甘心！

衛瑾瑜煩躁得無以復加，總覺得心中一股邪火出不來，恰逢丫鬟進來送茶，他眼神一頓，猛地把這丫鬟拉過來壓在書案上。

領著丫鬟過來給衛瑾瑜送補湯的沈雪，面無表情地站在書房外頭，聽著書房內傳來的淫聲浪語，眼底全是譏誚，忽地冷笑一聲，轉身離去。

原以為的良人，其實不過是個表面光鮮的銀樣鑞槍頭，不過一年多，她的熱情就磨光了，一顆心也冷了。

第一百四十章

太子墜馬，朝臣們的心漸漸浮躁起來，不說那些觀望派，就是太子一派的官員也是惴惴不安。太子能不能醒來還在兩可之間，就是醒了，能不能恢復如初？這也不好說。

向二皇子示好的朝臣多了起來，二皇子並未因此沾沾自喜，反而更加謙遜避嫌，每日除了去東宮探望太子，就是到戶部當差，下了差就回皇子府，並未與大臣們有過多接觸。他這番表現落在內閣幾位老大人眼裡，也覺得可圈可點，就是雍宣帝也十分滿意，時常召他過來商談政務。

雍宣帝查了三天，當日跟著太子出城的隨從個個都被打得皮開肉綻，終於查出一個可疑的人，也是一個讓眾人意想不到的人。此人跟在太子身邊七年了，是戚皇后當初自戚家帶進宮的，瞧他忠心才給了太子，誰想到此人居然是別人安排的奸細。

趁眾人驚愕之際，此人居然咬舌自盡，氣得主審的官員鞭屍了半個時辰才解氣。線索到此便全斷了，辛苦了那麼久還得從頭再查起，這怎不讓人憋屈？

「相爺，真是天助我也！」一方重坐在秦相爺的書房裡，滿面春風，心中感嘆著，還是二皇子殿下有運道，什麼都不需要做，太子就墜馬了。已經三天了，太子醒來的機會是微乎其微了。

秦相爺撚鬚微笑。「越是這個時候越得謹慎，告誡下頭的人，都安分些。」

方重心中一凜。「是，下官明白。」他對秦相爺的決策是十分信服，眼光一閃，他又道：「那咱們之前準備的還要繼續嗎？」

秦相爺微微一笑，搖頭道：「罷了，收手吧。」

方重點點頭。之前他們是準備在春闈上作文章，若是曝出春闈舞弊或是洩題，那身為主考官的唐晉肯定得受重懲，甚至還會牽連太子。如今太子都墜馬昏迷不醒，他們自然不用再打春闈的主意，倒是讓禮部那老頭逃過一劫。

送走方重，秦相爺的心情可好了，流民衝進府裡的鬱氣一掃而空。本來他也沒想這麼早對太子下手，誰讓太子自個兒找死，好好的東宮不待，非要出城打獵，這麼好的下手機會，他怎會放過？

雖然為此損失了深埋多年的棋子，他還是覺得值得。太子已經完了，接下來該他秦家粉墨登場了——

最終，太子仍沒能醒過來，拖了半個月，太子還是去了。

太子去了的消息一經傳出，沈薇也接到兩個消息，一個是御史臺的李致遠傳過來的，一個是江辰傳過來的，兩則消息說的是同一件事情。

「某些人坐不住了。」她把兩張紙條遞給徐佑。

徐佑接過紙條看了，淡淡地道：「是呀，太心急了。」

前天，聖上才讓大皇子殿下到吏部領了差事，今天就接到消息，說有官員上了摺子彈劾平郡王結黨營私。

好一個結黨營私！不就是因為幫忙抵禦流民，各府登門拜謝嗎？這就是結黨營私？還不是瞧大皇子出來領差事，大皇子妃生下個小皇孫，聖上十分看重；大皇子才走馬上任，沒有任何把柄可抓，可不就逮著徐佑這個軟柿子了嗎？

估計雍宣帝心中也有數，所以彈劾的摺子留中不發。但願這些螞蚱們能識趣，別再蹦躂了，不然她非讓他們好看不可！

太子的喪葬之禮自有禮部操心，可皇后娘娘痛失愛子，在沈重打擊下，一下子就病倒了，沈薇自然也得去宮中探望。

她到坤寧宮時，正巧雍宣帝也在，她乖巧地上前請安，瞧皇后娘娘那頹敗的臉色，心中唏噓。太子去後，皇后娘娘整個人都沒了生氣，像個日暮西山的老嫗。

「娘娘，您可要保重身體呀。瞧您瘦的，您也多吃點。」沈薇眼含擔憂地說道。她雖然對皇后娘娘沒有多少好感，但相較於頭一次見面就對她冷嘲熱諷的秦淑妃，皇后娘娘至少可愛多了；況且喪子的女人總是令人同情。

皇后娘娘自然感覺到沈薇的真誠，動容地道：「好孩子。」這些日子來坤寧宮看望她的人，除了戚家的女眷，哪個不是面子情？她們嘴上說得好聽，心裡還不定怎麼笑話自己呢，尤其是秦淑妃那個賤人，眼底的得意都掩飾不住了。

置。

只有嘉慧郡主，這個小姑娘最實在，那些人還巴不得自個兒不吃不喝，趕緊死了騰位置。

一旁的雍宣帝忽然漫不經心地道：「嘉慧，妳可知有人彈劾平郡王結黨營私？」

沈薇暗翻了個白眼，然後一副驚訝無比的樣子。「結黨營私？聖上，哪位大臣眼睛這麼瞎？就我家大公子那張拒人於千里之外的死人臉能結黨營私？他除了跟大皇子殿下因少時情誼走得略近些，就是別家王府中的兄弟都不大熟悉，他跟誰結黨營私？」

頓了頓，她嘴巴一癟，無比委屈地道：「聖上，我們家大公子有沒有結黨營私，您不是最清楚的嗎？他之前都病了一個月，現在身子骨才略好些，聖上，您告訴嘉慧，到底是哪位大人，還是哪幾位大人挑的事？」

雍宣帝眼睛一斜。「怎麼，妳還想上門去算帳嗎？」

沈薇可理直氣壯了。「這明明是無中生有的事，他們再把大公子給氣病了怎麼辦？嘉慧自然得登門去問問他們是何居心。」

雍宣帝咳了一聲，有些不大自然地道：「胡鬧！彈劾乃是言官的職責，朕可不許妳胡鬧。」

沈薇據理力爭。「那也不能胡言亂語啊！言官是針砭時弊，監察百官言行的，可不是讓他們拿著手中的權力謀私。聖上，您是最了解我家大公子的為人，好歹他也是您親姪子，又剛剛大病初癒，您可得多看顧一二，別讓那些跳梁小丑把他氣著了。」

轉過頭便對著皇后娘娘喊起冤屈。「娘娘，您瞧見沒？我們大公子多實在的人，偏偏這世上就有這麼一些見不得人好的小人，成天雞蛋裡挑骨頭，上躥下跳不老實。大公子這才過幾天安生日子就被盯上了？您說這都什麼破事！」

喊完了委屈，接著話鋒一轉。「所以娘娘，您要放寬心，該吃的吃，該喝的喝，吃好喝好睡好心情好，長命百歲，讓那些等著看您笑話的人氣得跳腳。您若是傷心難過，糟蹋自個兒身體，可不就中了那些小人的下懷了嗎？娘娘，咱可不能做那親者痛仇者快的傻事啊！」

這番話可說到皇后娘娘的心坎上了，她拍著沈薇的手道：「好孩子，還是妳說得對，本宮以往都想岔了。本宮得好好活著，本宮要長命百歲，得瞧著那爛了心肝的賤人能得什麼好下場。」

沈薇附和著。「對，娘娘這樣想就對了。自古邪不壓正。」揮著小拳頭，同仇敵愾的樣子。

這讓皇后娘娘越瞧她越覺得順眼。嘉慧郡主有一顆正直之心，可比京中那些虛偽做作的大家閨秀強多了。

雍宣帝在一旁瞧得直想撇嘴。這個沈小四，這一張嘴唷！

彈劾徐佑的摺子都被雍宣帝留中不發了，帝王的意思不是挺明顯的嗎？可某些人就是眼瞎的，除了看見榮華富貴，啥都沒看見。他們不死心，一而再、再而三地上摺子彈劾，還在早朝時當面彈劾，那振振有詞理直氣壯的樣子，好似全天下就自己一個清官似的。

徐佑連眼皮子都沒撩一下，龍椅上高坐的雍宣帝也是面無表情，弄得下頭的大臣心中惴惴不安。

其實，雍宣帝心裡嘆氣。這可怪不著朕了，是你們自個兒上趕著找死。

於是，繼大鬧御書房之後，沈薇再一次在京中出名了。

其實她也沒幹什麼，就帶著郡王府裡的府兵攔截彈劾徐佑的官員，把他們全都揍了一頓，邊揍邊問：「你彈劾我家大公子有證據嗎？來來來，先跟本郡主說說，他都跟誰結黨營私了？」

「什麼？你說前些日子平郡王府門前車水馬龍？你這不是揣著明白裝糊塗嗎？就你這樣的糊塗蛋還能當官？趕緊回家抱孩子去吧！」

「唉唷，這不是洪御史嗎？尊夫人不是也到平郡王府道謝了嗎？難道我家大公子跟你結黨營私了？你這彈劾是啥意思？」

「都當我們大公子是軟柿子捏了吧？本郡主告訴你們，若是把我家大公子氣出個好歹，本郡主就砸了你們家，誰不讓本郡主痛快，那大家都別想好過了！」

沈薇陰森森地威脅著，府兵在一旁揮著拳頭，專向肉多的部位招呼，重傷內傷是不可能，但保管讓人疼。

揍完以後，她就領著人揚長而去，被揍的官員頂著一張豬頭臉回府了，驚得滿府目瞪口呆。待了解情況後，各家的主母夫人可氣壞了，紛紛痛罵嘉慧郡主。

洪御史一邊唉唷唉唷地叫嚷，一邊跳腳。「豈有此理，嘉慧郡主太過囂張，明兒我就上摺子彈劾她！」

給他上藥的洪夫人氣得朝他的腰上擰了一下。「你給我閉嘴！嘉慧郡主就是個潑婦，你招惹她做什麼？」

洪御史嚷道：「我哪裡招惹她了？」那麼個潑婦，躲還來不及呢。

洪夫人聞言，沒好氣地道：「那你彈劾平郡王做什麼？人家府上才幫了咱們，你倒好，還彈劾人家，這不是恩將仇報嗎？被揍都是輕的。」洪夫人也是潑辣，不然洪家後院怎會是她一人獨大？

洪御史氣得直哼哼。「朝堂上的事，妳個婦道人家懂什麼？」

洪夫人把藥膏往丫鬟手裡一甩，指著洪御史的鼻子大罵。「我個婦道人家都比你這個朝廷命官明事理！我看嘉慧郡主就該狠狠地揍你一頓，把你揍醒了才好。朝堂上那些爛事我管不了，打明兒起你告假在家養傷，那些糟心事少摻和！」

但像洪夫人這樣明理的畢竟不多，大多數人都把嘉慧郡主恨得牙癢癢。於是第二天，朝堂上被彈劾的人變成嘉慧郡主，罪名是囂張跋扈，毆打朝廷命官。

金鑾殿上，被沈薇痛揍一頓的官員，除了被夫人押著告假在家的洪御史，全都頂著一張慘不忍睹的臉，悲憤地痛斥嘉慧郡主目無法紀、毆打朝廷命官。

大臣們瞧著他們那張精采絕倫的臉，心裡可同情了。滿京城誰不知道嘉慧郡主是個潑辣又護短的？上回平郡王被關入宗人府，她都敢大鬧御書房，這些不長眼的居然彈劾平郡王？

也有人心中暗爽，成日上躥下跳，看這個不順眼，挑那個的刺，雞蛋裡都能挑出骨頭來，現在可踢到鐵板了吧？

當然也有部分大臣認為嘉慧郡主太過囂張，這可不是婦人間的口角之爭，毆打朝廷命官，不是沒把朝臣放在眼裡嗎？可心中雖不滿，卻沒有一個人站出來說話。反正被揍的又不是自己，事不關己高高掛起嘛，嘉慧郡主是那麼好得罪的嗎？

其中一人越說越氣憤。「臣乃御史，彈劾官員乃是臣的職責，嘉慧郡主這般公報私仇是何道理？」

「求聖上替臣作主！」其他人也紛紛嚷道。

雍宣帝沈著一張臉，其實心裡可不耐煩了。被個婦人揍成這副慘樣，還有臉求他作主？他是帝王，管的是朝堂大事，誰耐煩處理這些雞零狗碎的破事？

其實沈小四把這些人揍成豬頭，雍宣帝一點也不覺得奇怪，心裡還隱隱鬆了口氣。他覺得沈薇能忍這麼久才出手已經很難得了，聽說在西疆時，有個不長眼的馬賊瞧她長得好看，調戲了她一句，當晚她就帶著人把馬賊老巢給掀了。

「你們想讓朕怎麼作主？」雍宣帝淡淡地問。

御史們一滯。是呀，嘉慧郡主是個婦道人家，又不能貶官降職，處罰也無非是禁足申飭之類的，依嘉慧郡主那性子，估計也不會放在心上。

幾人對視一眼，很快就有了主意。「聖上，臣等懇請聖上讓嘉慧郡主向臣等賠禮道歉。」

話音剛落，大殿裡就響起一聲嗤笑。御史們齊齊悲憤地瞪過去。「平郡王這是何意？難不成還要護著嘉慧郡主不成？」

後一句話引得徐佑又是一聲嗤笑。他不護著自家媳婦，難道還護著他們？「沒什麼意思，只是覺得幾位大人的臉可真大呀！」

眾人一想，還真是這麼回事，那嘉慧郡主好歹也是皇家郡主，還是皇室媳婦，讓她給朝臣賠禮道歉？這不是打皇室的臉嗎？換句話說，這是在打聖上的臉呀！

可御史們卻不這麼想，或許是被刺激得忘了，也許是根本沒把沈薇這個異姓郡主瞧在眼裡，他們一撩官袍，跪到地上。「懇請聖上替臣主持公道。」

這是逼迫自己呢！雍宣帝幾乎都要笑出來了，平淡地道：「平郡王說得沒錯，你們還沒有那麼大的臉。讓嘉慧郡主給你們賠禮道歉，你們是怎麼想出來的？是不是還想讓朕給你們賠禮道歉呀？」

跪在地上的御史頓時驚恐不已。「臣不敢，臣惶恐！」此時方想起嘉慧郡主是聖上的姪媳，不由嚇出一身冷汗來。

雍宣帝卻冷哼一聲。「不敢？惶恐？還有什麼事是你們不敢的？御史臺是有察百官過失之權，可你們都做了什麼？平郡王結黨營私？證據何在？連朕都知道平郡王除了和大皇子有些交情，就是跟岳家勇國公府走得近些，對了，還有朕，平郡王跟朕的關係也不遠，各位大人是不是要說朕也是平郡王的同黨啊？」

雍宣帝的責問似驚雷般敲打在每個人的心上，不僅那幾人心中駭然，其餘大臣都紛紛跪地請罪。「聖上息怒！」

「息怒？朕如何能息怒？朕給了你們權力，你們就是這樣回報朕的？你們真是太讓朕失望了。」雍宣帝簡直是痛心疾首。「既然都閒得沒事幹，那就全都給朕巡察去！退朝！」說罷，直接拂袖走了。

第一百四十一章

好半天，諸臣才回過神來，相互扶著慢慢站起身，然後面面相覷。聖上好久沒有發這麼大的火了，看來這回是氣得不輕。

也是，御史雖有彈劾百官的權力，可怎麼也得有點眼色吧？聖上都留中不發了，還不明白聖上的態度嗎？沒眼色，那彈劾的罪名總得是真實的吧？這兩樣都不占還上躥下跳，這不是純粹找死嗎？

找死就找死吧，偏還連累到別人。御史臺其他的御史看向那些人的目光可憤怒了，巡察御史是那麼好做的嗎？路上辛苦就不說了，還得跟各地的官員勾心鬥角，哪裡有待在京中舒服？

上摺子的幾人也是後悔不已，怎麼就被富貴迷了眼，出了彈劾平郡王的昏招呢？怎麼就鬼迷心竅告嘉慧郡主的狀呢？不過現在後悔也晚了，只好灰溜溜地回府。巡察就巡察吧，總好過被罷官吧？

沈薇得知被自己揍了的幾個御史告狀不成，反被攆出京去做巡察御史，一雙好看的鳳眼立刻彎成月牙，頭一回覺得聖上還是很明理的。

她攀著徐佑的肩膀邀功。「瞧見沒？本郡主出馬一個抵倆，那些賤皮子就是欠收拾，揍他們一頓就老實了。」
徐佑嘴角抽搐了一下。何止是抵倆，直接就幹翻了一群，他的薇薇一如既往的彪悍啊！於是道：「為夫多謝薇薇了。」
沈薇傲嬌地哼了一聲，那小模樣可招人了。
「欸，你說這是誰瞧你不順眼呢？」與其說是彈劾，不如說是試探，試探聖上的態度和徐佑的反應。
「還能有誰？」徐佑淡淡地道。太子已經沒了，成年的皇子只有大皇子和二皇子兩個了，他跟大皇子的交情頗好，剩下便只有二皇子了。
「他有那麼蠢嗎？」沈薇覺得這不像二皇子的手筆，撇去秦相爺和淑妃娘娘，她對二皇子的能力挺認同，頗有見識、能力的二皇子會使這樣的昏招？
雖說當下有資格一爭位置的是大皇子和二皇子，但明眼人誰瞧不出大皇子幾乎沒有一爭之力，連沈薇都不看好他。
二皇子在這種占盡優勢的情況下，什麼都不需要做，只要一心當好差就行了，太子之位妥妥地就會落在自己頭上。以他的聰明，不會不明白這一點。
徐佑道：「他是不蠢，可架不住別人蠢。」那些自以為是賣好的人可不就是蠢嗎？
沈薇了然一笑，非常明白徐佑的意思，感嘆一句。「不怕神一樣的對手，只怕豬一樣的隊友。」還真是挺同情二皇子呢。

而被沈薇同情的二皇子，此時正在府裡大發雷霆。「不是讓他們都安分些的嗎？招惹平郡王做什麼？」

他在父皇身邊待的時間長了，有些看清平郡王是父皇的人，他做的任何事情都是父皇的意思。跟平郡王過不去，不就是跟父皇對著幹嗎？別說他現在還不是太子，就是太子也沒這個膽子呀！

何況他們不僅招惹了平郡王，還招惹了嘉慧那個潑婦。都被揍成那副樣子，還有臉到父皇跟前告狀，妄想嘉慧給他們賠禮道歉，別說父皇生氣，就是他也不樂意！嘉慧再有不是也是皇家的人，給朝臣賠禮道歉，這是把皇家的臉面扔在地上踩。

長史張繼也深知此事行得不妥，忙道：「殿下息怒，他們也是好心——」

話還沒說完就被二皇子冷冷的眼神止住了。「好心辦壞事，成事不足敗事有餘的東西，趕緊讓他們走得遠遠的，最好這輩子都不要回京城。」

今兒父皇臨去時看向自己的冷冷目光好玄，沒把他嚇死。

「是，殿下，下官明白了。」張繼恭敬地說道，心裡明白那幾個恐怕這輩子是別想再進京了。

二皇子哼了一聲，怒道：「約束好下頭的人，沒有本殿下的命令不許擅自行動。再出這種紕漏，就別怪本殿下不留情面。」

豔陽天，杏花吹滿樓。

負傷的沈太傅始終沒出現在朝堂上。半年過去了，聽說沈太傅的傷好了大半，卻是再也不能下床，頂多是坐在輪椅上被奴才推著到外面曬曬太陽。

當然這只是聽說，沒人親眼瞧見，但眾人推測這說法十有八九是真的，沈太傅要是痊癒了，會不趕緊歸朝嗎？有他在朝堂上站著，聖上看他救駕的功勞上，待沈家自然不會差。可若他長久不露面，再多的情分也有淡薄的一日，時間一長，聖上還會想起他是誰？

沈太傅那麼精明，自然知道怎樣做對家族最有利，如今都沒上朝，看來身體是真的不行了。

彷彿為了坐實大家的猜測，過沒幾天沈太傅就上了致仕的摺子，請辭太傅一職，引得滿朝譁然。那是太傅啊！文臣之首，誰捨得辭？就是爬也得老死在這個職位上。

雍宣帝沒批，只說讓沈太傅安心養傷，大手一揮，又指了兩位太醫過去。這下可讓朝臣們嫉妒得不要不要的，可有什麼辦法呢？這聖寵是人家拿命換來的。

這一日，沈薇心血來潮地領著丫鬟在府裡做胭脂，沾了滿手都是紅紅的花汁，就瞧見小迪匆匆而來。

沈薇一瞧她臉色便知有事，梨花和桃枝對視一眼，立刻領著丫鬟下去了。

沈薇淨了手，才道：「說吧，什麼事？」

小迪上前一步，低聲稟報。

剛說了幾句，沈薇猛地抬起頭，緊盯著小迪的臉。「妳確定沒有看錯？」

小迪搖頭。「沒有，郡主，屬下在那兒轉悠了好幾天，那莊子上確實有個年輕人，長得跟那位挺像。」她的手指了指皇宮的方向。

沈薇點點頭，興奮得手都有些顫抖。本來抱著有魚沒魚撒上一網的想法，沒想到還真撈到了一條大魚，真是天助她也！

「快去，喊大公子回府，就說有要事相商。」沈薇揚聲吩咐道。

徐佑回來得很快，進屋時，腳步可匆忙了。「怎麼了？」瞧見沈薇好好的，他才放下心來。

沈薇瞅了他一眼，打發江黑、江白守在外面，才道：「咱們不是在秦相府密室發現疑似並肩王的老者嗎？這事我跟蘇遠之提過一嘴，他便跟我說瞧二皇子不大像聖上，反倒像秦相爺死去的爹，懷疑二皇子的身世。我覺得這不大可能，二皇子跟淑妃還挺像的，沒把這當一回事。可事後我又想了想，為了保險起見，就使人盯著秦相府，沒想到還真有所發現。小迪，妳接著說。」她對小迪吩咐。

小迪點點頭，肅穆道：「屬下接了郡主的指令，就在相府外頭布了三班人馬，監視了大半個月也沒發現什麼異常。可有一天，屬下接到消息，說有個眼生的管事模樣的人從相府後門出去，直奔東大街車馬行，租了一輛馬車出城了。尾隨過去的人一路遠遠地跟著，見那輛馬車一直朝東走，最後停在山腳下。那管事下了車進山，咱們的人也跟上去。走了約莫一個時辰，居然看到一個村莊，那管事進了村中最大的院子，半個時辰後又出來了。咱們的人覺得奇怪，就悄悄摸進去，發現這院子裡只有兩個人，一個是年輕後生，另外一人是個老頭，喊那年輕後生少爺。咱們的人沒驚動他們，立刻就回來稟報了。」

瞧了面色凜然的主子一眼，小迪又接著道：「屬下接了消息便悄悄潛進那個山中的小村子，瞧見那位少爺卻驚呆了。他的長相跟咱們……嗯，像極了。屬下沒敢耽擱，趕緊回來稟報了。」

「怎麼辦？要不咱們把他劫出來？」沈薇瞧向徐佑，眼底滿滿的躍躍欲試。

徐佑沈吟了一會兒，卻搖搖頭，按住她的手道：「先別妄動，這事太大了，咱倆兜不住。我現在就進宮，這事絕不能瞞著聖上。」

雍宣帝在金鑾殿上申斥了御史，責令他們出京巡察，意思是不做出點成績就別回京城了。除了被申斥的那幾個，御史臺還得出去一批人，不然大雍各地怎麼巡察得完？一時間弄得御史臺人人自危，那些沒後臺、沒背景的小御史都耷拉著腦袋，連當差都提不起精神了。

也不知是不甘心，還是想趁離京前再行使一把手中的權力，反正雍宣帝御案上彈劾官員的摺子多了起來。彈劾的對象上自高官勛貴，下至微末小官，至於罪名，也是千奇百怪。什麼縱子行凶、寵妾滅妻、與民爭利啦……等等。

朝堂上可熱鬧了，今兒這事，明兒那事，掐得可厲害了，文武百官眼睛都看直了，覺得御史臺這些人莫不是得了失心瘋，怎麼跟瘋狗似的到處咬人？紛紛等著瞧聖上震怒。

可讓眾臣意外的是，這一回聖上的耐性頗高，每日高坐上頭冷冷地瞧著，一言不發，臨退朝前，扔下一個字。「查！」這讓朝臣們丈二金剛摸不著頭腦，個個心中暗凜：帝心難測。

若說前頭還是小打小鬧，那後頭的這一樁可就是晴天霹靂了。

御史臺的御史李致遠彈劾秦相府私藏兵器，意圖謀反。

這下朝臣們可炸開鍋了。私藏兵器可是殺頭滅九族的大罪，而且秦相爺是誰？那是聖上信任的臣子，淑妃娘娘的親父，二皇子的外祖父，李致遠一個小御史敢以如此罪名彈劾他，這是不要命的節奏嗎？

一時間，眾臣瞧李致遠的目光跟瞧瘋子似的。偏偏這位李御史不自知，還大義凜然地道：「為了大雍江山社稷，臣懇請聖上徹查此事。」

離李致遠近的幾位朝臣不著痕跡地往後退了退，離他遠一點。

雍宣帝緊抿著唇，面上沒有絲毫波動，依然如往日一般，扔下一個「查」字就退朝了。

同樣面無表情的還有被彈劾的秦相爺，一副未做虧心事、不怕鬼敲門的樣子。可在轉身往殿外退的時候，他喊住了李致遠。「李大人，本相可曾得罪過你？」語氣中滿是無奈，好似受了多大的冤屈似的。

還沒走出大殿的朝臣聞言紛紛放慢腳步，豎直了耳朵。

李致遠端著一張方正的臉，不解地道：「秦相何出此言？難道秦相以為下官彈劾是因為私仇嗎？秦相怎能這般誣衊下官的人格，下官身為御史，深受皇恩浩蕩，糾察百官乃是下官義不容辭的職責。至於有沒有冤枉秦相，等著聖上御裁就是。」他衝著秦相爺一拱手，昂首闊步朝殿外走去。

留下愣怔的秦相爺在原地苦笑。有那有眼色的便上前諂媚道：「相爺甭放在心上，御史臺就是一群瘋狗。」

秦相爺繼續搖頭苦笑。「無妄之災啊！相信聖上定會還本相清白的。」心裡是真的覺得好笑，要查就查，反正他沒有做過。

不過這個李致遠膽子倒挺大，難道他背後有什麼人？嗯，回頭查查此人的底細。秦相爺一邊往外走一邊思索著。

被秦相爺惦記的李致遠也是一身冷汗，他想到嘉慧郡主找上自己，要他幫忙做的第一件事就這般嚇人，但聽完郡主的利害分析後，他也是做了。

秦相爺回到府裡，就招幕僚心腹過來商議。

聽到有人彈劾相爺私藏兵器，幕僚們也是目瞪口呆。

許久，任宏書才回過神來。「相爺，屬下記得李致遠此人是上一科的進士，很受周御史賞識。」

「難道說這是周大人的意思？」另一位姓楊的幕僚道。

「周澤餘！」秦相爺的眼睛一閃。那可不是個簡單的，得帝心，還非常有眼色，統領御史臺足有十年了，倒在他手底下的大臣不知凡幾，可他卻沒招惹朝臣厭煩，相反地對他的印象都還不錯，覺得他都一把年紀了還幹這個得罪人的差事，也挺不容易的，可見此人手段不一般。

「若這事背後之人是他的話，那便是——」秦相爺心頭一跳。「聖上！」他的聲音短而急促。

幕僚齊齊變色，驚呼道：「聖上？這不可能！」聖上怎麼會猜疑相爺呢？而且還因為這莫須有的罪名。

秦相爺也不大相信自己的猜測。昨天，聖上在御書房還和顏悅色跟他商談朝政呢，一點徵兆都沒有，難道真是那個姓李的御史沽名釣譽？

「是不是，明天試探一下就知道了。」秦相爺謹慎地道。若不是，那就別怪他翻臉無情了，一個小小的御史都敢在他頭上蹦躂，他的威嚴何在？

接著一連兩天，好幾個官員來御史臺串門子，可什麼也沒試探出來。周御史笑咪咪地拉著他們聊天，就連那個彈劾秦相爺的李致遠也是該幹麼就幹麼，好似沒有過那回事似的。

就在秦相爺鬆一口氣時，家奴秦川面色慌張地衝進來。「相爺，平安少爺不見了！」他跪在地上，整個人都在顫抖。

第一百四十二章

秦相爺的臉色陡然變了。「怎麼會不見的？蒼伯呢？」

秦川按捺心中的驚恐。「不見了，全都不見了……大門鎖著，人不見了！」他語無倫次地說著。

「你慢慢說，到底怎麼回事？」秦相爺的眼底滿是寒霜。「是不是你不小心被人盯梢了？」

那森然的語氣讓秦川心驚膽戰，極力壓抑心中的恐懼。「沒有，奴才發誓絕對沒有！奴才每一回出府都很小心，途中還會換兩次馬車，絕對不會招人的眼。」

秦川詛咒發誓，小心地觀察秦相爺的臉色，又道：「今兒本不是進山的日子，可上一回奴才去，蒼伯說平安少爺咳嗽特別厲害，讓奴才給送些藥材過去。正好奴才今天有空，就抓了些治咳嗽的藥送過去。可誰知道那院子已經人去屋空了，奴才也沒敢停留，趕緊回來了。」說完他哆嗦著跪在地上，只希望相爺能瞧在他這麼多年忠心耿耿的分上，饒過自己一命。

打從十多年前開始，他每兩個月進一次山，去那個大院子裡瞧那個叫平安的少爺，送些米糧。他雖不知道那位平安少爺是什麼身分，但瞧著他那張漸漸長開的臉，心底越來越害怕。如今平安少爺跟著蒼伯都不見了，相爺能留著他嗎？

「原來如此。」秦相爺眸中閃過恍然，彈劾他不過是個煙幕彈罷了，原來是平安被人發現了。

他此時終於把事情串了起來。是聖上嗎？是聖上要對付秦家了？設局之人的心思可真縝密，先是弄個莫須有的罪名彈劾他，讓他放鬆警戒，現在又劫走了平安和蒼伯，下一步就該——呵，本打算再等一等的，沒想到聖上的心這麼急，那就別怪自己提前動手了。

一想到這兒，秦相爺心中隱隱興奮起來，血液都要沸騰了。他的手中可是有十萬精兵呢，這麼多年的謀劃，不僅宮中，就是禁軍中也有他的人，哈哈，也是時候提醒聖上冊封太子了！

秦相爺恣意地哈哈大笑，眼角餘光瞧見地上跪著的秦川。「你先下去吧，最近就不要出府了，嘴巴閉緊點。」

秦川雖不明白相爺笑什麼，但能撿回一條小命就萬分慶幸了，趕緊磕了個頭，麻溜地滾出去了。

第二日早朝，好幾位大臣聯名奏請聖上冊立太子，以固國本。

當雍宣帝輕描淡寫地問：「那愛卿們覺得哪位皇子堪當大任？」

下頭的朝臣對視一眼，工部尚書首先站出來。「回聖上，臣推舉二皇子殿下。二皇子殿下品性高潔，能力卓著，至純至孝，是太子的不二人選。」

「臣附議！」

「臣贊同李大人的提議。」

「臣亦覺得二皇子殿下為太子是大雍的福祉。」

一時間，竟有大半朝臣站出來表態，沒開口的除了內閣的幾位老大人，還有幾家勛貴，以及秦相爺。

雍宣帝漫不經心地瞧向秦相。「秦愛卿怎麼看？」這是要秦相表態了。

秦相爺恭敬地道：「臣聽聖上定奪。」

此言一出，滿殿寂靜。良久，雍宣帝才嗯了一聲，道：「冊立太子一事關係重大，還需從長計議。」

朝臣們你看看我、我看看你，齊聲道：「臣遵旨。」心中卻盤算著回頭再上摺子。太子的人選不是明擺著嗎？除了二皇子殿下還能是誰？這個時候不出力，還等什麼時候呢？

宮中，昭德殿。

秦淑妃正對著雍宣帝抹眼淚。「聖上，怎麼會有這般歹毒的人呢？居然有人彈劾父親意圖謀反，真是天大的笑話！妾身的父親為大雍兢兢業業操勞了幾十年，聖上都瞧在眼裡的，父親怎麼會謀反呢？聖上，您可要替妾身的父親作主，可不能讓小人奸計得逞。」

雍宣帝道：「淑妃就放心吧，朕不是派人去調查了嗎？絕不會冤枉秦相的。」

二皇子恭敬道：「父皇聖明。兒臣也不相信秦相會做出這等不臣之事。」

又轉頭安慰起母妃。「母妃不用擔心，清者自清，父皇是不會眼睜睜瞧著大臣被冤枉的。」

雍宣帝點頭。「是呀，秦相乃國之重臣，朕不是昏君。」

「妾身謝聖上。」秦淑妃擦去眼角的淚，仍是不大放心。在兒子冊立太子的當口出現這事，終是不大好。「聖上，三人成虎，流言殺人，妾身不擔心聖上會被小人蒙蔽，可妾身擔心家父的名聲。」

「那淑妃想要如何？不如請秦相入宮自辯吧。」雍宣帝眉梢一挑，不等淑妃回答就作了決定。「對，就這麼辦吧！把幾位老大人和平郡王一起召來。」

旨意已經傳下去，秦淑妃除了點頭也沒第二個選擇了。

秦相爺等人接了雍宣帝的旨意，很快就來到昭德殿。雍宣帝道：「秦相，御史彈劾你私藏兵器，朕瞧在淑妃和二皇子的面子上，允你自辯。」

秦相爺坦然道：「聖上，臣對聖上、對大雍忠心耿耿，絕對沒有私藏兵器。臣對天發誓，絕不會做如此不臣之事，還望聖上您莫要被小人讒言所左右！」

幾位被請過來見證的老大人對視一下，房閣老站了出來。「聖上，臣與秦相共事了幾十年，臣相信秦相。」另外幾位大臣也紛紛點頭。

徐佑卻冷哼一聲，道：「幾位大人可別忘了有句話叫『知人知面不知心』，無風不起浪，秦相若是沒做過，怎麼就傳出風聲了？」

秦相爺沈著以對。「欲加之罪，何患無辭？」

徐佑眉梢一揚。「本郡王看秦相是不見棺材不落淚了。帶進來吧。」他的聲音猛地揚高。

就見一個五花大綁的人被禁軍拎進來，狠狠摜在地上。

秦相爺臉色一變。「秦實！」隨即怒目瞪向徐佑。「平郡王這是何意？抓個相府的奴才做什麼？」

「原來此人是相府的奴才呀？」徐佑漫不經心地道：「本郡王是在你京郊的莊子上瞧見他的，當時他形跡可疑，本郡王瞧他可疑就把他捉了，隨後一搜查，還真在你那莊子的地下室搜到了兵器，三千把長刀、三千張硬弓，還有箭羽無數，這秦相如何解釋啊？」

「什麼？」秦相爺還未開口，幾位老大人就震驚了。「平郡王所言可屬實？」

徐佑瞟了他們一眼，擲地有聲。「千真萬確。」

「不可能，秦相不會做出這等大逆不道之事的！」二皇子反駁。他已經是板上釘釘的太子了，外祖父那麼睿智，可不會自毀長城。「父皇，這肯定是有人栽贓陷害，兒臣求您徹查！」他跪在地上。

雍宣帝面無表情地看著他，沒說一句話。

「栽贓陷害？五城兵馬司兩百多雙眼睛看著呢，誰有那麼大的本事栽贓陷害？」徐佑的臉上全是譏誚。

「平郡王，你大膽！」秦淑妃怒不可遏，此時她早忘記了兒子的話，只覺得平郡王處處針對秦家，那就是死對頭。

徐佑冷哼一聲，瞧都沒瞧她一眼。

「秦相，你怎麼解釋？」雍宣帝這才慢慢開口，眸中帶著威壓。

就見秦相爺臉色悵然，長嘆一口氣。「聖上，您還是猜疑臣啊！聖上，當初您是多麼睿智英明，可現在卻被小人蒙蔽，猜疑國之重臣，聖上，您老了啊！」

目光在幾人身上一轉，又道：「聖上，您該立太子了。」

雍宣帝的臉上仍是沒有一絲表情。「立太子？秦相屬意的人是誰？二皇子嗎？」眼底浮上一抹嘲弄。

秦相爺從容地對上雍宣帝的目光。「是，臣覺得無論是品行還是能力，太子的人選當屬二皇子無異，幾位大人覺得呢？」

內閣的幾位大人面面相覷，雖覺得秦相所言是事實，但未免有咄咄逼人之意。次輔姚大人站出來和稀泥。「秦相莫要心急，一切聽聖上聖裁。」

雍宣帝卻把目光轉向二皇子。「皇兒呢？秦相說太子之位非你莫屬，你也這樣覺得嗎？」

二皇子頓時有了幾分為難。他怎麼應答呢？能說自己早把太子之位視為囊中之物嗎？可若說不是，又白白浪費了這大好機會，畢竟外祖父也都是為了他呀！

「父皇，兒臣、兒臣絕無此念！」一咬牙，二皇子這般說道，臉上卻飛快地閃過一絲遺憾。

這抹遺憾落在雍宣帝眼中，特別刺眼。他道：「你心裡恐怕不是這樣想的吧？」猛地提高聲音。「你這個不忠不孝的東西，朕還沒死呢，拿下！」

滿殿的人，包括二皇子都大驚失色。

「聖上，不可！」這是內閣大臣們的驚呼。

「聖上不要啊！」這是秦淑妃的哀求，瞪著徐佑，大罵道：「平郡王，你以下犯上，是要謀反嗎?!」

唯有兩人不動聲色，一個是把長劍架在二皇子脖子上的徐佑，另一個便是秦相爺。

「聖上，您真的老了，昏聵了，您居然做出誅殺忠臣和親子的決定！」秦相爺痛心疾首。「匡扶正道乃臣等義不容辭的責任，聖上，您還是下旨冊立太子吧。」

二皇子也在一旁委屈地問：「父皇，兒臣到底犯了什麼錯？」

「你的存在就是最大的錯。」雍宣帝盯著二皇子的臉，面色十分複雜。「帶過來吧！」

一個太監領著一個年輕後生從偏殿走出來，他約莫十七、八歲，衣著樸素，一副侷促不安的樣子。可殿內的人瞧見他那張臉卻驚訝地張大嘴巴。像，太像了，太像聖上了，莫不是這也是聖上的龍子？

「秦相，你還有何話可說？」雍宣帝冷冷地看向秦相，身側的手青筋暴突。秦家好大的本事，好一招偷龍轉鳳，若不是被阿佑無意中發現，徐家的江山豈不是要拱手送人，他有何顏面下去面對父皇？

「聖上說什麼？臣聽不懂。」秦相爺一副雲淡風輕的樣子，反而好奇地瞧著這個侷促的年輕後生。「聖上，這位是……」

雍宣帝笑了。「秦相問朕這是誰？你不是心裡明白著嗎？他是朕的皇子，可惜卻被你秦家偷了出去。」

秦相爺臉色都沒變一下。「聖上，臣瞧著這位公子眼生得很，這是哪位娘娘的皇子呀？」

「秦相是揣著明白裝糊塗呀！你不明白，那本郡王就給你說明白。」徐佑斜睨著秦相爺道：「此人名叫平安，本郡王是在城外東郊一座山裡的村子發現他的，喔，他身邊跟著一個叫蒼伯的老奴，還有，相府一個叫秦川的管事，每隔兩個月便進山送一回米糧。巧的是此人生辰居然跟二皇子一模一樣，淑妃娘娘，您說這巧不巧？妳瞧他是不是很面善？」

秦淑妃打這個年輕後生進來之後，眼睛就盯在他身上——不，確切地說是盯在他耳垂那個黃豆粒大的紅痣上。她的雙手微微顫抖，眼眶裡盈滿了淚水。不用平郡王說，她也知道這才是自己的親子。

當初生產時累得脫力，迷糊中，似乎聽身邊的嬤嬤提了一句。「小殿下耳垂生紅痣，這可是天大的福氣。」

可當她醒來時，並沒有看到兒子耳垂上有什麼紅痣，她問起時，嬤嬤說她聽岔了，她根本就沒說過什麼紅痣，丫鬟也說沒看到有紅痣，她便以為是自己聽錯了，沒想到不是她聽錯，而是嬤嬤欺瞞了她。

那個陪著她嫁到宮中的嬤嬤呢？她記得過沒多久便得了急症去了，當時她還傷心了一陣，沒想到這不過是一場陰謀，一場天大的陰謀——

「母妃！」二皇子瞧見淑妃的神情頓時慌了，心中不安起來，好似什麼東西要離自己而去了。

秦淑妃扭頭看向一臉委屈的二皇子，臉上的表情可複雜了。若那一個才是她的親子，這個她一手養大、疼著護著的孩子又是誰？她不由把目光轉向秦相爺。「父親，您告訴我，這是怎麼回事？他是誰？是誰？」最後兩句話她幾乎是吼出來的。

「二皇子自然是娘娘的皇子，娘娘可不要聽信小人的胡言亂語，這不過是平郡王的詭計罷了，娘娘切勿上當。」秦相爺道。

秦淑妃不敢置信地瞧著親爹，都到這個時候了還騙她？她一下子跌倒在地上，不停地問：「為什麼？」為什麼要換走她的兒子？為什麼要這樣對她？為什麼？

「秦相才是胡言亂語吧？二皇子真的是皇嗣嗎？他應該是秦相你的骨血才對吧？那個叫

洪翩的女子替你生的兒子吧？」徐佑的聲音又響了起來。這些日子他一刻都沒閒著，把秦相爺祖宗十八代幾乎都查了個遍。

「父親，為什麼？」秦淑妃一副深受打擊的樣子。這名叫洪翩的女子，她是有印象的，那時她還待字閨中，洪翩是來府上投奔的遠親，性子極柔順，跟誰說話都溫溫柔柔的。她記得那女子只在府上住幾個月就走了，說是出府嫁人了，沒想到她居然替父親生了個兒子！而且那個孩子還被換到自己身邊，那她捧在手心上的兒子，只是她的弟弟……這讓她情何以堪！

秦淑妃整個人都要癲狂了，她哭著笑著，一個勁兒地問：「為什麼？」可惜沒有人能回答。

二皇子也是一副深受打擊的樣子。「父皇、母妃，這不是真的……兒臣怎麼不是您的兒子？這絕對不是真的！」他是二皇子，是大雍朝的二皇子，是風光無比高高在上的二皇子，怎麼會是大臣的兒子呢？尤其那個人還是他的外祖父，這肯定是弄錯了！

可惜雍宣帝和秦淑妃都沒有看他一眼，幾位內閣大臣也被這反轉的劇情嚇懵了。天啊！二皇子居然不是皇嗣，竟然是秦相爺的兒子！這、這到底是怎麼回事？

第一百四十三章

秦相爺依舊巋然不動，聲音異常沈穩。「聖上，這都是誣衊。您為了誅殺臣下居然連親子都不認了，二皇子何其無辜，是臣連累了他呀！聖上您說二皇子是臣的兒子，證據呢？證人呢？臣不服啊！」

「你要證據，那本王就是活生生的證據！」一道洪亮的聲音自殿門口響了起來。

眾人望去，就見嘉慧郡主推著一位老者進了大殿，那老者面容蒼老，唯獨一雙眼睛亮得驚人，正恨毒地盯著秦相爺。

「臣，並肩王程義見過聖上。」老者坐在輪椅上對雍宣帝拜道。

雍宣帝心中雖然詫異，面上卻不動聲色。「王叔快快免禮。」

其他人卻沒有雍宣帝這份功夫，跟見了鬼似的。「什麼？你是並肩王？」二十多年前跟先帝鬧翻帶兵出走的並肩王程義？怎麼可能？可上前仔細辨認，沒錯，面容看得出依然是那位以俊逸著稱的並肩王，但誰能把眼前這個糟老頭子跟以前神武英俊的並肩王聯想在一起？

「不錯，就是本王。」程義目光冷凝。「聖上可知臣這些年都在哪兒嗎？臣這十多年一直被囚禁在秦相府的密室裡。臣與那秦鶴本是好友，壓根兒沒想要防備他們，可秦鶴和秦蒼這對奸邪小人，居然在臣的酒中下毒，殺了臣的護衛，奪了臣的印章，把臣囚禁起來。」程義怒目圓睜，恨不得能撕了這個讓他受盡折磨和屈辱的秦相爺。

「王叔此言可真？」雍宣帝目光一凜。若並肩王所言屬實，那這一切事情就有了解釋，沈平淵歸京途中的遇襲、珈藍寺後山上的藏兵，還有流民攻入京城，這些應該都是秦家的手筆。

「千真萬確。」程義咬牙切齒道。

沈薇也點頭。「聖上，嘉慧就是從相府書房密室裡把並肩王救出來的。」為了救出並肩王，暗衛、影衛還有殺手樓的殺手全都出動，她還把精通機關的安家和也請了過去，這才找到人。

「聖上，相府的機關密室大小共有七個，相府裡除了奴才和侍衛，主子們全都不見了。相府地下還有一條暗道，相府家眷估計就是從這條暗道逃走的，已經派人去追了。」沈薇向雍宣帝稟報情況。

打從沈薇進來，秦相爺的目光就盯在她身上，至於並肩王，他倒是沒看一眼。那十萬精兵早已落入他手中，並肩王已經沒有價值，他是死是活都無關緊要了。

而這個嘉慧郡主屢屢壞他好事，尤其是她不僅救出了程義，這麼短的時間內還弄清了相府的暗道密室，怎不讓他忌憚生恨？

「嘉慧郡主好本事，本相只恨那次沒要了妳的命。」秦相爺陰惻惻地說。

沈薇眉心一跳，頓時想起了那次刺殺。「原來是你！」

「既然是你，那咱們今天就一起算算總帳吧。」她也回了他一個陰惻惻的冷笑。從沒吃過那麼大的虧呢，今兒若是不找回場子，她就不是沈薇了。

雍宣帝冷冷地望著秦相爺。「秦蒼，你圖謀不軌，混淆皇家血脈，其罪當誅。來人，把秦蒼給朕拿下！」

四個侍衛衝進大殿，卻沒有如雍宣帝所言拿下秦相爺，而是站立在秦相爺身側，呈護衛之勢。「相爺，外頭已經清理乾淨。」

雍宣帝臉色頓時一變。「秦蒼，你！朕沒想到朕的禁衛副統領居然是你的人！」此刻還有什麼不明白的呢？

秦相爺徐徐一笑，面上不無得意。「聖上沒想到的事多著呢！臣的十萬精兵此刻已經進城了吧，瞧在咱們君臣十幾年的分上，聖上還是擬旨吧。只要你寫下退位詔書，臣不會為難你的。」

雍宣帝卻面露譏誚。「恐怕你拿到退位詔書之時，就是朕喪命之日吧！秦蒼，朕就是死也絕不會讓你這個亂臣賊子得逞的！」

幾位老大人也紛紛擋在雍宣帝身前，怒斥。「秦蒼，你這個亂臣賊子，還不快快束手就擒！」

秦相爺眉梢一挑。「幾位大人還是勸聖上寫下詔書吧，本相保證，待二皇子登基，少不了幾位的榮華富貴。」

「你、你這個亂臣賊子，當人人誅之，本大人是不屑與你為伍的！」內閣中最為正直的李大人痛斥道。

「既然你們不識時務，就別怪本相沒給你們機會了。」秦相爺說著，拍了三下手掌。從外面又呼啦啦衝進一隊持著兵器的禁軍，閃著寒光的刀劍直指雍宣帝等人。

徐佑把二皇子往前一推。「秦蒼，你是不是忘了你的兒子還在本郡王手裡？」手中的長劍用力一壓，鮮血就順著二皇子的脖子流下來。「你還是不要妄動的好，本郡王的手一個不穩，他可就沒命了。」

秦相爺臉色一變，立刻抬手止住了向前衝的禁軍。「放了二皇子，本相留你全屍。」二皇子是他手中最重要的一張王牌，絕不能有失。

沈薇噗哧一聲笑出來。「鹿死誰手還不知道呢。」話音一落，人已動，等那隊禁軍侍衛反應過來時，她已經殺了四個人，拎著滴血的軟劍站回原地。「誰敢上前？這就是他的下場。」她一指地上的屍體，森然威脅道。

「好，嘉慧郡主真乃巾幗英雄！」雍宣帝大聲讚了一句。氣勢立刻扭轉，雍宣帝對著禁軍侍衛道：「你們真的要助紂為虐嗎？只要爾等放下武器、迷途知返，朕既往不咎。」

可這些禁軍侍衛一動也不動，秦相爺得意一笑。「聖上就別白費工夫了，他們都是本相的親信。」

說話間，就聽到兵器破空的聲音，三道箭矢飛速襲來，一道對著雍宣帝，一道對著並肩王程義，還有一道居然朝著平安射去。

三道箭矢來勢洶洶，瞬間就到眼前，雍宣帝駭然地盯著那近在咫尺的銀亮箭頭，心道：吾命休矣！就在這電光石火之間，沈薇和徐佑撲了過去，推了雍宣帝一把，這才堪堪避過了這一箭。

並肩王程義就沒那麼好運了，他雖曾經勇武，但十多年的囚禁讓他的身體早就衰敗，自然躲不過這一箭。

「王叔！」雍宣帝不忍地大喊。

程義卻朗聲大笑。「秦蒼小兒，本王在地下等著你！」

「母妃！」又是一聲淒厲的大喊，來自得了自由的二皇子口中。他不敢置信地望著前方，踉蹌地走了兩步，卻再也抬不起腳步。

那是他的母妃，可她為何那麼溫柔慈愛地看著另外一個人？母妃那麼怕疼的人，為什麼要為那個人擋箭？

「妳、妳……」平安無措地望著這個撲到自己身前擋箭的女人，雍容華貴，卻又滿臉淚水。

「你、你叫平安，是嗎？」秦淑妃費力地揚起唇角，臉上綻開一個柔和的笑容。她顫巍巍地伸出手想要去摸他的臉。「你、你叫我一聲……母妃，好嗎？」疼，可真疼，可她一點都不後悔。箭矢射向平安的時候，她想都沒想就撲到他的身前，這是她的兒子，她生下來一天都沒有養育的兒子呀！

平安更加無措了。這個漂亮的女人就是他的親娘嗎？他的心裡為什麼那麼難過呢？

「別哭……平安，你叫我呀！」秦淑妃終於摸到了平安的臉。「好孩子，不哭……」她貪婪地看著平安的臉，好似怎麼也看不夠似的。

平安這才發現原來自己流了眼淚，他伸手去抹，卻怎麼也抹不盡。「母、母妃，妳別死，求妳別死啊！」他才剛找到娘便失去了娘，他不要這樣！平安抱著秦淑妃，失聲痛哭。

秦淑妃的臉上露出欣慰的笑容。「平安、平安……我的兒呀！」她的聲音急促，戛然而止，手無力地垂了下來。

「母妃、母妃……娘啊！」平安悲慟地大喊，可懷裡的秦淑妃卻閉上眼睛，面容安詳。

「是你！是你殺了我娘！」平安猛地抬頭，仇恨的目光射向秦相爺。

「母妃、母妃……」二皇子失魂落魄地朝這邊爬，秦相爺一示意，便有人把他攔住了。

「放開，你放開我，我要母妃！」二皇子拚命掙扎著。他的母妃死了，死了……不，那也許不是他的母妃，只是他的——姊姊！

那個三箭齊發、憑空出現的黑衣人見狀，眉頭一皺，上前一記手刀就把二皇子給打暈了。「主子，屬下來遲了。」

秦相爺道：「不晚，剛剛好。」死了女兒，他的臉上沒有一點悲色，沈薇都要替秦淑妃不值了。

「外頭都安排好了嗎？」秦相爺問道。

「主子放心，宮裡都是咱們的人。」黑衣人頓了一下，又道：「大軍已到西城門外，就等主子的指令了。」只要看到主子發出的信號，他們的人就會打開城門，放大軍入城。

秦相爺滿意地點點頭。「聖上，你還是快快擬旨吧。臣的耐心是有限的，也別指望嘉慧郡主能救得了你，她武藝再高也只是一個人。更別想拖延時間，現在整個皇宮都在臣的掌控之下，你是等不來援軍的，現在是插翅難飛了。」

「誰這麼大言不慚啊？」禁軍統領徐威帶著人大搖大擺地進來。「聖上，臣救駕來遲，還望聖上恕罪！」

「徐統領快快請起。」看到徐威出現，雍宣帝的心才放下來。「外頭情況如何？」

「聖上放心，宮中逆賊已經誅殺乾淨。」徐威朗聲說道。

秦相爺一看到徐威就知不好，待聽到他說的話，臉色頓時大變。「不好，快撤！」轉身就往殿外奔去。只要出了皇宮就好，他還有大軍，他還能東山再起——

「快，攔住他們，格殺勿論！」雍宣帝大聲命令道。

徐佑和沈薇一左一右護在雍宣帝身邊，冷眼瞧著徐威帶人和秦相爺的人廝殺在一起。最後出現的那個黑衣人可真厲害，護著一個不懂武功的秦相還遊刃有餘。

沈薇一瞧這樣可不行，眉頭一動，計上心來，揚聲喊道：「秦蒼，你還對你那十萬大軍報以幻想？本郡主告訴你，他們一個都跑不了，插翅難飛的是你才對！」

「沈平淵！」就聽秦相爺怒吼一聲。

「沒錯，就是本郡主的祖父。有祖父守城，你那十萬大軍是凶多吉少！不信，你仔細聽聽唄！」沈薇道。

「老匹夫！」秦相爺恨得大罵。他就說不對勁，那個老王八蛋怎麼就廢了？原來在這兒等著他呢。

「你才是老匹夫，老王八蛋，老臭雞蛋，老不要臉。」沈薇回敬道，直把秦相爺氣得火冒三丈。趁他分神之際，徐威一刀砍在他的腿上，他一下子摔倒在地上，隨即五、六把兵器齊齊架在他的身上。

黑衣人再想回救已經來不及了，一瞧形勢不對，也不戀戰，轉身朝宮外逃去。

「追！」徐威大聲命令道。

「不用了，他逃不掉的。」沈薇忙阻止。有影衛在，能逃得了才怪。

秦相爺被五花大綁地押下去，一同押下去的還有昏迷的二皇子。

「聖上，宮中就有賴徐統領。嘉慧和大公子該去助祖父一臂之力了。」沈薇沈聲說道。

「去吧，注意安全。」雍宣帝頷首道。

「走吧，大公子，咱們該建功立業去了。」沈薇俏皮地對徐佑一笑，兩個人攜手奔向他們的戰場。

這是一場毫無懸念的戰鬥，也是一場平郡王一戰成名的戰鬥，更是一場奠定嘉慧郡主彪悍形象的戰鬥。

在西山大營和京城守衛裡應外合之下，滅了叛軍兩萬餘人，俘虜八萬，西城門內血流成河，血腥味足足瀰漫了一個多月。

這場謀逆史稱「五月謀逆」，最終以秦相的失敗告終。秦蒼判凌遲之刑，滅九族，從暗道逃走的秦家諸人也全部抓回，一個不落地被砍了腦袋。

曾經的二皇子在過了秦淑妃的七七之後便自殺了。消息報到雍宣帝那裡，他沈默許久，吩咐人好生安葬了。

雍宣十七年，聖上冊立大皇子徐徹為太子，大皇子妃江氏為太子妃。

同時也冊封那個曾經遺落在外的平安皇子為安王，三皇子徐誠為英王，平郡王徐佑因功加封為平王。

雍宣二十三年，聖上因病退居後宮，太子徐徹登基為皇，開始了大雍王朝的新時代。

番外一

徐佑是在認識了忠武侯府四小姐，那個叫沈薇的姑娘之後，才覺得活著有點意思的。

自他記事起，就是一個人住在晉王府一處院子裡，沒有父王，沒有母妃，也沒有其他兄弟姊妹，有的只是丫鬟和嬤嬤，還有苦苦的藥汁和疼痛。

那種如影相隨的疼痛，一發作起來是死一般的難受。這個時候，茹婆婆便會把他抱在懷裡，含著淚，一遍遍地對他說：「大公子乖啊！忍忍，再忍忍就好了。」

望著茹婆婆那般難過，他想對她說：「別擔心，我會好好忍著的。」可就連張開嘴的力氣都沒有。因此他打小就特別能忍疼，在他知道那個在父王面前對他關懷備至，父王不在就冷冷地審視他的漂亮女人不是親生母妃後，他就更能忍了。

再大的疼痛，他咬緊牙關終是能捱過去的，哪怕後來到山上也是一樣。

那是他五歲，還是六歲，抑或是七歲的時候呢？他都記不大清楚了，實在是現在的日子太幸福，他極少再回憶起以前的事情了。

只記得那一回，他病得快要死了，可滿院子卻連一個下人也不在，就連對他最好最好的茹婆婆也不在。他難受極了，覺得身體裡有一把火在燃燒，又渴極了，就拚命地從床上翻下來。

他摔到地上，那涼涼的觸感讓他覺得舒服多了，舒服得真想一睡不醒。

可後來他還是醒了，是來晉王府玩的太子哥哥無意中救了他。那個時候太子哥哥還不是太子。

他醒來時，不是在自己熟悉的屋子裡，而是躺在一間很大的屋子，一個穿著明黃衣裳的老伯和藹地看著自己，還有好幾個長鬍子的老伯跪在地上。

那是他第一次見到皇祖父，那些長鬍子的老伯是為他治病的太醫。

皇祖父長什麼樣，他快想不起來了，卻還記得皇祖父親切地和他說話，對他可好了，跟冷冰冰的父王一點都不一樣，他心裡又緊張又高興。

後來他便被送到山上，山上住著一位老神醫，能治他的病，確切地說是他身上的胎毒。老神醫的脾氣一點都不好，他剛到山上時，老神醫瞧他的眼色是滿滿的嫌棄，還喊他小兔崽子，使喚他幹活。

「小兔崽子，去後院把藥田裡的草拔了。」

「小兔崽子，今天的柴還沒劈呢。」

「小兔崽子，水缸都乾了沒瞧見？真是沒眼力的公子哥兒。」

每每這個時候，他真想掉頭下山，可又想起了茹婆婆抱著自己時的叮囑。「大公子，到了山上要乖、要聽話，那山上住的可是個神仙一般的人，只有他才能治好你的病，這是聖上費了老大勁才替你謀劃來的。」

他若這麼回去，茹婆婆一定又會抹眼淚了，皇祖父也會失望的。想到對他好、會親切地摸著他頭的皇祖父，他咬牙忍了下來。

後來，老神醫成了他的師父。

這是從什麼時候改變的呢？也許是他咬牙吞下所有的刁難吧，也許是他任由那麼多銀針插在身上而一聲不吭的時候吧！他聽到老神醫小聲地嘀咕。「真是個倔強的小崽子。」

有時，他還能在老神醫的目光中看到憐憫，待他細看時，老神醫已經衝著他吹鬍子瞪眼了。「瞎磨蹭什麼？今兒的書讀了嗎？字練了嗎？梅花樁站夠時辰了嗎？拳打幾趟了？」

是的，老神醫除了給他治病，還教他唸書和武功，一邊教一邊嫌棄。「看清楚了，老頭子我只教一遍，學不會午飯不要吃了。」

嘴裡還時常嘀咕著。「虧大了，就為了幾株破草藥還得辛苦養個奶娃子。」

老神醫依舊惡聲惡氣，使喚他幹活，還嫌棄他學得太慢、太笨，丟他的臉，可徐佑卻覺得親切。自幼養成的敏感性子，一個人是不是真心對他好，他一下子就能辨別出來。

就像老神醫，雖然嫌養他浪費米柴，卻也隔三差五逮隻野兔野雞什麼的給他加餐；雖然說話不中聽，卻會在他喝完藥往他嘴裡塞一顆糖。

於是他開始叫他師父，而老神醫張張嘴，居然沒說什麼反駁的話，而是長嘆一口氣，默認了。也是那個時候，江黑、江白來到他身邊，他們是師父在山下撿到的孤兒。

皇祖父在他上山的第二年就大行了。臨去前，皇祖父單獨召了他進去，他看著衰老孱弱的皇祖父，心裡難過。皇祖父依舊那般慈祥地望著他，可他覺得皇祖父似乎是透過自己在看什麼人，那種感覺可奇怪了。

皇祖父給了他一枚刻著麒麟的權杖，讓他收好，對誰都不能說，說那是給他安身立命的東西。

當時他不解，後來知道皇祖父把龍衛留給他。龍衛是皇祖父手中最厲害、最隱蔽的一支暗衛，皇祖父卻給了他，而他也正是靠著這支龍衛保住性命，才有機會遇到他命中的女子。

每年，他大部分時間都待在山上，只有過年才會回京城的晉王府。

說來可笑，晉王府明明是他的家，明明他才是晉王府的嫡長子，卻寧願待在山上，一點都不想回來。

回來幹什麼呢？父王看自己的眼神是冷的，那個女人倒是對他噓寒問暖，其實不過是表面功夫，背地的小手段一直都沒停過，比如往他院子裡塞人，尤其是塞漂亮的丫鬟。

兄弟跟他也不親近，他們才是一家人，而他不過是個可有可無的外人罷了。而原來伺候他的那些下人，除了茹婆婆，全都不知被打發到哪裡去了。就是茹婆婆也不在他院子裡，而是在小祠堂替母妃守牌位。

隨著年歲增長，他知道了自己的身世，知道母妃在生他時難產過世了，知道父王根本就不是心甘情願娶母妃的，現在這個晉王妃才是父王心中所愛，就更討厭回王府了。

十五歲時，他的病已經好了，胎毒也解得差不多。套句師父的話，只要他不找死，還是能活到七老八十。至於子嗣上是會有些妨礙，不過這也不是多大的問題，到時師父他老人家再辛苦點，替他想想法子就是。

對此，徐佑一點都沒放在心上。這麼些年，他早就養成不懼生死的性子。活著那麼艱難，有什麼好的？死了就解脫了。

所以他接了皇伯父、當今聖上雍宣帝給他的身分和差事，表面上，他是那個晉王府病弱的大公子，暗地裡，他是影衛首領，一切見不得光，朝堂上無法解決的事都由他接手處理。

因為他悍不畏死。是的，他從來沒把自己的生死放在心上，只要能殺死敵人，他不懼讓自己受傷。漸漸地，他贏得了聖上的信任和倚重，在眾人眼中，他這個無權無職的晉王府大公子是聖上最寵愛的姪子。

這份寵愛礙著了那個女人的眼，確切地說，打他活過十五歲，那個女人就慌了，在父王跟前各種挑撥、上眼藥，使父王更加厭棄他了。

其實那個女人也不過是為了世子之位罷了。

呵，區區一個世子之位，他還真沒看在眼裡，而且晉王府於他而言就是個陌生厭惡的地方，他才不要呢！

在那個女人的挑撥下，父王動不動就對他怒罵喝斥，為了清靜，他親自上摺子把世子之位讓給二弟徐燁，那個女人生的長子——其實二弟跟他的年紀相差不過幾個月而已。

那個女人為了彰顯自己的賢慧大度，開始操心起他的婚事，前後給他訂了三門親事，無一例外都是那種表面瞧著挺好，實則性子柔弱好拿捏的。

即便這樣她也不放心，又怕他成親有了子嗣，於是三個未婚妻又都出了事。第一個是上香途中驚了馬，摔下山崖，第二個跟庶妹爭執，被推下池塘淹死了，第三個被曝出與外男私會，羞憤之餘自個兒上吊死了。

於是他又背上了剋妻、天煞孤星的惡名，人人對他避如蛇蠍。

徐佑對這些一點都不在乎，相反地十分滿意。他沒想過要成親，指不定哪天就死了，還是別禍害人家姑娘了。

可他的這些想法在遇到那個叫沈薇的小姑娘時，全變了。

那一年他二十二歲，依然是晉王府的病弱大公子，一年有大半時間在山上調養身體，其實是隱在暗處替聖上辦差。

長公主皇姑姑府上宴客，他剛好在京城，加之有事要找青宇表弟，於是破天荒地去了長公主府。

在長公主府裡，他第一次見到了她。當時，沈薇正跟一群京中貴女對峙，而他就在她們上頭的樓閣上。

那小姑娘的嘴巴可真厲害，一個人舌戰一群貴女還不落下風，連說帶打，京中這群貴女硬是拿她一點辦法都沒有。

他在上頭瞧著有趣。這姑娘真敢說，姑娘家不都是矜持的嗎？唯獨她什麼娶呀嫁呀、姨娘小妾的，張嘴就來。

真是個有意思的姑娘，於是他記住了她。那個時候，他還不知道她的閨名叫沈薇，那群挑釁她的貴女只喊她沈四。江白說她是忠武侯府的四小姐，才從鄉下養病回京，可他瞧她那中氣十足的樣子，壓根兒不像有病之人，不過後宅的那些陰私手段，他也是明白的，無非是沈四的親娘不在，有人乘機搓磨她罷了。

後來一次遇見沈薇是在城外，說實話，這一次偶遇他也有些尷尬，因為她是跟個男子在這兒相會，他一時又走不了，只好不得不站在那裡。

那姑娘清脆的聲音卻清晰地傳入他的耳中，只聽了幾句，他的眉頭便皺起來。她被退婚了？確切地說她的婚事被嫡妹搶去了。這個約她的男子是永寧侯世子，也是她曾經的未婚夫。

他雖然不大關心瑣事，卻也知道退婚對女子的傷害有多大，尤其這位永寧侯世子頗有才名，是京中人人趨之若鶩的佳公子。她一定很難過、很不甘心吧？不然即便被退婚也忍不住相見？

可下一刻，徐佑便知道自己想錯了。那姑娘一點傷心難過皆無，反而喝斥永寧侯世子不要再給她送信，不要再毀她清譽。

那個永寧侯世子也是個糊塗的，居然說娶了她的嫡妹後再娶她做平妻，呵，真是笑話啊！那一刻，他對這個所謂的京中佳公子印象差到極點。

平妻？那是對她的羞辱。

果然，那姑娘也沒令他失望，她聲音裡滿是不屑和譏誚。「衛瑾瑜，你的臉怎麼這麼大呢？娶了忠武侯府一位小姐還不夠，還想娶兩位？你當我們忠武侯府的小姐是街上的大白菜任你挑選？你以為你是誰？人家誇你兩句就當真不知道天高地厚了？回去問問你爹永寧侯，懂不懂謙虛怎麼寫？至於你娘就不用問了，那就是個無知蠢婦！於我而言，你就是個背信棄義的小人。怎麼，我說錯了嗎？還想娶我做平妻，你怎不上天呢？衛瑾瑜，我警告你，收起你那些齷齪的心思，不要再招惹我，否則我會讓你後悔來到這個世界。」

說完這番話，她便帶著丫鬟揚長而去，那氣勢好似扔掉了什麼骯髒東西。徐佑望著她的背影，眼底全是讚賞。

也是這時候，他才知道她的閨名叫薇，沈薇。

江白震驚於這姑娘的厲害，還感嘆了一句。「這麼厲害的姑娘還能嫁出去嗎？」

徐佑卻覺得挺好，大膽、爽利，還拎得清，這樣的姑娘才活得恣意，不會因為一點情情愛愛而把自己憋死。彪悍是彪悍了些，卻不會吃虧，讓自己受委屈。

是的，因為母妃，徐佑對性子軟弱的女子一點好感都無，不就是父王另有所愛嗎？多大的事？母妃安安穩穩地做她的正室，那個女人即便進了王府，還不是隨她拿捏？母妃若是還活著，自己會是現在這副樣子嗎？

他甚至想，若母妃是沈薇這樣的性子該多好。

其實，自那個時候起，這個美麗而特別的姑娘就落入他的心底，只是他沒明白而已……

倘若沒有後來的相救，這個有意思的姑娘便成了自己生命中的過客。徐佑每每回憶，都無比慶幸，甚至感謝那次暗殺。

若不是那次他在城外被一群黑衣人纏上，當時江黑、江白不在身邊，自己身上又中了毒，情況十分不妙。

纏鬥間，一輛馬車駛過來，車速未減，看樣子是不想摻和進來。但這群黑衣人約莫是想滅口，就朝馬車裡刺了兩劍。馬車停了，下來的卻是一個讓他意想不到的人，沈薇。

他驚訝極了，原來這個姑娘不僅有趣，還有一身好武藝，身手甚至比手底下的龍衛都不差，忠武侯府到底是怎麼養出這樣的姑娘？還有那個才十來歲的小丫鬟，舞著一根鐵棒，可神勇了。

方才還氣勢洶洶的黑衣人，瞬間就被這主僕倆幹掉了大半。徐佑靠在樹上，聽到那姑娘哼了一聲，從地上的黑衣人身上割了塊布，擦乾淨軟劍，又重新扣在腰間，然後喊上那個小丫鬟便朝馬車走。

鬼使神差地，徐佑叫住了她。

那姑娘顯然很詫異。「你是誰？認識我？」

他瞧見她的眸中閃過驚豔。不知為何，向來厭惡別人癡迷自己的相貌，此刻心中卻有一絲竊喜。

「徐佑，我的名字。」這句話吐口而出。

那姑娘面露迷茫，顯然不知道他是何人。待他提醒說自己是晉王府的大公子時，她才露出恍然。「喔，小郡主她表哥。」

當他提出要報答救命之恩的時候，只見那姑娘眼睛一亮，隨後卻糾結地揮揮手，說：「算了，小女子我施恩不求回報。」

很久以後，他才知道薇薇當時是想跟他要銀子的。

薇薇說了，她第一喜歡他的銀子，第二喜歡他的臉，正因為他長得好看，她當時才沒跟他要銀子。

有了相救之恩，又知道這姑娘在府裡不大如意，他就吩咐屬下多留意幾分，想著有機會能幫上一二，也算是還人家姑娘的救命之恩了。

等他辦差歸來時，江白跟他回稟，說秦相府想要替小公子強聘她，這事還在京中鬧得沸沸揚揚。

他的眉頭一下子皺起來。秦相爺的小兒子他也知道，就是個不成器的紈袴，怎麼配得上她呢？於是他去了長公主府，拜託皇姑姑幫她說一門好親事，也算是還她的救命之恩。

只是從長公主府出來時，心裡怎麼不舒服呢？

他想著再幫她一把，還沒行動呢，人家小姑娘已經把事情解決了。

聽了屬下的回稟，他驚愕了。這姑娘怎麼這麼膽大包天？居然夜探秦相府去威脅秦相！真是一隻爪子鋒利的小貓。

這樣的薇薇，他如何不愛？如何不喜歡？人人都說他懼內，夫綱不振，可誰知道他是甘之如飴？

都說嘉慧郡主有福氣，只有他知道自己才是那個最有福氣的。自小他就是一個人，只有薇薇是屬於他的，是老天爺對他的補償，亦是他的救贖，是他活下去的勇氣。

望著躺在桂花樹下湘妃椅上的沈薇，徐佑目光柔和，覺得他此生最大的幸運就是能有薇薇為妻。

不遠處，他們的一雙兒女正蹲在地上嘀咕著什麼。

徐佑和沈薇育有一女一子，現在肚子裡又揣上一個。

女兒今年七歲了，長得玉雪可愛，跟她娘親一樣是個鬼精靈。兒子五歲，倒是隨了他的性子，小小年紀就端著一張生人勿近的臉。

「王爺，老王爺又來了。」梨花過來稟報。她已是婦人打扮，七年前嫁給了江黑，而江白則娶了桃枝，但她們都沒有放出去，依然留在沈薇身邊當差。

徐佑聞言，頓時冷了臉。「誰放他進來的？」言語間一點都不待見。自從知道母妃真正的死因，他便沒打算再認那個爹，哪怕聖上勸解也沒用。

「來了就領外院去，奉杯茶就得了。」徐佑極不耐煩地道。

梨花卻面帶為難。「王爺，老王爺想要見小主子。」

「休想。」徐佑冷然說道。想見他的兒女，多大的臉？讓他進府喝杯茶已經給面子了，還想要見他的兒女？哼，怎麼好意思說得出口？

沈薇見徐佑不悅，忙握住他的手安撫。「行了，這還不是你說了算？生什麼閒氣。」一邊對梨花使了個眼色，示意她下去。

蹲在地上玩耍的悅寶和諾寶則相互瞪視著。

「你不會是想做叛徒吧？你別覺得那老頭可憐，又是咱們祖父，我告訴你啊，他以前對咱爹可不好了，你若是敢偷偷去見他，看咱爹不把你屁股揍開花。」姊姊悅寶瞪著弟弟道。

弟弟諾寶小眉頭一皺，替姊姊的粗魯憂心。姑娘家家的，怎能說屁股呢？他姊這樣還嫁得出去嗎？

諾寶斜睨了他姊一眼。「娘教過，有便宜不占是王八蛋。」上一回在府外，那老頭給了他一塊玉珮，值好幾千兩呢。

悅寶立刻拍了弟弟一下。「你個眼皮子淺的，還是男孩子呢。閉嘴，讓爹聽見了，哼哼！」她一邊說著，一邊小心地朝徐佑的方向瞧。

「爹聽娘的。」諾寶一點都不把姊姊的威脅放在心上。娘說過要學會過日子，蚊子再小也是肉，積少才能成多，像他姊這樣大手大腳的，就是萬貫家財也被她敗光了。

爹說了，他是王府的嫡長子，他姊姊還有以後的弟弟妹妹都歸他負責。可就姊姊這樣，月例銀子到手，頂多三天就被她全花光了，姊姊這麼能敗家，他不想點法子多掙些銀子成嗎？

再瞅瞅娘親隆起的肚子，諾寶可犯愁了。管姊姊一個都犯愁，娘要是再多生幾個可怎麼辦？他還不得累死？又不能不讓娘生，因為他跟他爹提了一句，他爹就把他關屋子裡抄了半個月的書，抄得他的小手都要廢了，最後是娘求情，他才被放出來。

諾寶皺著一張跟爹爹一模一樣的冷臉。

不行，送上門來的銀子絕不能不要，這個大好機會不能錯過，那老頭似乎挺喜歡他的，要不，拿到銀子就回來？

諾寶小眼睛一閃，有了主意，慫恿姊姊道：「聽說東大街的水晶桂花糕又出新口味了。」

為啥要慫恿姊姊呢？還不是因為爹爹最疼姊姊？別人家都是疼兒子，他們家剛好相反，他爹最疼的是娘親，然後是姊姊，他姊就是闖了再大的禍，爹都不眨一下眼。他呢？生來就是做苦力的，弄得他都懷疑自己是不是爹娘親生的，不然差別怎麼那麼大？

悅寶果然動心了。「要不咱們拿了銀子就回來？悄悄地，別讓爹娘知道。」瞅著弟弟，眼中閃過了然。

哼，別以為我不知道你打的主意，我聰明著呢。娘說了，女孩子要學會藏拙，那麼聰明做什麼？大樹底下才好乘涼，讓男人撐著去。

「這兩個小東西。」徐佑哼罵了一句。他是何人？哪會沒聽到那兩個小兔崽子的嘀咕？沈薇撫摸著肚子，心裡可得意了。瞧瞧她閨女兒子多棒，這麼小就知道往家裡扒拉銀子，教育得多成功啊！

「妳也悠著點，都八個月了。」徐佑眼底略帶擔憂地道：「起風了，進屋了。」他輕輕扶起沈薇，又對江白吩咐一句。「去瞧著他們。」

沈薇不雅地翻了個白眼。「你還怕他們被拐騙了？」不說她兒子小小年紀就充滿責任感，就是閨女，才是個真精明的，不過是扮豬吃老虎罷了。偏偏兒子成天覺得姊姊多笨，愁得不得了呢，殊不知自己才是那個被賣了還幫人數錢的。

在屋子裡枯坐的晉王爺臉色越來越難看，想發火卻又忍住了。他好不容易才進了平王府大門，要是再惹惱了長子，他能把自個兒趕出去。

一想到那個不肖的，晉王爺就一肚子不滿，可再想到那一雙古靈精怪的孫子孫女，他的耐心又前所未有地好了起來。

明明是他的孫兒孫女，卻攔著不讓他見！真是氣死人了。

晉王爺長嘆了一口氣，眼底滿是晦澀的悔恨。

是的，他早就悔了，回頭看看，自己怎麼就鬼迷心竅，為了個女人毀了自己的前程和家庭？為了宋氏，他氣死髮妻、捨棄嫡長子，想想，真像作了一場噩夢啊！

如今他是真的後悔了，偌大的晉王府裡冷冷清清，長子怨恨他，二子、三子也不原諒他，四子整日在外頭鬼混，唯一的庶子早就謀了外放，偌大的一座王府死氣沈沈，連個孩子的歡笑聲都沒有。

二子、三子和四子絕了子嗣，他再也抱不到孫子。府裡倒是有兩個孫女，可她們都大了，也不知她們被怎麼教的，跟他一點都不親近。

當他知道長媳生了男孫的時候，激動得一整夜都沒睡好，禮物準備了一大車，可那個不肖子卻不讓他進府看孫子。

他整夜整夜地想，整夜整夜地睡不著，沒事就到平王府外轉悠，終於在年前見到了他那雙孫子孫女。

兩個孩子長得可真好啊，又聰明又機靈，他激動得手都顫抖起來。

可孫子孫女卻睜著純真的眼睛問：「老伯伯，你是誰呀？」

那一刻，他的心如針扎般地疼啊！悔恨如一條蛇，重新盤踞在他心頭。這是他嫡親的孫子孫女啊，卻那麼陌生地問他是誰……

自那以後，他日日到平王府來，即便來十回只有一回能見到孫子孫女，即便那個不肖子不待見自己，他仍是日日都來。

也許，他的餘生合該這樣度過吧！

番外二

打馬倚斜橋，滿樓紅袖招。

少年得意，說的就是房瑾。滿京城再也找不到比他更出眾的少年了，十七歲的狀元郎，而且是大雍朝開國以來第一位連中三元的狀元郎，長相又出眾，簡直就是一濁世翩翩玉公子。

二十多年後，蘇遠之每每想起自己當年意氣風發、打馬跨街時的盛況，無限唏噓。

那個時候，父親還沒有入內閣成為閣老，還是戶部尚書。

房瑾雖然是庶長子，但在房家的日子並不艱難，嫡母寬厚，待他雖不如三位弟弟，但也沒有刻意為難。

他的姨娘是個溫婉柔順的女人，不爭不搶，每日除了在嫡母跟前恭敬伺候，就是窩在自己的院子裡做針線，他身上的穿戴從裡到外都是姨娘做的。

也許是因為姨娘安分，也許是因為他在讀書上有天分，他在家裡的日子並不比弟弟們差。這曾讓他暗自慶幸，自家嫡母並不像別家那般刻薄陰毒。

哪怕後來知道自己的姨娘其實才是父親的髮妻，他才該是父親名正言順的嫡長子，只因為姨娘出身低，父親考中進士後貶妻為妾，另娶了高門貴女，連帶著他也從嫡長子變成了庶長子。

而他也未心生怨恨，他覺得即便沒有嫡子的身分，自己也能出人頭地、奉養姨娘過上好日子。是以沒有怨恨父親，對嫡母依舊敬重有加，對弟弟們也是真心友愛。

然而，姨娘到底沒有享上他的福。在他十四歲那年，姨娘得了很重的病，眼瞅著就要不行了，嫡母提議沖喜，他也同意了。

新娘過門的第二天晚上，姨娘去了。臨去時，姨娘抓著他的手艱難地道：「瑾兒，你要自己好好的……」

姨娘走了，留給他的是一座冰冷的墳，他暗自告訴自己，姨娘走得還算安穩，至少看到了自己娶妻。

他的新婚妻子文娘是嫡母娘家的遠親，父母俱不在，跟著叔父生活，性子很溫婉，做得一手好繡活，很像他姨娘。

房瑾沒有嫌棄妻子身分低，自己也不過是個庶子罷了，從沒想過娶什麼高門貴女，加之文娘性子好又知書達禮，他很滿意。

從禮法上來說，他不需要為姨娘守上三年，但那到底是自己生母，生養他一場，他硬是守足了三年才下場。

三年的潛心苦讀終於換來榮耀，十七歲的狀元，當官差上門報喜的時候，父親拍著他的肩膀爽朗大笑，嫡母也歡喜地裡外張羅著，弟弟們望著他的目光無比崇拜。

他亦意氣風發、神采飛揚，而妻子文娘也有了一個月的身孕，可謂是雙喜臨門。功名在手，嬌妻在懷，他覺得人生的追求也不過如此了。

次年六月，文娘生下了長女。文娘內疚不是個兒子，他卻很喜歡，給閨女取名叫媛媛，一下差就愛不釋手地抱在懷裡。

媛媛兩歲時，文娘又有了身孕，時常一邊做著孩子的小衣裳，一邊憧憬這一胎能為他生個兒子。他卻不特別盼望，只覺得就算再生個閨女也是歡喜的。

媛媛多可愛呀，白嫩嫩的小臉，忽閃忽閃的大眼睛，愛嬌地摟著他的脖子，奶聲奶氣地喊他「爹爹」，他在外頭當差再累再辛苦也值得了。

然而，誰想到這一胎成了文娘的催命符。文娘難產了，苦熬了一天一夜仍是去了，和她一同去的還有腹中的男嬰。

房瑾抱著閨女，呆呆地望著妻子。上一刻，妻子還對他巧笑倩兮，下一刻她已冰冷地躺在那裡了，結縭七年，他們琴瑟和鳴、伉儷情深，他無法接受妻子就這樣丟下他們父女倆撒手人寰。

耳邊是閨女撕心裂肺的哭喊聲，而他只能抱緊閨女。

失去妻子的那段時間，他如行屍走肉，把所有精力都投入差事上，卻疏忽了閨女。失去親娘庇護和照顧的媛媛從臺階上摔下來，流了一大灘血。看著閨女蒼白的小臉，房瑾才從悲痛中醒來。妻子已去，他若是連閨女都照顧不好，如何能對得起地下的妻子？

然而他是個男人，身上又有差事，不能時時留在家中照顧閨女，最後還是嫡母看不過去，把媛媛接到身邊照看。那個時候，他是無比感激的。

沒有了後顧之憂的房瑾在差事上更加用心，很快便嶄露頭角，多次被聖上誇讚。那時，他以為自己為家族贏得了榮耀，卻不知這才是他的催命符。

那一日是父親的三十六歲大壽，家中來了無數賓客，身為長子的他自然要幫著招待。那晚，他喝了很多酒，然後便人事不醒。

當他再次醒來時，對上的是父親那雙憤怒的眼睛。「逆子啊！」

還有嫡母的哭喊：「瑾兒，你怎麼做出這樣的事呢？」

什麼樣的事？他做了什麼？他這才發現自己躺在一間陌生的屋子裡，和他躺在一起的是個女人，是父親的妾室花姨娘。

他當時就懵了。自己不是在外院嗎？怎麼會到花姨娘的院子裡？他的小廝呢？

然而下一刻他愣住了，花姨娘居然跟父親說：「老爺，是大少爺強迫妾身，妾身沒有辦法啊！妾身對不住老爺了……」手中的簪子狠狠地插進自己的胸口。

「你這個畜生，給我綁起來！」他還沒來得及說話，就被父親使人綁了起來，拉到院子裡行刑。

板子打在身上的痛才讓他從震驚中回過神來。「父親，兒子冤枉！兒子喝醉了酒，根本就不知道怎麼到了花姨娘院子的！父親，您要相信兒子，兒子絕不會做出這等不倫之事！」

逼姦父妾，他自小就讀聖賢書長大，怎麼會做出這等不倫齷齪的事？這裡頭一定有誤會！

「畜生，花姨娘難道冤枉了你?!我打死你，打死你這個沒有人倫的畜生！眾目睽睽之下你做出這等醜事，老子的臉都讓你丟盡了！」

是呀，在外人看來，花姨娘怎麼會冤枉他？有賠上自己的命去冤枉一個沒有利益衝突的人嗎？

他在暈暈沈沈中聽到父親的怒罵，嫡母的哭喊。轉醒的時候，他已被關在廂房裡，後背是火燒般的疼。

他努力把整件事想清楚。到了此刻，他再不明白這是一個針對自己的局，那他也太傻了。他和花姨娘無冤無仇，甚至沒有接觸，花姨娘為何冤枉他？他的小廝又去了哪裡？父親厭棄了他，他的名聲掃地，誰得到的利益最大？

他清楚地知道，卻不敢去碰那個答案。

半夜，他的小廝偷偷來給他送藥，卻是目光閃爍，不敢看他的眼睛。「少爺，奴才對不起您，可奴才也是沒辦法呀！」

能讓他的小廝沒辦法，只能叛主的人會是誰呢？嫡母，他向來敬重的嫡母啊！他從來沒想過要跟弟弟們爭，為什麼？這都是為什麼？

作為一家之主的父親能不明白他的冤枉？可他依然選擇了把逼姦父妾的罪名扣在自己頭上，依然選擇了把他除族、逐出家門，父親選擇了嫡母和弟弟們。

在他被關起來的第七天，他的閨女落水而亡。她小小的身子渾身濕淋淋地躺在那裡，再也不會睜開眼睛，奶聲奶氣地喊他爹爹了。

就因為他太出色，擋了弟弟們的路，他們就要對他趕盡殺絕。這麼個骯髒的房家，他一刻也不想待了！除族也好，從今以後他不姓房，他姓蘇，他的生母便是姓蘇。

於是，蘇遠之滿身戾氣地離去。他有才華，到哪裡混不下去？富貴的時候，他廣邀朋友，揮斥方遒；荒唐的時候，他在青樓一擲千金，醉生夢死；落魄的時候，他甚至跟乞丐一起住在破廟裡。

一年、兩年、八年、十年……他去過東海，登過名山，甚至上過戰場，足跡幾乎遍及整個大雍江山，看了無數風景，還有生死。

漸漸地，他的心平靜了。不是說他忘記了妻女，而是妻女就在他心裡。

那一年，他從雞頭山下路過時，被打劫上了山。可山上真慘，哪是山賊土匪，分明就是一群要飯的。於是他留下來做他們的軍師，指導他們怎麼打劫，怎麼活下去。

也許是老天爺憐憫吧，在雞頭山上，他等來了自己的救贖。

這個小姑娘就是忠武侯府的四小姐沈薇，那時，她被繼母發配到祖宅沈家莊養病。她是個聰慧卻又狡黠的小姑娘，上一刻把他氣得跳腳，下一刻卻又會軟軟地嬌笑。

「先生你放心，我肯定會給你養老的。」

因為她的這句話，他一路跟著她從沈家莊到京城，殫精竭慮替她出謀劃策，處理庶務。

看著她從小姑娘長成大姑娘，為人妻、為人母。每每看著她彎著眼睛笑的樣子，他無比高興，他想：他的媛媛應該也是這個樣子的吧？

京城還是那個京城，熟悉又陌生。

這些年，跟在沈薇身邊，他已不再刻意去想以前的那些仇怨，能夠放下了。

對於房家，他能做的就是不刻意報復，但也別指望他相助，房家於他不過是一場舊日噩夢，過去了，便永遠過去了。

金鑾殿上，他朗聲說道：「草民正是蘇遠之，江南石坪縣人士，父母雙亡，孑然一身。」

自從二十多年前，離開京城的那刻起，他就是個父母雙亡的人了。他的母親姓蘇，是個窮秀才之女，在他十四歲那年因病亡故；父親是個讀書人，高大俊朗，早就死在他的記憶裡。

最終他仍是拒絕了聖上的美意。那些雄心和功名之心早就消磨殆盡，餘下的人生，他只想安靜守在沈薇身邊，看著她幸福快樂就夠了。那樣，他會覺得他的媛媛也是幸福的。

門口露出兩個小腦袋，蘇遠之會心一笑，揚聲喊道：「悅寶、諾寶，鬼鬼祟祟做什麼？還不趕緊進來。」

一對精靈古怪的孩童笑嘻嘻地從外面跑進來，扯著蘇遠之的袖子撒嬌。「師爺爺！」

蘇遠之心中瞭然，道：「說吧，你倆又闖了什麼禍？」

女童悅寶便噘起了嘴巴。「我們哪有闖禍，都是爹爹啦！人家都從那老頭手裡弄回了銀子，爹爹還要罰人家，真是的。」沒見過這麼小心眼的爹。

小一些的諾寶在一邊點頭附和，一本正經地糾正道：「爹爹是要罰我啦！」姊姊那麼受寵，爹才捨不得罰她呢，只有他才是最苦命的那一個。

兩個孩子眼巴巴地瞧著蘇遠之，蘇遠之的心早就軟得跟棉花一樣，承諾道：「好好好，師爺爺一會兒就給你們說情去。」

「師爺爺最好了！」兩個孩子高興地笑起來。

看著他們童稚的笑顏，蘇遠之臉上的笑容更深了。

窗外，清風拂過，不知名的鳥兒在枝頭鳴叫著，所謂的幸福，大抵便是如此吧！

——全書完

2017年9月出版

情定悍嬌妻

文創風 556～560

她羨慕了兩輩子一世一雙人，
總要尋個良夫讓自己如願才不辜負此生，
可這些打算自遇著了那人之後，
便再也拎不清了，
他，會是老天爺賜給她的良配嗎？

情繫佳人，緣牽兩世／新蟬

重生之後，她寧櫻雖是鄉野來的小姐，
可自莊子回歸寧府這龍潭虎穴，
她也絕非任人隨意拿捏的軟柿子，
這廂反擊惡毒的老太太，
那邊料理心機的堂姊妹，
輕鬆撂倒這些自以為會算計的小人之外，
她還開始走好運，入了貴人的眼而聲勢看漲。
正當日子逐漸混得風生水起，
她機關算盡，偏偏就漏算了會巧遇「故人」。
重逢前世的夫君譚慎衍，
她想來個「一別兩寬，各自歡喜」，
哪曉得這人卻黏上來，還向她表露求娶之意？
不是吧……她這般頑劣不馴的野丫頭，
今生何德何能被他給看上了？

2017年8月出版

斂財小淘氣

文創風 547~550

爹不疼，沒娘愛，唯有金銀能依賴，
她盡心盡力幫他忙，就想賺點私房錢傍身，
可他身為堂堂世子，竟然厚臉皮的賴帳！

追趕跑跳碰　緣結逃不過／涼月如眉

想起那憋屈的上一世，這回重新開始，陸鹿沒打算重蹈覆轍，
她沒多大野心，只求在災厄來臨前遠走高飛、獨善其身。
但她年幼喪母，一個被外放別院、不受寵的首富嫡女，
是既無財力，也無人脈，逃跑計劃還得徐徐圖之。
誰知，不過因救了條命，順手摸了把短刀當報酬，
就惹來了前世最大的冤家，西寧侯府世子——段勉。
瞧著負傷的他，她心中沒有前世陰霾，畢竟碰上落難貴人的機會罕有，
身為大門難出，二門難邁的古代小姐，此等斂財良機可不能放過。
未料她任務都達成了，他卻翻臉不認帳，還奚落她一番，
想著白花花的銀子飛了，恨得她是牙癢癢又只能乾瞪眼，
哼，山不轉路轉，路不轉人轉。惹不起他，避開他總行了吧？
反正在他面前，她不過是個無足輕重的陸府小丫鬟，
且好歹也對他有救命之恩，想來不致對她痛下殺手。
倒楣的是，她怎麼樣都躲不過他，還暴露了真實身分……

文創風 573

以妻為貴 5 完

國家圖書館出版品預行編目資料

以妻為貴 / 淺淺藍著. --
初版. -- 臺北市 : 狗屋, 2017.10
冊 ; 公分. --(文創風)
ISBN 978-986-328-786-5(第5冊:平裝). --

857.7 106014531

著作者	淺淺藍
編輯	張蕙芸
校對	黃薇霓　周貝桂
發行所	狗屋出版社有限公司
地址	台北市104中山區龍江路71巷15號1樓
電話	02-2776-5889～0
發行字號	局版台業字845號
法律顧問	蕭雄淋律師
總經銷	知遠文化事業有限公司
電話	02-2664-8800
初版	2017年10月
國際書碼	ISBN-13　978-986-328-786-5

本著作物由瀟湘書院〈www.xxsy.net〉授權出版

定價250元
狗屋劃撥帳號：19001626
網址：love.doghouse.com.tw　E-mail：love@doghouse.com.tw